Martin Suter

Montecristo

Roman

Diogenes

Umschlagfoto: Philipp Keel,
›Vietnamesische Muttergottheit Mau‹
Copyright © Philipp Keel

Für Toni

Alle Rechte vorbehalten
Copyright © 2015
Diogenes Verlag AG Zürich
www.diogenes.ch
1200/15/44/1
ISBN 978 3 257 06920 4

Erster Teil

I

Ein Ruck ging durch den Zug. Gläser und Flaschen flogen von den Tischen, das ohrenbetäubende Pfeifen der Lok und das Kreischen von Eisen auf Eisen begleiteten das Klirren, Rufen und Scheppern im Speisewagen. Bis alles mit einem weiteren Ruck verstummte.

Draußen war es stockfinster. Sie standen in einem Tunnel.

In die Stille drang die Stimme des obligaten Witzbolds: »Schon da?«

Ein paar lachten, und dann sprachen alle durcheinander und begannen, Bier und Wein von Tischen, Kleidern, Handtaschen und Mappen zu wischen.

Einer der Reisenden stellte fest: »Notbremsung.«

Jonas Brand saß im Speisewagen des Halb-Sechs-Uhr-Intercity nach Basel inmitten der Stammgäste aus Pendlern, die jeden Abend vor dem gleichen Getränk über das Gleiche sprachen, manche von ihnen seit vielen Jahren. Es roch muffig nach Alkoholfahnen, rauchgeschwängerten Anzugen, Schweiß und fast verflüchtigten Herrenduftnoten.

Sein übergewichtiger Sitznachbar, dem es gelungen war, seinen Laptop, in den er während der ganzen Fahrt gestarrt hatte, ins Trockene zu retten, seufzte: »Personenschaden.«

Jonas stand auf und holte seinen Kamerarucksack, den er neben sich auf den Boden gestellt hatte und der durch den brüsken Stopp ein ganzes Stück durch den Gang geschlittert war. Seinem Camcorder war nichts zugestoßen, obwohl er ihn wie immer etwas schlampig verpackt hatte.

Was »Personenschaden« bedeutete, wusste er. Jemand war unter den Zug geraten. Jonas hatte es vor ein paar Jahren schon einmal erlebt. Er spürte wieder das gleiche Frösteln von den Füßen bis in den Nacken steigen.

Weiter hinten im Speisewagen kümmerten sich ein paar Fahrgäste um den Kellner. Er hatte eine Verletzung an der Stirn, und jemand versuchte, mit einer Serviette die Blutung zu stillen.

Niemand beachtete den bleichen jungen Mann, der dort den Speisewagen betrat und sich suchend umsah. Er ging zwischen den Tischen hindurch bis zum anderen Ausgang, wo Jonas saß. Dort stieß er fast mit der Zugführerin zusammen, die hereinstürmte und rief: »Wer hat die Notbremse betätigt?«

Jetzt erst fiel er den Mitreisenden auf. Denn er antwortete mit einem trotzigen »Ich!«.

Die Zugführerin fasste ihn streng ins Auge. Der junge Mann überragte sie um mehr als einen Kopf. Er trug einen enggeschnittenen Anzug mit Hosen, deren Aufschläge einen Fingerbreit über den spitzen Schuhen endeten.

»Und weshalb?«

Er stand jetzt neben Jonas, und dieser sah, wie bleich und aufgewühlt er war. Der junge Mann stammelte: »Jemand ist hinausgefallen.«

»Wo?«, fragte die Zugführerin.

»Da hinten«, antwortete der junge Mann. Er zeigte in die Richtung, aus der er gekommen war. Sie ging voraus, er folgte ihr.

Jonas nahm Kamera und Schulterstativ aus dem Rucksack und folgte den beiden.

Der junge Mann führte sie zur nächsten Eingangsplattform. Hier habe er gestanden und gewartet, dass die Toilette frei werde. Er habe zum Fenster hinausgeschaut, und plötzlich sei etwas vorbeigeflogen, wie eine große Gliederpuppe, und von der Tunnelwand abgeprallt. Er habe es nur einen Augenblick gesehen, in dem schwachen Licht, das aus dem Zugfenster drang. Aber er sei sich sicher, dass es ein Mensch war. Es hatte ein Gesicht.

Jonas hatte jetzt die Kamera auf der Schulter und drehte.

»Bitte lassen Sie das«, befahl die Zugführerin.

Er zeigte ihr seinen Presseausweis, ohne mit Drehen aufzuhören. »Fernsehen«, erklärte er.

Die Frau ließ ihn gewähren. Sie ging voraus durch einen vollbesetzten Wagen zweiter Klasse. Die Fahrgäste saßen schicksalsergeben auf ihren Plätzen. Angesichts des Kameramannes fragte niemand die Zugführerin, was passiert sei.

Die nächste Zugtür war nicht ganz geschlossen. Jemand hatte den Notriegel gezogen, der die Tür verriegelte. Die Zugführerin öffnete sie ganz. Es roch nach feuchtem Fels und Eisenstaub.

Jonas filmte in den vom Licht des Abteils schwach erleuchteten Tunnel hinaus. Er stieg eine Stufe hinunter und richtete das Objektiv auf das Zugende. Weit hinten in dem schmalen Gang zwischen Zug und Tunnelwand lag etwas in dem fahlen Licht. Er konnte nicht sagen, was es war, dazu hatte er das falsche Objektiv.

Ein abgebrühter Videojournalist wäre jetzt ausgestiegen und hätte das Bündel, das dort lag, aus etwas kürzerer Distanz gefilmt. Aber Jonas Brand war nicht abgebrüht. Er war nicht einmal ein richtiger Videojournalist. Dass er in diesem Beruf gelandet war, hatte er einer Reihe von Zufällen zu verdanken. Zwischengelandet auf dem Weg zum Filmregisseur.

Auf diesem Weg war er allerdings schon seit einer ganzen Weile. Seit seiner Matura, genaugenommen. Er hatte sich mit seinen Eltern verkracht und sich von da an auf Filmsets herumgetrieben. Als Set-Runner, Kabelhilfe und Produktionsfahrer. Brand ließ sich als Beleuchter anlernen und hatte es bis zum Best Boy gebracht, dem Laufburschen des Chefbeleuchters. Mit dem Geld, das er dabei verdiente, hatte er sich einen Kurs als Cinematographer an der London Film School finanziert und danach als Kameraassistent gearbeitet. In seiner Filmographie fanden sich danach ein paar Kinofilme, ein paar Dokumentarfilme und immer mehr Werbespots.

Einmal war er für einen erkrankten Kollegen als Kameramann eingesprungen und hatte ein paar Magazinbeiträge über das Weltwirtschaftsforum gedreht. Als der dafür zuständige Redakteur zu einem Lokalsender wechselte, engagierte der ihn ab und zu. Bald gehörte Brand zum festen Team, und als der Sender im Zuge von Sparmaßnahmen die Funktion des Videojournalisten einführte, wurde der Mann des Wortes entlassen und der Mann des Bildes behalten. So war Jonas Brand ohne sein Zutun Videojournalist geworden.

Da er den Beruf als Übergangslösung betrachtete, hatte

er es darin nicht weit gebracht. Er betrieb ihn ohne besonderen Ehrgeiz und gab sich damit zufrieden, saubere Arbeit abzuliefern. Zwar konnte er sich bald selbständig machen und war eine sichere Adresse, wenn man jemanden brauchte, der pünktlich, zuverlässig und kostengünstig lieferte. Doch wenn Kreativität gefragt war, blieb Jonas Brand mit seinen bald vierzig Jahren zweite Wahl.

Aber er war Videojournalist genug, um die Kamera zu schultern und die beklemmende Situation festzuhalten.

Die aufgedrehte Feierabendstimmung im Speisewagen war abgeflaut. Eine Mischung aus Ungeduld und Überdruss machte sich breit. Es wurde wenig gesprochen, alle warteten auf die Durchsage.

Als sie kam, eingeleitet von einer durchdringenden Rückkoppelung, erschraken die meisten dennoch.

»Infolge Personenschadens bleibt der Zug bis auf weiteres auf der Strecke«, sagte die Stimme der Zugführerin. »Wir bitten Sie um Verständnis.«

Sofort nach der Durchsage ertönte das resignierte Aufseufzen der Sachkundigen, vermischt mit dem aufgeregten Nachfragen der Neulinge. »Personenschaden?« – »Das heißt, jemand ist unter den Zug geraten. Das kann Stunden dauern.«

Jonas Brand ging von Tisch zu Tisch und befragte die Fahrgäste. Ein paar wenige ließen sich seinen Presseausweis zeigen, und zwei wollten weder gefilmt noch befragt werden. Aber die meisten waren froh um die Ablenkung und gaben bereitwillig Auskunft.

»Schrecklich, die Vorstellung, dass da unten irgendwo jemand liegt, zermalmt.«

»Das ist bestimmt das zehnte Mal, dass mir das passiert, in sechs Jahren Pendeln. Ich habe das Gefühl, es nimmt zu.«

»Ich finde es eine Zumutung, sich so umzubringen. Es gibt andere Methoden. Solche, die nicht den Feierabend von ein paar hundert Nichtdepressiven versauen.«

»Aus dem Zug gesprungen? Wenigstens bis nach dem Tunnel hätte er warten können.«

»Oder sie.«

Der Kellner trug jetzt ein Pflaster auf der Stirn und nahm Bestellungen auf. Er war ein kleiner rundlicher Tamile, den die Stammgäste Padman nannten. Er sprach ein unbekümmertes Schweizerdeutsch und lächelte mit herrlichen Zähnen in Jonas' Kamera. Ja, erklärte er, das komme oft vor. Ein so gutes Leben, wie es die Schweizer hätten, sei eben kaum auszuhalten.

Jonas' übergewichtiger Tischnachbar hatte sich wieder in den Laptop vertieft. Er hatte nichts dagegen, gefilmt zu werden, aber äußern wollte er sich nicht. Jonas hielt auf ihn und schwenkte durch den Speisewagen. Die Stimmung war jetzt gedrückt. Die paar wenigen, die sprachen, taten es leise.

Ein Mann im Businessanzug erhob sich von einem Tisch, kam auf Jonas zu, wurde bildfüllend und ging vorbei. Jonas hörte ihn fragen: »Hast du Paolo gesehen?«

Jonas schwenkte zurück auf den Dicken. Der antwortete, ohne vom Laptop aufzusehen: »Sitzt er nicht bei euch?«

»Er hat einen Anruf bekommen und ist zum Sprechen rausgegangen. Und nicht mehr zurückgekommen.«

Jetzt erst blickte der Dicke zu dem Mann im Businessanzug auf, zuckte mit den Schultern und sagte: »Vielleicht ist er der Personenschaden.«

Der Mann schüttelte den Kopf und ging zurück zu seinem Tisch. Jonas war sich sicher, dass er »Arschloch« gemurmelt hatte.

*

Der Grund, weshalb er nach Basel reiste, war eine Fundraising-Party, bei der die Prominenz der Stadt mit viel Trara nicht so viel Geld für einen jährlich wechselnden wohltätigen Zweck sammelte. Er hatte vergessen, für welchen diesmal.

Die Reportage über den Anlass war ein Brotjob, den er im Auftrag von *Highlife* machte, einem öffentlich-rechtlichen Lifestylemagazin und einem seiner besten, wenn auch nicht liebsten Kunden.

Es war nach neun, als Jonas Brand endlich im Festsaal des Hotels eintraf, wo der Wohltätigkeitsball stattfand. Er hatte mehrmals mit der PR-Frau des Veranstalters telefoniert. Sie klang, als betrachte sie den Zwischenfall als gezielte Attacke auf ihre Veranstaltung, und verschob die Versteigerung mehrmals.

Als er endlich eintraf, war der größte Teil davon dennoch bereits vorbei. Beim Höhepunkt, einem VIM-Plakat von Niklaus Stoecklin aus dem Jahr 1929, das den überhöhten Hammerpreis von elftausend Franken erreichte, war er wegen der nicht eingeplanten Reportage über den Personenschaden zu einem Akkuwechsel gezwungen. Er verpasste den Zuschlag, für den sich der Käufer eigens in Pose gestellt hatte. Jonas tat, als würde er filmen, und nickte beiläufig, als die Pressefrau fragte: »Haben Sie das?«

Es war der Anfang eines warmen Dezembers voller unpassend wirkender Weihnachtsdekorationen und gutbesetzter Straßencafés.

Zweieinhalb Monate waren seit dem Zwischenfall im Intercity vergangen. Für Jonas Brand hatte er einen Verweis seines Auftraggebers, *Highlife*, zur Folge gehabt. Die PR-Agentur, die den Wohltätigkeitsball betreute, hatte sich darüber beschwert, dass im Beitrag der wichtigste Moment, nämlich die Ersteigerung des Hauptlots, gefehlt hatte.

Das Reportagematerial aus dem Speisewagen lag unbearbeitet bei den anderen Fragmenten, die Jonas eines Tages zu einer großen Dokumentation von Impressionen eines VJs montieren wollte, unter dem Titel »Am Rande«, in Schwarzweiß.

Über den Personenschaden war nur zu erfahren gewesen, dass es sich um den Suizid eines Fahrgastes gehandelt hatte. Über die Details wurde der Mantel des Persönlichkeitsschutzes gebreitet.

*

Jonas Brand war glänzender Laune, und das hatte mit Marina Ruiz zu tun.

Er hatte sie vor gut zwei Stunden kennengelernt und war bereits mit ihr verabredet. Das ging sonst nicht so schnell bei ihm, aber in diesem Fall handelte es sich auch nicht um ein Rendezvous. Es handelte sich um die Fortsetzung einer Verschwörung.

Marina war eine großgewachsene Zürcherin mit schulterlangem geraden Haar und asiatischen Gesichtszügen. Sie arbeitete bei der Eventagentur, die die Filmpremiere betreute, über die Jonas berichten musste. Der Film startete gleichzeitig in verschiedenen europäischen Städten, und für die hiesige Premiere waren als Stargäste nur ein paar Nebendarstellerinnen übriggeblieben. Eine von ihnen, Melinda Trueheart, war Marina Ruiz zugeteilt. Sie musste sie zu den Interviews begleiten und die imaginären Fans abwimmeln.

Beim Interview stellte sich Miss Trueheart als schrecklich affektierte Person heraus. Während Jonas sich bemühte, einigermaßen ernsthafte Fragen zu stellen, begann Marina Ruiz, die hinter ihr stand, ihre Antworten pantomimisch zu parodieren. Das war so überraschend und komisch, dass Jonas immer wieder die Beherrschung verlor und loslachte, worauf sich das Starlet hilfesuchend zu seiner Pressefrau umwandte.

Marina Ruiz gelang es jedes Mal, im letzten Moment ein ernstes, interessiertes Gesicht zu machen, was wiederum so komisch wirkte, dass Jonas lachen musste.

Melinda Trueheart war sich nicht sicher, ob der Interviewer sich über sie lustig machte oder ob er einfach einen humoristischen Interviewstil pflegte. Mit der Zeit begann sie, ebenfalls zu lachen und witzige Antworten zu geben. Zum Schluss war von ihrer Affektiertheit kaum mehr etwas übrig, und das Resultat war ein überraschend unterhaltsames Interview.

Marina Ruiz brachte ihren Schützling hinaus. Während Jonas sein Material zusammenpackte, kam sie zurück.

»Darf ich Sie zum Essen einladen?«, fragte er.

Sie antwortete: »Ich dachte schon, Sie würden nie fragen.«

Am nächsten Abend trafen sie sich in einem neuen indischen Restaurant. Seine Eröffnung schien sich noch nicht herumgesprochen zu haben, denn es war halbleer.

Jonas hatte das Lokal vorgeschlagen, denn er liebte die indische Küche und hoffte, durch seine Sachkenntnis ein wenig Eindruck schinden zu können. Aber Marina entpuppte sich ebenfalls als Kennerin. Zumindest, um zu merken, dass das Angebot viel zu groß und die Speisen tiefgekühlt und mikrowellenerhitzt waren.

Am Anfang sprachen sie halblaut, weil das auch die anderen Gäste taten. Doch Marina besaß die Begabung, sich so restlos auf ihren Gesprächspartner zu konzentrieren, dass er seine Umgebung bald vergessen hatte. Er erzählte ihr Dinge, über die er sonst nicht sprach. Bald wusste sie, dass er achtunddreißig war, seit sechs Jahren geschieden, seit acht Jahren Freelance-Videojournalist und im Grunde genommen Filmschaffender.

»Filmschaffender?« Marina schob den Teller beiseite – ein faseriges lauwarmes Muttan Bahardi –, stützte sich auf die verschränkten Unterarme und versenkte ihren Blick noch tiefer in seinen.

So geschah es, dass er ihr von *Montecristo* erzählte.

»Die Geschichte funktioniert nach dem Prinzip des *Grafen von Monte Christo*, spielt aber heute. Ein junger Mann hat eine Dotcom-Firma gegründet, mit der er Millionen macht. Während seiner Ferien in Thailand wird ihm eine große Menge Heroin ins Gepäck geschmuggelt. Er wird erwischt und kommt als Dealer ins Gefängnis. Ihm droht die

Todesstrafe oder lebenslänglich. Der Fall erregt Aufsehen in seiner Heimat, aber als seine drei Geschäftspartner, die sein Anwalt als Zeugen bestellt hat, ihn überraschend belasten, verliert die Öffentlichkeit das Interesse. Der Mann bekommt lebenslänglich und verschwindet in einem der berüchtigten Gefängnisse Thailands. Seine Geschäftspartner erhalten die Kontrolle über die Firma und verkaufen sie für ein Vermögen.«

Jonas nahm einen Schluck Bier.

»Weiter«, drängte Marina.

»Dem Mann ...«

»Wie heißt er?«

»Bis jetzt habe ich ihn ›Montecristo‹ genannt. Findest du das zu dick aufgetragen?«

»Weiß ich noch nicht. Erzähl weiter.«

»Montecristo gelingt nach ein paar Jahren die Flucht. Er hat von früher noch viel Geld auf der Seite. Damit finanziert er jetzt seine Rache, unterzieht sich mehreren kosmetischen Operationen, beschafft sich eine neue Identität und reist zurück. Der Rest des Films handelt davon, wie er, als Investor getarnt, seine drei ehemaligen Geschäftspartner ruiniert.«

»Die ihm das Heroin in sein Gepäck geschmuggelt haben, nicht wahr?«

»Haben schmuggeln lassen, genau.«

Zum ersten Mal, seit er zu erzählen begonnen hatte, wandte Marina ihre grünen Augen von ihm ab, sah sich nach ihrem Glas um und trank einen Schluck. Auch sie hatte sich angesichts der Weinkarte für ein indisches *Kingfisher Beer* entschieden.

Danach vertiefte sie sich wieder ganz in Jonas. »Du weißt,

dass das mit der richtigen Besetzung ein Blockbuster werden kann.«

Jonas lächelte grimmig. »Mit der richtigen Besetzung, dem richtigen Drehbuch, der richtigen Regie und dem richtigen Produzenten.«

Marina nickte nachdenklich. »Wie lange bist du schon an diesem Projekt?«

Jonas schenkte beiden den Rest ihrer Fläschchen ein. »Netto oder brutto?«, fragte er.

»Beides.«

»Das erste Exposé habe ich in einer Nacht runtergeschrieben. Also zwölf Stunden netto. Und zwar 2009. Also sechs Jahre brutto.«

»Und niemand, der sich interessiert?«

»So ist das im Filmgeschäft: Alle wollen Erfahrung, und niemand lässt sie einen sammeln.«

Marina lächelte abgeklärt. »Und wenn man sie hat, ist man zu alt.«

»Woher weißt du das?«, fragte Jonas verwundert.

»Das sagt mein Stiefvater immer.«

»Auch Filmer?«

»Berufsberater.«

※

Marinas Wohnung lag ganz in der Nähe des Restaurants, und so gingen sie zu Fuß. Es war eine Föhnnacht. Ein heftiger Wind rüttelte an den Weihnachtsdekorationen der türkischen, tamilischen und italienischen Geschäfte, an denen sie vorbeigingen. Marina hatte sich bei ihm eingehängt, und sie schlenderten durch das nächtliche Wohnviertel wie ein vertrautes Paar auf dem Nachhauseweg.

Sie war eine große Frau, und die Highheels, die sie trug, machten sie ein kleines Stück größer als Jonas. Er hatte sich von Anfang an wohl gefühlt in ihrer Gegenwart, und dieses Gefühl verstärkte sich nun, als sie an seinem Arm ging, leicht und anschmiegsam trotz ihrer Größe.

Vor dem Eingang eines neuen Wohnblocks ließ sie seinen Arm los und fischte einen Schlüssel aus der Handtasche. Sie hatte das gleiche Lächeln, das ihn während des Interviews mit dem Starlet amüsiert hatte, und wartete darauf, was er sagen würde.

Er sagte etwas verlegen: »Ich nehme an, du bittest deine Dates nicht schon am ersten Abend zu einem Schlummertrunk herauf.«

»Doch«, antwortete sie. »Aber nicht die, die ich wiedersehen will.« Sie nahm seinen Kopf, zog ihn zu sich heran und küsste ihn flüchtig auf den Mund. Er fasste sie um die Taille, aber sie löste seine Hände, schloss die Tür auf und verschwand im Hauseingang.

※

Er war zu beflügelt, um jetzt einfach ein Taxi zu nehmen und schlafen zu gehen. So machte er sich zu Fuß auf in Richtung seiner Wohnung, die in einer ganz anderen Gegend lag. Er würde sich von seiner Eingebung leiten lassen und entweder ein Taxi anhalten oder irgendwo einkehren oder den ganzen Weg flanierend zurücklegen.

Der Föhn jagte noch immer seine unberechenbaren Böen

durch die unansehnlichen Straßen, da und dort grölten ein paar versprengte Fans einer siegreichen Fußballmannschaft, und vor den Clubs vertraten sich die Raucher die Füße.

Jonas hatte seit seiner Scheidung mehrere Beziehungen gehabt. Aber noch nie war er nach einem Rendezvous so verzaubert gewesen wie in dieser unwirtlichen Nacht.

Er erreichte den Hauptbahnhof und nahm die Abkürzung durch die Bahnhofshalle. Es herrschte die gewohnte Mischung aus Bewegung und Stillstand. Agglos, die den Abend in der Stadt verbracht hatten, eilten zu ihren Regionalzügen. Pendler, bei denen es später geworden war, kamen ihnen auf dem Weg nach Hause entgegen. Und mitten in diesem Kommen und Gehen hing das übliche Bahnhofsvolk herum, das nirgendwo herkam und nirgendwo hinwollte.

Die Bahnhofstraße war fast menschenleer. Der Wind brachte Bewegung in die hundertfünfzigtausend Leuchtdioden über ihr, die sich dennoch nicht gegen die grellen Weihnachtsbeleuchtungen und Leuchtreklamen der Geschäfte durchsetzen konnten.

Er ging tief in Gedanken an den Uhren- und Schmuckgeschäften und ihren Blumentrögen und Findlingen vorbei, mit denen sie sich vor Rammbockeinbrüchen schützten.

Bei der nächsten Station hielt eines der letzten Trams, das in seine Gegend fuhr. Er stieg ein und lehnte sich im Heck des Anhängers gegen das Fenster, obwohl der Wagen fast leer war. Er war immer noch aufgekratzt und verspürte keine Lust, sich zu setzen.

Die wenigen Fahrgäste waren mit sich selbst beschäftigt. Die Stille wurde nur unterbrochen durch die Ankündigungen der nächsten Stationen und Umsteigemöglichkeiten.

Wie ein Raumschiff, dachte Jonas, das durch die nächtliche Unwirklichkeit der noblen Geschäfte und ehrwürdigen Großbanken glitt. Zwei sich fremde Welten.

Schwach spiegelte der See den Glanz der Straßenbeleuchtung und des trägen Nachtverkehrs. Der Föhn kräuselte seine Oberfläche und schaukelte die Plattformen der stillgelegten Bootsvermietungen und die eingemotteten Boote.

Ein paar Fahrgäste stiegen aus, ein paar stiegen ein, und die Fahrt ging weiter, vorbei an der Oper und dem kleinen Bahnhof, hinein in sein Quartier.

Jonas Brand stieg aus. Die zwei Stationen bis zu seiner Straße wollte er zu Fuß gehen. Und sich damit die Möglichkeit offenhalten, noch spontan im Cesare reinzuschauen.

Was er auch tat. Er nickte einem der Raucher vor dem Eingang zu, den er vom Sehen kannte, und betrat das Lokal. Die laute Musik täuschte mehr Betrieb vor, als tatsächlich herrschte. An der Bar unterhielten sich ein paar Gäste, und ein paar der Tische waren noch besetzt. Hier ein paar ernste Diskutierer, da ein Paar, das sich noch nicht entschieden hatte, ob bei ihm oder bei ihr.

Jonas stellte sich an einen der runden Stehtische. Ein junger italienischer Kellner fragte ihn, was er trinken wolle. Brand blieb beim Bier.

Eine junge Frau kam an den Tisch. Sie hatte ein Glas mit viel Grünzeug und wenig Flüssigkeit in der Hand und etwas Mühe, auf ihren Stilettos das Gleichgewicht zu halten. »Ich kenne dich«, sagte sie und stellte das Glas neben sein frisches Bier.

Es kam ab und zu vor, dass ihn jemand erkannte, denn manchmal schnitt er sich als Fragesteller in ein Interview hinein. Damit es natürlicher wirkte und auch, um sich ein wenig Bildschirmpräsenz zu verschaffen. Sie erleichterte den Zugang zu den Halbprominenten und war an gewissen Abenden auch in Situationen wie diesen hilfreich.

Aber dies war nicht einer dieser Abende.

Die Frau war hübsch auf eine etwas oft gesehene Art. Sie trug mehr Make-up als nötig und hatte sich offenbar für die Begegnung mit ihm die Lippen nachgezogen. »Du bist einer von *Highlife*«, stellte sie fest. »Stimmt's?«

Er schüttelte den Kopf und trank einen großen Schluck Bier, wie um ihr zu zeigen, dass er nicht lange bleiben wollte.

»Ich habe dich aber in *Highlife* gesehen. Du bist Reporter.«

»Das ist möglich, ich arbeite manchmal für die«, gab er zur Antwort, trank einen weiteren großen Schluck und sah sich nach dem Kellner um.

Sie sah ihm in die Augen und fragte: »Hast du es eilig?«

»Ein wenig.«

Sie nickte ironisch. »Einfach dringend noch ein Bier gebraucht. Kenne ich.«

Der Kellner kam und legte seinen schweren Geldbeutel auf den Tisch. »Alles zusammen?«

»Dafür kennen wir uns zu kurz«, sagte Jonas.

»Ich hätte schon Zeit gehabt«, schmollte sie.

Brand suchte in seinem Portemonnaie nach sechs Franken, fand nur etwas Kleingeld und einen Zweihunderter. »Sorry, muss leider so bezahlen.«

»Macht nichts, so zählt es sich schneller am Feierabend«, antwortete der Kellner und gab ihm heraus.

Die Frau mit dem leeren Drink sah zu, wie die Scheine

die Hand wechselten. »Die einen haben die Zeit, die anderen das Geld.«

Jonas musste lachen. Er zeigte auf ihr Glas und sagte: »Und noch so einen, was war das?«

»Mojito«, sagte sie. »Aber du musst mittrinken.«

Er wartete, bis sie ihren Drink hatte, prostete ihr zu mit seinem letzten Schluck Bier und wünschte ihr eine gute Nacht.

»Schade«, sagte sie und begann, sich nach Gesellschaft umzusehen.

*

Bis zu seiner Wohnung waren es noch knapp zehn Minuten. Der Föhnsturm hatte so zugenommen, dass Jonas die Trottoirs dicht vor den Häuserfassaden vorsichtig mied. Der Wind klapperte und ächzte in den Balkonen, brauste in den kahlen Alleebäumen und schlug mit nicht festgemachten Fensterläden.

Rofflerstraße 73 war ein vierstöckiges Backsteingebäude aus den dreißiger Jahren. Durch einen schmalen vernachlässigten Vorgarten gelangte man zum Hauseingang. Er war von je vier hässlichen nachträglich angebrachten Normbriefkästen aus Aluminium flankiert. Jonas nahm seine Post und ging die drei Treppen hinauf.

Die Wohnung war so ein Fall gewesen, bei dem ihm die Bildschirmpräsenz geholfen hatte. Bei der Besichtigung standen die Interessenten Schlange auf der Treppe, denn Altbauwohnungen mit hohen Räumen zu einem erschwinglichen Preis in dieser Gegend waren eine Rarität. Die ältere Frau von der Hausverwaltung hatte ihn erkannt. Sie hatte zwar keine Bemerkung gemacht, aber Jonas Brand hatte inzwischen einen Blick dafür, ob ihn jemand aus dem Fernsehen erkannte.

Auf jeden Fall wurde er den vielen Paaren und Familien vorgezogen, obwohl er auf dem Fragebogen kein Geheimnis daraus gemacht hatte, dass er geschieden und Single war.

Um die drei Zimmer und den großzügigen Flur zu beleben, hatte er sie mit allem, was ihm in die Hände fiel, möbliert und dekoriert. Er wurde Stammkunde bei den Brockenstuben, Flohmärkten und Trödlern der Stadt.

Brand war ein Sammler ohne Konzept, kaufte Asiatica, Militaria, Porzellan, Volkskunst, Textilien, Poster, Nippes, Fotos, Nierentische, Stahlrohrmöbel, Kristallluster, einfach alles, was ihm aus irgendeinem Grund gefiel oder er bemerkenswert fand.

Diese unsystematische Sammelwut verlieh seiner Wohnung eine etwas museale Gemütlichkeit, die gar nicht so richtig zu ihm passen wollte, denn sein Stil war im Grunde eher schnörkellos. Aber manchmal hatte er das Gefühl, dass er sich seiner Umgebung anzupassen begann.

Er hängte seinen Mantel an die runde Holzgarderobe, die aussah, als hätte sie in den fünfziger Jahren in einem Lehrerzimmer gestanden, ging ins Wohnzimmer und begann seine Beleuchtungszeremonie. Der Raum hatte keine zentrale Lichtquelle, sondern war voller Tisch- und Wandlampen, Stehlampen, Spots und Bodenleuchten. Auch eine Leuchtreklame für ein Dancing namens »Chérie« und ein leuchtendes Michelin-Männchen dienten als Lichtspender.

Jonas schaltete alles ein, machte sich einen Grüntee und steckte ein Sandelholzräucherstäbchen an.

Er war bei einem seiner Streifzüge auf eine kleine Sammlung skurriler Räucherstäbchenhalter gestoßen. Nymphen am Ende langgezogener Teiche, die als Aschenfänger dienten, Knochenmänner in Hamolstellung, in deren Augenhöhlen man die Stäbchen steckte, oder Drachen, denen man sie wie Speere in den Rachen stieß. Er hatte die ganze Sammlung zu einem sehr günstigen Preis gekauft, und die Standbesitzerin schenkte ihm als Zugabe eine Handvoll Schachteln mit Stäbchen verschiedener Duftnoten. Was ihn daran zweifeln ließ, dass der Preis tatsächlich so günstig gewesen war. So kam er auf den Geschmack der Räucherstäbchen.

Er setzte sich in einen ledernen Polstersessel, dessen schadhafte Stellen er mit einer Kanga verdeckt hatte. Das bedruckte Tragetuch aus Tansania zeigte eine grüne Palme und vier Kokosnüsse auf gelbem Grund und die Aufschrift: *Naogopa simba na meno yake siogopi mtu kwa maneno yake.* Das war Kisuaheli und hieß: »Ich fürchte mich vor einem Löwen mit seinen starken Zähnen, aber nicht vor einem Mann mit seinen Worten.«

Jonas griff zur Fernbedienung, stellte die Anlage an und erschrak. In voller Lautstärke fuhr das Gitarren-Intro von Bob Dylans *Man in the Long Black Coat* in die Stille.

Die Lautstärke stammte noch von einem jener sentimentalen Abende, die ihm manchmal widerfuhren und die in zu viel Alkohol und zu lauter Musik ausarteten. Sie waren selten und kündigten sich nicht an, hatten mit der Einsamkeit des Single zu tun, und wenn er ehrlich war, genoss er sie sogar ein wenig.

Er drosselte die Lautstärke, stand auf und legte etwas ein, das besser zu seiner Stimmung passte. Er war nicht traurig. Höchstens ein bisschen darüber, dass sie ihn nicht heraufgebeten hatte.

Marina hatte Dinge aus ihm herausgelockt, die er noch kaum einem Menschen erzählt hatte. Es passierte ihm ganz selten, dass er über sich sprach. Und wenn, dann hatte er danach immer ein schlechtes Gefühl, wie nach einem Abend mit zu viel Alkohol und zu ungenauen Erinnerungen.

Aber diesmal war kein übler Nachgeschmack zurückgeblieben. Er hatte sich von Anfang an wohlgefühlt, und es war ihm ganz normal vorgekommen, von sich zu erzählen.

Es war, als würde er Marina schon jahrelang kennen. Ein ähnliches Gefühl hatte er noch nie verspürt, und er war auch jetzt noch, allein in seiner Wohnung, ganz davon erfüllt.

Er ging in die Küche und machte sich noch einen Tee. Während er dem anschwellenden Tosen des Wasserkochers lauschte, fiel sein Blick auf das Schulheft von Frau Knezevic, seiner kroatischen Putzfrau. Es lag auf der Espressomaschine, dort, wo Jonas es auf keinen Fall übersehen würde. Das bedeutete, dass das Geld, das er jeweils zwischen die Seiten schob, aufgebraucht war. Oder sogar, dass sie bereits Dinge aus der eigenen Tasche hatte bezahlen müssen. Bestimmt nicht viel, denn er hatte sie im Verdacht, dass sie jeweils rechtzeitig einen kleinen Einkauf eigens zu diesem Zweck machte. Damit er ein schlechtes Gewissen bekam.

Er nahm das Heft und den Tee mit ins Wohnzimmer. Es war aus der Form gegangen von all den Quittungen und Aufstellungen, die es enthielt. Brand kontrollierte die Abrechnung jedes Mal, obwohl er noch nie einen Fehler entdeckt hatte. Er wollte nicht, dass Frau Knezevic das Gefühl hatte, es komme ihm auf ein paar Franken mehr oder weniger nicht an. Obwohl sie damit nicht ganz unrecht hätte.

Für Jonas Brand spielte Geld keine große Rolle. Nicht, weil er besonders viel davon besaß, sondern, weil es für ihn nichts als ein Mittel war, um ein einigermaßen komfortables Leben zu führen und ab und zu eine Reise zu machen. Geld war für ihn ebensowenig ein Statussymbol wie sein Auto. Auch hier interessierte ihn nur der Zweck, ihn und seine Ausrüstung von A nach B zu bringen. Sein bald zehn Jahre alter vw Passat Diesel war denn auch entsprechend vernachlässigt.

Brands Desinteresse an Geld konnte dazu führen, dass er den Überblick über seine Finanzen verlor und einen Anruf von Herrn Weber, dem langjährigen gutmütigen Kundenberater seiner Bank, riskierte, weil er im Minus war.

Auch die Nerven des Buchhalters seiner Einzelfirma Brand Productions strapazierte er jeden September, wenn die Steuererklärung fällig wurde, weil er bei der Trennung zwischen Geschäft und privat schlampte und die Belege durcheinanderbrachte oder falsch zuordnete.

Aber bei Frau Knezevic war er genau und nahm sich die Mühe, jede Position zu addieren.

Acht Franken fünfzehn war er im Minus. Er machte ein pedantisches Häkchen neben den Saldo, zerknüllte die Belege und warf sie in den Müll. Mit zweihundert Franken füllte er Frau Knezevics leere Kasse jeweils wieder auf. In seinem Portemonnaie fand er nur den Hunderter und das Wechselgeld, das ihm der Kellner im Cesare herausgegeben hatte, und musste zum Safe.

Brands Safe befand sich im Schlafzimmer vor einer Wand voller präparierter Schmetterlinge hinter Glas. Es war eine Statue aus Vietnam. Eine sitzende Frau in einem Kleid aus grünem Lack mit bronzefarbener Bordüre und einem passenden Turban. Er hatte sie bei einer Antiquitätenhändlerin in Saigon gekauft, die ihm erklärte, es handle sich um eine Muttergottheit einer uralten vietnamesischen Volksreligion.

Am Rücken der Statue ließ sich ein Stück der Stola abheben. Darunter war ein Deckel im gleichen Lackfinish wie das übrige Kleid passgenau eingelassen. Wenn man an der richtigen Stelle auf seinen Rand drückte, rutschte er auf der gegenüberliegenden Seite genug weit aus seinem Rahmen, dass man ihn fassen und entfernen konnte. Darunter befand sich ein Hohlraum von neun mal neun Zentimetern. Dort, hatte ihm die Händlerin erklärt, hatte sich früher die Seele der Frau befunden. Als sie ihr Dasein als Muttergottheit gegen das eines Dekorationsartikels tauschte, wurde die Seele entfernt. Jetzt bot dieser Hohlraum gerade genug Platz für ein paar Banknoten.

Im Moment war es allerdings nur ein Hunderter. Jonas nahm ihn heraus, ging zurück ins Wohnzimmer und legte ihn neben den anderen auf das Schulheft, auf das Frau Knezevic in ihrer etwas kindlichen Handschrift »Kassa« geschrieben hatte.

Da lagen sie, die beiden Scheine. Rechts das Porträt von Alberto Giacometti, der Jonas immer vorkam, als hätte er eine verstopfte Nase und müsste durch den leicht geöffneten Mund atmen. Links seine berühmteste Plastik, *L'homme qui marche*, »Der Gehende«, der für ihn aussah, als sei er soeben mit dem rechten Bein über die Hürde aus Zahlen gestiegen, die die Seriennummer der Banknote bildeten. – Die letzten sieben Stellen von dieser hier hätten übrigens eine angenehme Telefonnummer abgegeben: 200 44 88.

Ein Knall schreckte ihn auf. Jonas rannte in die Küche. Der Föhn hatte den oberen Flügel des Küchenfensters aufgestoßen, dessen Fensterhaken nicht verschlossen gewesen war. Er schloss ihn und ging beruhigt ins Wohnzimmer zurück.

Der Windstoß hatte die Geldscheine vom Tisch geweht. Der mit den Endziffern 200 44 88 lag gleich neben dem Fauteuil, auf dem er gesessen hatte.

Den anderen fand er unter dem Blumenständer neben dem Fenster, auf dem ein Farn um sein Überleben kämpfte. Er hob ihn auf und sah ihn an. Er trug die Endziffern 200 44 88.

Was für ein seltsamer Zufall, dachte er und verglich die Zahlen. Er hatte sich nicht getäuscht: Die siebenstelligen Endzahlen waren identisch. Und nicht nur das: Auch die drei Anfangsziffern waren gleich! Beide Hunderter trugen die Seriennummer 07E2004488.

Was konnte das bedeuten? Nach Jonas Brands laienhaften Kenntnissen von Banknoten nur eines: Eine von beiden war falsch.

Er trug sie in sein Studio, wie er sein Arbeitszimmer nannte. Es war im Unterschied zur übrigen Wohnung ganz nüchtern eingerichtet. Weißes Büromobiliar, dazu passende Regale mit sorgfältig beschrifteten Archivschachteln. Das Herz des Studios war der Schneideplatz. Ein großer aufgeräumter Tisch mit zwei Flachbildschirmen, einer Tastatur und einer Maus. Davor stand ein chromblitzender ledergepolsterter Managerstuhl, den er sich nach einem Bandscheibenvorfall vor zwei Jahren geleistet hatte und für den er sich vor Besuchern manchmal etwas genierte.

Aus der obersten Schublade eines Rollkorpus nahm er eine Lupe. Er schaltete die Schreibtischlampe an, richtete sie auf die Banknoten und untersuchte sie mit der Lupe. Welches war die falsche?

Jonas Brand fand keinen Unterschied, aber er wusste auch nicht, wonach er suchen musste. Einer der Scheine fühlte sich etwas neuer und knisternder an. Es war der, den er der Statue entnommen hatte. Das Überbleibsel seines letzten Besuchs bei einem Geldautomaten.

Der andere war schon durch viele Hände gegangen und etwas schlapp. Es war der, den ihm der Kellner im Cesare ausgehändigt hatte. War das der gefälschte? Und falls ja, hatte der Kellner es gewusst?

Brand steckte die Scheine in sein Portemonnaie. Gleich am nächsten Morgen würde er zur Bank gehen und herausfinden, welcher der falsche und welcher der echte war.

Er ging ins Bett und schlief ein, während vor den Fenstern der Wind seinen Unfug trieb.

2

Herr Weber war Jonas Brands Kundenberater, seit er sein Konto vor über fünfzehn Jahren von der Swiss International Bank zur General Confederate Bank of Switzerland transferiert hatte. Der Grund für den Bankenwechsel damals war sein Privatkundenberater bei der SIB gewesen, der ihm eines Tages ohne Vorwarnung seine Bankomat- und seine Kreditkarte gesperrt hatte, nur weil er mit achtzig Franken im Minus war. Das wäre halb so schlimm gewesen, wenn er nicht gerade in Marokko gewesen und seine Schiffs- und Bahnkarten für die Rückreise geklaut worden wären. Seine Eltern erhielten die Genugtuung, dass er sie bitten musste, ihm aus der Patsche zu helfen. Und er musste drei Nächte in der schlimmsten Absteige Casablancas verbringen, bis sie es endlich geschafft hatten, ihm das Geld über Western Union zu überweisen.

Noch am Tag seiner Ankunft in Zürich war er wutschnaubend zu seinem Privatkundenberater bei der SIB gegangen, hatte ihm die achtzig Franken, um die er sein Konto überzogen hatte, ausgehändigt und das Konto aufgelöst. Dann war er über die Straße zur GCBS marschiert und hatte mit dem zweitletzten Hunderter aus der Überweisung seiner Eltern ein Konto eröffnet. Das war der Beginn seiner Geschäftsbeziehung zu Herrn Weber gewesen.

Herr Weber war damals Ende dreißig gewesen und hatte

die Hoffnung auf eine Karriere noch nicht ganz begraben. Er war ein kleiner dünner Mann mit einem seltsam tief in die Stirn gezogenen Haaransatz, was seiner Erscheinung etwas Äffchenhaftes verlieh. In den ersten Jahren hatte Herr Weber sich noch benommen wie ein Banker. Hatte die gleichen Floskeln gebraucht und versucht, Jonas Anlagen und Dienstleistungen anzudrehen, die er »Produkte« nannte, als handle es sich um etwas Handfestes.

Als Jahre später auf seinem Kärtchen noch immer »Privatkundenberater/Schalter« stand, musste ihm klargeworden sein, dass er am Ende seiner Laufbahn angelangt war, und er schlug sich auf die Seite seiner Kunden. Rümpfte die Nase über die hausinterne Bürokratie und sprach nur noch mit leiser Ironie über seine Vorgesetzten.

Er erinnerte Jonas an seinen Korporal in der Rekrutenschule, der sie schikanierte bis zu dem Tag, an dem er erfuhr, dass er den Offiziersvorschlag nicht bekommen würde, und daraufhin mit seinen Rekruten fraternisierte. Aber anders als Herrn Weber, dem er selbst in dessen ehrgeizigsten Phasen viel weniger ausgeliefert war, verzieh er dem Korporal nicht. Bis zum heutigen Tag.

Herr Weber, dessen Haaransatz sich noch immer unweit der Nasenwurzel befand, untersuchte die Scheine sorgfältig und erklärte Jonas die achtzehn Sicherheitsmerkmale: die schimmernde transparente Zauberzahl, die durchsichtigen Kreuze, das Wasserzeichenporträt, die Wasserzeichenziffer, die Linienstrukturen, die ihre Farben wechselten, die abfärbenden Kupferdruckziffern, die tanzende Zahl auf der silberglänzenden Folie, die perforierte Wertzahl, die mit bloßem Auge nicht zu entziffernden beiden Mikrotexte, die Chamäleonzahl, die je nach Lichteinfall eine andere Farbe annimmt, die Ziffern, die nur bei UV-Beleuchtung sichtbar sind, der Buchstabe G, der glitzert, wenn man die Note bewegt, die Kippzahl, die nur aus extrem flachem Winkel zu erkennen ist, das tastbare Blindenzeichen, der metallisierte Sicherheitsfaden und die beiden Seriennummern.

Alle waren vorhanden, und alle stimmten.

»Für mich sind beide echt«, sagte Herr Weber schließlich.

»Und wie ist es möglich, dass beide die gleiche Seriennummer haben?«

»Es ist nicht möglich. Haben Sie einen Moment Zeit? Ich möchte einen Kollegen hinzuziehen.«

Jonas sah, wie Herr Weber im Bürobereich hinter den Schaltern an den Schreibtisch eines Mitarbeiters ging und sich die beiden über die Scheine beugten. Eine Frau, die an einem Nebenschalter eine Kundin bedient hatte, gesellte sich dazu, und bald stand ein Grüppchen Bankangestellter beisammen und wunderte sich über das Phänomen.

Jonas war schon etwas ungeduldig geworden, als Herr Weber endlich zurückkam. »Komisch. Für uns alle sind beide echt. Darf ich eine Fotokopie machen?«

»Ich dachte, das sei verboten?«

»Es wäre nicht das erste Mal, dass in diesen Räumen etwas Verbotenes getan wird«, gab Herr Weber mit seinem ironischen Lächeln zurück. Er verschwand mit den Noten.

Als er zurückkam und sie Jonas aushändigte, ermahnte er ihn: »Passen Sie gut darauf auf, das sind Sammlerstücke.«

Jonas hob noch etwas Geld für Frau Knezevic und seine laufenden Ausgaben ab und ging.

Zu Hause verstaute er die beiden Sammlerstücke im Rücken der geheimnisvollen vietnamesischen Gottheit.

*

Am nächsten Abend trafen sie sich wieder. Jonas hatte bis zehn Uhr gewartet und sie dann angerufen. Seine Nummer war offenbar in ihrem Verzeichnis gespeichert, denn sie meldete sich mit:»Wie hast du geschlafen, Jonas?«

»Mutterseelenallein«, hatte er geantwortet. Dann verabredeten sie sich ohne Umschweife zum Abendessen.

Diesmal war er der Zuhörer und sah ihr gebannt in die Augen. Es waren asiatische Augen, mandelförmig mit doppelter Lidfalte, aber sie waren von europäischem Grün. Ihre Haare mit den knapp über den Brauen waagerecht geschnittenen Fransen hatten einen braunen Schimmer. Ihre Wangenknochen waren ausgeprägt und ihre Lippen voll und von einem tieferen Rot als am Vorabend.

»Die meisten Leute denken, ich sei die Tochter eines Schweizers, der hier keine Frau fand und sich in Thailand eine geangelt hat.«

»Aber?«

»Aber ich bin die Tochter eines Filipinos, der sich hier eine Schweizerin geangelt hat.« Sie lachte wie über einen Witz, den sie schon oft erzählt hatte. »Mein Vater hatte ein Stipendium für ein Agronomie-Studium in der Schweiz. Als er abgeschlossen hatte, ging er mit meiner Mutter in die Philippinen zurück. Ich bin dort geboren.«

»Sprichst du Filipino?«

32

»Nur ein paar Worte. Meine Eltern haben sich getrennt, als ich sechs war. Meine Mutter ist mit mir in die Schweiz zurück und hat wieder geheiratet.«

»Einen Spanier?«

»Wegen dem Ruiz? Nein, der Name stammt von meinem leiblichen Vater. Viele Filipinos haben spanische Namen. Mein Stiefvater ist Schweizer.«

Marina erzählte ihm ihr Leben, als bewerbe sie sich um eine Stelle in seinem. Sie beantwortete auch seine Zwischenfragen gewissenhaft, auch die, die er nicht stellte.

»Warum fragst du mich nicht, ob es da jemanden gibt?«

»Du hast mich das auch nicht gefragt.«

»Was hättest du geantwortet?«

»Ab und zu. Und du?«

»Ab und zu. Und: früher mal etwas Festes.«

Jonas lächelte. »Bei mir auch. Ich war sogar mal verheiratet.«

»Ich nur fast.«

Damit war das Thema abgehakt.

Später fragte Jonas: »Und wie um alles in der Welt bist du im Eventmanagement gelandet?«

»Wahrscheinlich auf ähnliche Art wie du im Lifestyle-Journalismus.«

»Also vorübergehend?«

Sie lachte. »Nein, zufällig, meinte ich. Ich hatte in einer Eventagentur gejobbt während der Semesterferien.«

»Und dann hat es dir gefallen.«

»Jedenfalls besser als Rechtswissenschaft.«

»Du wolltest Juristin werden?«

»Mehr meine Mutter.«

»Und jetzt? Gefällt es dir immer noch, das Eventmanagement?«

Marina strich sich die Haare aus dem Gesicht und überlegte. »Es ist okay. Abwechslungsreich, vielseitig. Wenn du gerne kommunizierst und dich nicht an unregelmäßigen Arbeitszeiten störst, ist es kein übler Job. Und anständig bezahlt. Und du triffst viele Leute. Manchmal sogar interessante.«

Sie lachte wieder verschwörerisch wie damals hinter dem Rücken von Melinda Trueheart. Und wie damals, als es zu einer sofortigen Verabredung zum Essen geführt hatte, beschleunigte es auch diesmal den Lauf der Dinge.

»Und jetzt?«, fragte Jonas.

»*Your place*«, antwortete Marina.

*

Es war erst zweiundzwanzig Uhr, als Jonas seine Wohnungstür aufschloss. So eilig hatten sie es.

Im Vestibül küssten sie sich lange, und als sie voneinander ließen, um ihre Mäntel loszuwerden, fragte Marina: »Hast du etwas zu trinken?«

Jonas ging in die Küche und fand eine Flasche Nero d'Avola, die er kürzlich von einem Ex-Mister-Schweiz geschenkt bekommen hatte, als er ihn zur Eröffnung seiner Sportboutique interviewte. Er schenkte zwei Gläser voll und trug sie ins Vestibül. Marina war nicht mehr dort.

Auch in seinem Studio und im Wohnzimmer war sie nicht. Im Schlafzimmer fand er sie schließlich. Sie lag auf dem Federbett und hatte Arme und Beine von sich gestreckt wie ein

Hündchen, das am Bauch gekrault werden möchte. Sie war nackt. Ihre kleinen Brüste hoben sich kaum mehr von ihrem Körper ab als ihr glatter Venushügel.

Er stellte die Weingläser auf einen der Nachttische und zog sich unter ihrem herausfordernden Blick aus.

Später, als er halbaufgerichtet am Kopfende des Bettes saß und sie an seine rechte Schulter geschmiegt an dem schweren Wein nippte, machte sie mit dem Glas eine vage Bewegung in die Richtung der Schmetterlingssammlung, die er an einem Glückstag im Brockenhaus en bloc hatte kaufen können, und sagte: »All die Schmetterlinge.«

»Im Bauch habe ich noch mehr«, antwortete er.

Sie lächelte. »Sagst du das allen nach dem ersten Mal?«

Er zog sie näher zu sich und küsste sie auf die Stirn. Antwort gab er keine. Sie hätte ihm nicht geglaubt, wenn er die Wahrheit gesagt hätte. Nämlich, dass ihm der Satz gerade eingefallen war.

*

»Welches ist das halbe Zimmer?«, fragte Jonas am nächsten Abend bei Marina zu Hause.

»Dort, wo der Esstisch steht. Das Wohnzimmer ist das ganze, das Esszimmer ist das halbe. Darum Wohnesszimmer.«

Er stand neben Marina an der Theke, die die Küche vom Wohnesszimmer trennte, und sah ihr zu, wie sie mit einem großen Messer Koriander kleinschnitt. Auf dem Herd köchelte Huhn in einer Sauce aus Soja, Essig, Knoblauch, Lorbeer und Chili. »Adobo, philippinisches Nationalgericht«, hatte sie erklärt, als er sie fragte, was da so wunderbar duftete.

35

»Du kochst mir eine Jugenderinnerung?«

»Nein, daran erinnere ich mich nicht. Das habe ich erst als Erwachsene gelernt. Jemand hat mal zu mir gesagt: Man kann nicht aussehen wie du und kein Adobo kochen können.«

Sie hatte jetzt den Koriander fertiggehackt und schob ihn mit dem großen Messer auf dem weißen Schneidebrett zu einem Viereck zusammen. Dann ging sie zum Waschbecken und wollte sich die Hände waschen.

»Stopp!«, rief Jonas, ging zu ihr, nahm ihre linke Hand, mit der sie die Kräuter festgehalten hatte. Sie war lang und schmal, und ihre Nägel waren rot lackiert. Er führte sie an die Nase, roch daran und schloss die Augen. »Dass etwas so Schönes auch noch so herrlich duften kann.«

Marina lachte. »Und wie schmeckt's?«

Er schob sich einen ihrer Finger in den Mund und lutschte daran.

»Weißt du«, sagte sie, »dass Adobo umso besser wird, je länger es auf dem Herd steht?«

*

Als er am nächsten Tag nach Hause kam, war seine Wohnungstür nicht verschlossen, was nur bedeuten konnte, dass Frau Knezevic hier war. Es war zwar nicht ihr Tag, aber es kam vor, dass sie ihre Tour umstellte. Allerdings hinterließ sie ihm dann jeweils am Putztag davor eine Notiz. Das hatte sie letztes Mal nicht getan.

Die Wohnung roch fremd. Zuerst dachte er, dass Frau Knezevic ein neues Putzmittel benutzt hätte. Aber dafür war der Geruch zu kosmetisch. Vielleicht ein neues Parfum?

Jonas Brand hatte einmal gelesen, dass Frauen einen viel sensibleren Geruchssinn hätten als Männer und sich diesen bis ins hohe Alter bewahrten. Falls das stimmte, hatte er eine Frauennase. Es kam oft vor, dass er Düfte wahrnahm, die Frauen verborgen blieben.

Jonas ging in die Küche. Ein paar Türen des altmodischen, lindgrün gestrichenen Büfetts standen offen, mehrere Schubladen waren halb herausgezogen.

Frau Knezevics Schulheft lag auf dem Boden, die Belege und Abrechnungen daneben verstreut. Er hob das Heft auf. Von den zweihundert Franken, die er vor zwei Tagen zwischen die Seiten geschoben hatte, keine Spur.

»Frau Knezevic?«, rief er.

Keine Antwort.

Er ging durch den Korridor ins Wohnzimmer. Auch hier herrschte ein Durcheinander. Bücher am Boden, Nippes umgestoßen. Sein lederner Polstersessel lag mit den Füßen nach oben auf dem Boden, die grüngelbe Kanga aus Tansania daneben.

»Frau Knezevic?«, rief er wieder. Und hatte plötzlich das Bild vor Augen, dass sie gefesselt im Bad oder im Studio oder im Schlafzimmer lag.

Das Bad bot das gleiche Bild wie Küche und Wohnzimmer. Das Spiegelschränkchen war geöffnet, ein Teil des Inhalts befand sich im Waschbecken.

Im Studio lagen die Archivschachteln auf dem Boden vor ihrem Regal, der Inhalt der meisten auf dem Boden zerstreut. Die Schubladen der Korpusse waren bis zum Anschlag herausgezogen und ihr Inhalt durchwühlt worden. Der Schrank, in dem er seine vj-Ausrüstung aufbewahrte, stand offen, aber alles war noch da.

Im Schlafzimmer hatte man die Matratze gewendet, ein paar der Schmetterlingsrahmen lagen auf dem Bettzeug am Boden, auch hier herausgezogene Schubladen und geöffneter Kleiderschrank. Er musste über einen Haufen Hosen und Jacketts mit heraushängenden Taschen steigen, um zur vietnamesischen Muttergottheit zu gelangen, die umgekippt an ihrem Platz lag. Zwei ihrer ausgestreckten Finger mit den rot lackierten Nägeln waren abgebrochen.

Jonas hob das Stück der hölzernen Stola ab, drückte auf den Rand des eingelassenen Deckels und öffnete ihn.

Die Einbrecher hatten das Versteck nicht gefunden. Das Geld war noch da. Auch die beiden Noten mit den gleichen Seriennummern.

*

Der Polizist, dem er am Küchentisch gegenübersaß, schien Jonas den Einbruch übelzunehmen. »Wie gesagt: keine Einbruchsspuren«, wiederholte er in gehässigem Ton. »Sind Sie sicher, dass Sie abgeschlossen hatten?«

Auch Jonas gab seine Antwort nicht zum ersten Mal: »Ich musste schon zweimal den Schlüsseldienst anrufen. Die kamen auch rein ohne Einbruchsspuren.«

»Und weshalb mussten Sie den Schlüsseldienst kommen lassen?«

»Schlüssel vergessen.«

»Vergessen Sie öfter etwas?«

»Was hat das mit diesem Einbruch zu tun?«

»Könnte ja sein, dass Sie vergessen haben abzuschließen.«

»Können wir weitermachen?«, fragte Jonas, ebenfalls etwas gereizt.

»Das Vorgehen müssen Sie schon der Polizei überlassen«, belehrte ihn der Polizist.

Jonas schwieg.

»Also, was fehlt noch außer dem Geld?«

»Ich weiß es nicht. Das merke ich vielleicht erst beim Aufräumen.«

»Also keine Wertsachen, deren Fehlen Ihnen sofort ins Auge springen würde.«

»Nein, scheint nicht der Fall zu sein.«

»Bewahren Sie sonst noch irgendwo Geld auf, außer im Haushaltungsbuch Ihrer Putzfrau?«

Jonas zögerte eine Sekunde. »Ja«, gab er dann zu Protokoll, »in einem Buch.«

»Ist es noch da?«

»Hab noch nicht nachgesehen.«

»Vergessen?«, fragte der Polizist ironisch. Er stand auf. »Kommen Sie, zeigen Sie es mir.«

Jonas ging voraus und führte ihn ins Wohnzimmer. Dort standen zwei Kollegen des Polizisten und unterhielten sich. Als der Dienstältere mit Jonas das Zimmer betrat, verstummte ihr Gespräch, und sie fuhren fort, zu fotografieren und Spuren zu sichern.

»In welchem Buch?«, fragte der Protokollführer.

Jonas sah sich um und bückte sich schließlich nach einem Reiseführer von Bangkok, der aufgeschlagen mit den Seiten nach unten auf dem Boden lag.

Der Polizist nahm es ihm ab, blätterte es mit dem Daumen durch und schüttelte es. Nichts fiel raus.

»Wie viel war drin?«

»Etwa tausendfünfhundert«, antwortete Jonas. Er hatte weiß Gott lange genug für nichts Versicherungsprämien bezahlt.

Sie gingen zurück in die Küche. »Die haben offenbar nur nach Geld gesucht. Kriminaltouristen. Albaner, Rumänen, Marokkaner, kennen wir alles.«

Sie setzten sich wieder an den Küchentisch, und der Polizist beschäftigte sich mit dem Protokoll.

»Etwa tausendfünfhundert Bargeld im Reiseführer plus die zweihundert im Haushaltsbuch.«

»Vierhundert.«

»Sie hatten zweihundert gesagt.«

»Ich habe mich getäuscht. Es waren vierhundert.«

Der Polizist machte eine Korrektur und murmelte: »Kommt sowieso nicht drauf an, ich glaube nicht, dass die Versicherung bezahlt.«

»Warum nicht?«

»Keine Einbruchsspuren. Ich muss das schreiben. Dann nehmen die an, die Wohnung war offen.«

»Sie war aber abgeschlossen«, protestierte Jonas.

»Ja, ja«, murmelte der Polizist.

*

Jonas spürte, dass sich jemand an ihm zu schaffen machte, ihm in die Hosen- und Jackentaschen griff. Er wollte sich wehren, aber jemand hielt seine Hände mit eisernem Griff fest.

Dann verschwamm alles, und als er wieder da war, hörte er Schritte, die sich eilig entfernten.

Er weigerte sich, die Augen zu öffnen. Er wollte noch nicht in die Wirklichkeit zurück und blieb einfach liegen.

Schritte kamen auf ihn zu, kurze, schnelle Frauenschritte mit klappernden hohen Absätzen.

Noch immer behielt er die Augen geschlossen. Dann Marinas Parfum, ihre Hand auf seiner Stirn, ihre Stimme, die leise und eindringlich seinen Namen sagte. »Jonas? Jonas? Komm zu dir. Jonas? Jonas?«

Er erinnerte sich, was passiert war. Ein gutes Zeichen. Damals, als er als junger Mann beim Skilaufen gestürzt war, konnte er sich nicht mehr daran erinnern, wie es zum Sturz gekommen war. Es stellte sich heraus, dass er eine Gehirnerschütterung erlitten hatte.

Diesmal erinnerte er sich. Er hatte Schritte hinter sich gehört und sich bewusst nicht umgesehen, um nicht paranoid zu erscheinen. Die Schritte waren immer näher gekommen. Es waren Schritte von zwei Personen. Noch immer wandte er sich nicht um. Erst als sie ihn eingeholt hatten, trat er beiseite, um sie auf dem schmalen Trottoir vorbeizulassen.

Er sah gerade noch, wie der Arm des einen niedersauste, spürte den Schlag auf dem Schädel und den Schmerz, der ihn durchzuckte.

Das Nächste waren die Hände, die ihn durchsuchten, die Schritte der Täter, die sich entfernten, Marinas Absätze, die sich näherten. Dann Duft, Berührung und Stimme von Marina.

Er rappelte sich auf und tastete seinen Kopf ab. Dort, wo der stechende Schmerz herkam, befand sich eine Beule.

»Was ist passiert?«

»Zwei Typen. Sie haben mich verfolgt und mir eins übergezogen.« Nun tastete er seine Jacke ab. Portemonnaie, Handy und Brieftasche fehlten.

»Scheiße!«, stieß er aus.

»Alles weg?«

»Alles.«

»Und ich dachte, ich wohne in einer sicheren Gegend.«

Jetzt erst bemerkte Jonas, dass sie sich praktisch vor Marinas Haus befanden. Sie hatten sich bei ihr verabredet, weil in seiner Wohnung Chaos herrschte. Sie wollten sich bei ihr zum Apéro treffen und dann etwas essen gehen. Er hatte einen Rosenstrauß für sie dabei, den er jetzt aufhob. Als er sich bückte, wurde ihm schwindlig, und er musste sich an ihr festhalten.

»Soll ich einen Krankenwagen rufen?«

»Lieber die Polizei.«

Jonas ging die paar Schritte bis zum Eingang ihres Hauses und setzte sich auf die unterste Stufe der kleinen Vortreppe.

Nun entdeckte er, dass auch seine Uhr fehlte. Die goldene Certina seines Vaters, die dieser für dreißigjährige Firmentreue geschenkt bekommen hatte. Zwei Jahre, bevor sie ihn im Zuge einer Restrukturierung entlassen hatten. Und vier Jahre, bevor er sich das Leben nahm. Sechsundfünfzig und immer noch ohne Arbeit.

Marina war stehen geblieben und wählte die Notrufnummer der Polizei. Ihre schlanke, hohe Gestalt wurde im Gegenlicht der Autoscheinwerfer ganz dünn. Wie Alberto Giacomettis Eisenplastik auf der Hunderternote.

Er fühlte sich schwach und gedemütigt. Zweimal hatte man kurz hintereinander seine Unversehrtheit verletzt. Zuerst die seines Privatbereichs. Und jetzt die seines Körpers.

Er spürte, dass ihm die Tränen kamen, und versuchte, sie zurückzuhalten, um sich wenigstens diese Demütigung vor Marina zu ersparen, die jetzt auf ihn zukam.

Aber als sie ihn erreichte, brach er in Tränen aus. Sie setzte sich wortlos neben ihn und legte ihm den Arm um die Schultern.

*

Es dauerte nur ein paar Minuten, bis der Streifenwagen kam. Er hatte das Blaulicht eingeschaltet, aber die Sirene war stumm.

Er fuhr mit zwei Reifen auf das Trottoir und blieb bei zuckendem Blaulicht stehen. Zwei Beamte stiegen aus, eine Frau und ein Mann, und kamen auf sie zu, die Arme etwas abgespreizt wie zwei Westernhelden vor dem Shootout.

»Haben Sie angerufen?«, fragte die Polizistin, als wäre Anrufen der Tatbestand.

»Ich«, antwortete Marina.

»Haben Sie einen Ausweis?«

»Nicht bei mir. Aber ich wohne hier oben«, antwortete Marina.

»Und Sie?«

Jonas kämpfte noch immer mit den Tränen. Marina sprang ihm bei: »Ihm wurde alles gestohlen. Er wurde überfallen.«

»Wo?«, fragte der Polizist.

»Da vorne.«

»Können Sie mir die Stelle zeigen?«

Marina ließ Jonas los, stand auf und führte die Polizisten zu der Stelle. Es war nichts zu sehen außer einer zertretenen Rosenblüte auf dem Asphalt.

»Die stammt von dem Strauß, den er mir mitbringen wollte.«

Die Polizistin nahm ihre Taschenlampe vom Gürtel. In dem grellen Lichtkegel war auf der Rosenblüte ein Abdruck zu sehen. Das Profil einer Schuhsohle.

»Gestern wurde bei ihm eingebrochen und heute das.«

Die Polizistin ging zum Streifenwagen und funkte der Zentrale.

*

Auf der Frühstückstheke in Marinas Wohnung standen zwei Champagnergläser, ein Eiskübel mit einer halben Flasche Veuve Cliquot und ein Glas mit einer Handvoll Grissini wie ein Bündel Mikadostäbchen.

Marina bot den Beamten Stühle am Esszimmertisch an und wollte Jonas in einen Stuhl gegenüber helfen. Er wehrte ab und setzte sich ohne ihre Unterstützung. »Es geht schon wieder«, murmelte er. Und den Beamten erklärte er: »Verzeihen Sie, das war alles ein bisschen viel. Gestern der Einbruch und jetzt das.«

»Glauben Sie, das hat miteinander zu tun?«, fragte die Polizistin.

Die Frage überraschte Jonas. »Wie kommen Sie darauf?«

»Könnte ja sein.«

»Dass es miteinander zu tun hat?«

»Nein. Dass Sie das glauben.«

Jonas überlegte. Schließlich schüttelte er den Kopf. »Ich glaube es nicht.«

Aber während der ganzen Protokollaufnahme ging ihm die Frage nicht aus dem Sinn.

Hatte es miteinander zu tun?

*

Es war fast zwei Uhr früh, als sie von der Notfallstation zurückkamen. Marina hatte darauf bestanden, dass er sich untersuchen ließ.

Und so hatte Jonas sich widerwillig in ihren Mini verfrachten lassen, als die Beamten endlich weg waren. Zwei Stunden hatten sie im Warteraum zugebracht, immer wieder hatten dringendere, blutigere Fälle Vorrang erhalten.

Nachdem endlich Jonas' Name aufgerufen worden war, verbrachten sie weitere zwei Stunden hinter einem Vorhang, er auf einer Liege, sie daneben auf dem Besucherstuhl.

Sie sprachen nicht, denn hinter dem Vorhang nebenan jammerte ein Mann vor sich hin und stieß immer wieder »Verdammtes-Arschloch-verdammtes-das-hast-du-keinem-Toten-getan-Arschloch-verdammtes« aus.

Als endlich ein übermüdeter junger Assistenzarzt den Vorhang beiseiteschob, war Jonas eingeschlafen.

Der Arzt weckte ihn, untersuchte seine Reaktionen, prüfte seine Pupillen, fragte ihn nach Symptomen wie Schwindel oder Übelkeit, wollte wissen, ob er sich an die Ereignisse vor dem Überfall erinnere und an die danach, untersuchte seine Beule und schärfte ihm ein, sich sofort zu melden, falls

Symptome wie Übelkeit und Erbrechen, Benommenheit und Schwindelgefühle, Sehstörungen, Kopfschmerzen, Schlafstörungen, Licht- und Geräuschempfindlichkeit auftreten sollten.

Er verschrieb ihm etwas gegen die Kopfschmerzen, schaute auf die Uhr, unterdrückte ein Gähnen und entließ ihn.

Jetzt waren sie wieder in Marinas Wohnung. Jonas hatte ohne viel Nachdruck vorgeschlagen, sie solle ihn nach Hause bringen, aber Marina war nicht darauf eingegangen.

Das Eis im Champagnerkübel war geschmolzen, und das Etikett schwamm neben der kleinen Flasche im lauwarmen Wasser.

Jonas ließ sich von Marina ins Bett bringen wie ein Kind und schlief sofort ein.

*

Er erwachte mit einem unguten Gefühl und brauchte einen Moment, um herauszufinden, woher es rührte. Als ihm Sekunden später wieder alles präsent war, wäre er am liebsten in den Schlaf zurückgekrochen.

Aber er musste den Verlust seiner Kreditkarten, seines Handys und seiner Papiere melden, er musste sich bei seinen Auftraggebern für zwei Tage krankschreiben lassen, er musste den ganzen Papierkrieg in Angriff nehmen, der nach einem solchen Vorfall nötig war.

Dazu kam, dass er sich um zehn Uhr mit Frau Knezevic zum Aufräumen seiner Wohnung verabredet hatte.

Er stand auf und betrachtete im Spiegel das Heftpflaster, mit dem seine Beule verarztet worden war. Vielleicht war es doch keine so gute Idee gewesen, die schütter werdenden Haare abzurasieren. Sie hätten es ein wenig kaschiert.

Auf dem Esstisch lag eine Notiz von Marina und ihr Hausschlüssel:

»Wollte dich nicht wecken. Wenn du das liest, geh noch mal ins Bett, und wenn du dann ausgeschlafen bist, ruf mich an, und sag mir, wie es deinem Kopf geht. Falls du unbedingt aus dem Haus musst, schließ bitte die Wohnung ab. Und nimm den Schlüssel mit. Bis dann – Marina«

Darunter hatte sie ihre Nummer notiert, die zusammen mit seinem Handy verschwunden war.

Aber er ging nicht ins Bett, sondern setzte sich an Marinas Telefon und erledigte die Anrufe. Als er nach dem letzten aufgelegt hatte, sah er am Backofen blau die Ziffern einer Uhr leuchten. 11:16.

Frau Knezevic!

Auch ihre Nummer war ihm mit dem Handy abhandengekommen. Er rief bei sich zu Hause an und hoffte, dass sie ausnahmsweise abnahm.

Erst beim dritten Versuch meldete sie sich. »Ja«, sagte ihre misstrauische Stimme.

»Verzeihen Sie, ich habe verschlafen. Ich wurde gestern überfallen.«

Das Wort fand sich nirgends in ihrem deutschen Wortschatz. »Was ist überfallen?«

»Zwei Männer haben mir auf den Kopf geschlagen und alles gestohlen«, erklärte Jonas. »Geld, Handy, Ausweise, Kreditkarten.«

»Sicher Serben«, sagte Frau Knezevic.

47

Er musste klingeln, denn Frau Knezevics Schlüssel steckte von innen. Es dauerte eine ganze Weile, bis ihre Stimme durch die Tür rief: »Wer ist?«

»Ich bin's, Jonas Brand!«, rief er zurück.

Sie öffnete die Tür ein wenig, linste durch den Spalt und ließ ihn herein.

Frau Knezevic war eine kleine, rundliche Frau von etwa vierzig. Ihr kurzes blondes Haar hatte eine Nachfärbung nötig. Sie trug eine blaue Arbeitsschürze mit dem Emblem des Universitätsspitals, obwohl sie nie dort gearbeitet hatte. Sie sah mit schmerzverzerrtem Gesicht auf das Pflaster auf seinem kahlen Schädel.

»Tut weh?«, erkundigte sie sich.

»Es geht.«

In der Wohnung roch es sauber. Es war kühl, denn in jedem Zimmer stand ein Fenster offen. Bad und Küche waren aufgeräumt, im Schlafzimmer war das Bett wieder in Ordnung gebracht, und die Möbel standen an ihrem Platz. Seine Kleider hingen im Schrank, auch Wäsche und Hemden waren eingeräumt. Der Inhalt der Schubladen lag immer noch am Boden, aber geordnet.

»Weiß nicht, was wo«, erklärte Frau Knezevic.

Frau Knezevic machte sich im Wohnzimmer an die Arbeit, Jonas blieb im Schlafzimmer.

Die vietnamesische Muttergottheit trug ihr abgründiges Lächeln auf dem breiten, fast weißen, mit etwas Rouge aufgefrischten Gesicht, als wüsste sie mehr, als Jonas lieb sein konnte. An ihrem linken Augenwinkel war ein wenig

Farbe abgeblättert und verlieh ihrem Blick etwas Verschlagenes.

Jonas drehte sie um, öffnete ihr Geheimfach, nahm die beiden Hunderter heraus und ging ins Studio.

Hier war noch alles so, wie er es verlassen hatte. Die meisten Archivschachteln lagen am Boden, ihr Inhalt war verstreut. Brand schaltete seinen Mac ein, öffnete den Deckel seines Scanners und legte die beiden Geldscheine auf das Flachbett. Dann setzte er sich vor den Bildschirm und öffnete das Scannerprogramm.

Das Geräusch des in Position fahrenden Abtasters ließ ihn zusammenzucken. Er fühlte sich nicht mehr sicher in seinen eigenen vier Wänden.

Nachdem er auch die Rückseite der Noten gescannt hatte, verstaute er sie wieder in ihrem Versteck. Dann rief er Marina an.

Sie meldete sich mit gedämpfter Stimme. »Wo kann ich dich zurückrufen? Ich bin in einem Dreh.«

Er gab ihr die Nummer seiner Wohnung, und sie beendeten das Gespräch.

Dann machte er sich daran, die Sachen einzuräumen, deren Platz Frau Knezevic nicht kannte.

Das Klingeln des Telefons zeigte ihm erneut, wie schreckhaft ihn die Ereignisse der letzten zwei Tage gemacht hatten. Es war Marina.

»Wie fühlst du dich?«

»Okay.«

»Keines von den Symptomen, die der Arzt erwähnt hat, Gleichgewichtsstörungen, Schwindel?«

»Keines. Nur ein bisschen schlapp.«

»Du hättest im Bett bleiben sollen.«

»Ich kann doch nicht alles so liegenlassen.«

»Ich muss heute Abend arbeiten, Plattentaufe, das wird spät. Aber du hast ja einen Schlüssel, falls du nicht bei dir übernachten willst.« Es klang mehr fürsorglich als verheißungsvoll.

»Danke. Ich schau mal, wie lange ich hier habe.«

Frau Knezevic hatte beim Lebensmittelgeschäft um die Ecke Brot, Fleischkäse und Äpfel gekauft und den Küchentisch für einen kleinen Imbiss gedeckt. Sie aßen lange schweigend. Plötzlich sagte Frau Knezevic: »Waren nicht Serben.«

»Warum nicht?«

»Serben hätten Computer genommen. Und Kamera. Und Anlage. Alles.«

»Die Polizei sagt, es seien Albaner, Rumänen oder Marokkaner gewesen.«

Frau Knezevic dachte kurz darüber nach. Dann schüttelte sie entschieden den Kopf. »Die hätten auch alles genommen.«

*

Frau Knezevic war vor zwei Stunden gegangen und Jonas im Studio darin vertieft, die auf dem Boden verstreuten Notizen, Tapes und Speicherkarten seiner Berichte ihren Mäppchen und diese den richtigen Archivschachteln zuzuordnen.

Auf der Schmalseite jeder Schachtel klebte ein durchnummeriertes Inhaltsverzeichnis, jede Nummer bezog sich auf ein Registermäppchen, das die Datenträger und alle Notizen und Unterlagen des jeweiligen Berichts enthielt.

Das Sortieren führte ihn tief in seine Vergangenheit, in die Anfänge seiner Zeit als Videojournalist und zu längst vergessenen Reportagen.

Eine seiner ersten selbständigen Arbeiten war eine Reportage über Fernfahrer gewesen. Er war tage- und nächtelang mit seinem ersten eigenen Camcorder auf Parkplätzen von Autobahnraststätten herumgelungert und hatte Fernfahrern aufgelauert, die eine der Sprachen beherrschten, in denen er sich verständigen konnte, und die nichts dagegen hatten, gefilmt und interviewt zu werden. Muffige Führerkabinen mit ungemachten Schlafkojen, auf dem Gaskocher gewärmte orientalische Fertiggerichte, Countrymusik und kalter Regen waren ihm aus jenen Tagen in Erinnerung geblieben. Und die Frage des Redakteurs, dem er das Video anbot: »Was ist das, ein Film-Essay? Und warum schwarzweiß? Wir haben hier Farbfernsehen.«

Es war einer der ersten Dämpfer seiner künstlerischen Ambitionen gewesen. Und es sollte nicht der letzte bleiben.

Jonas sah die Standfotos der Reportage durch, die in einer Hülle aus durchsichtigem Papier steckten. Obwohl sie nur zehn Jahre zurücklagen, sahen sie alt aus. Die Haarschnitte der Fernfahrer, ihre Kleidung, die Personenwagen im Hintergrund und die Art, wie die Fotos kopiert waren – mit hartem Kontrast auf Hochglanzpapier –, hatten etwas Düsteres, Gestriges.

Er räumte alles in das Mäppchen zurück und schob es in die Archivschachtel, in die es gehörte. Die Position im Inhaltsverzeichnis auf der Schachtel markierte er mit gelbem Leuchtstift. Als Erinnerung daran, dass er das Tape auf eine DVD speichern wollte. Wenn er einmal nichts zu tun hatte.

Viele der Mäppchen, denen er den Inhalt wieder zuge-ordnet hatte, enthielten neben dem Rohmaterial und seinem fertiggeschnittenen Beitrag auch eine zweite Schnittversion. Das war jeweils die Version, die der zuständige Redakteur aus Jonas' Material geschnitten hatte, weil er sie besser fand. Die meisten waren mit Bemerkungen in Jonas' Handschrift verse-hen. Sie lauteten: »schlechter«, »viel schlechter« oder schlicht »Scheiße«.

Jonas hatte eine Weile gebraucht, bis er sich daran ge-wöhnt hatte, nur Zulieferer der Redakteure zu sein und seine Arbeit als Beitrag von jemand anderem angekündigt zu sehen. Dafür hatte er dann seinen künstlerischen Ehrgeiz ganz auf *Montecristo* konzentriert und seine Tätigkeit als VJ zum reinen Geldjob gemacht.

Aber jetzt, wo ihn der Einbruch zwang, sich mit der Arbeit seiner letzten Jahre auseinanderzusetzen, kamen ihm Zwei-fel, ob das die richtige Entscheidung gewesen war. Vielleicht sollte er sich ab und zu doch mal ein höheres Ziel stecken.

Die Dämmerung war weit fortgeschritten, und Regen trommelte leise an das Fenster. Jonas erhob sich vom Boden und streckte seine vom langen Kauern und Knien steif ge-wordenen Glieder. Er stellte sich ans Fenster und schaute auf die Rofflerstraße hinunter. In ein paar Fenstern im Haus gegenüber – es war ebenfalls aus Backstein und stammte aus den dreißiger Jahren – brannte Licht. An den Scheiben von zwei übereinanderliegenden Fenstern klebten Zeichnungen und Kinderbasteleien. In den Küchenfenstern sah er die bei-den Mütter hantieren. Er kannte die Familien vom Sehen und hatte lange gebraucht, um sie auseinanderhalten zu kön-nen. Die Kinder waren etwa gleich alt, die Frauen waren zur gleichen Zeit schwanger gewesen, und die Väter sah er manchmal gemeinsam im Vorgarten grillen.

Es gab Momente, in denen er sie bedauerte. Aber in letzter Zeit gab es immer mehr solche, in denen sein Bedauern ihm selbst galt.

Er wandte sich wieder seiner Aufräumarbeit zu. Der Boden war nun fast frei, die Archivschachteln standen an ihren Plätzen im Regal. Er bückte sich nach einer Speicherkarte. Sie war datiert mit September des laufenden Jahres und beschriftet mit »Personenschaden«. Das ungeschnittene Material aus dem Zug nach Basel. Brand hatte damals bei ein paar Sendern vorsondiert, ob sie Interesse hätten, und alle hatten erwartungsgemäß geantwortet: »Kannst du nicht einen Rohschnitt machen? Dann entscheiden wir.«

Wie so oft hatte er keine Zeit gehabt für einen Rohschnitt. Beziehungsweise keine Lust, viel Zeit für nichts aufzuwenden. Das Material reichte nicht für eine Reportage. Es war nur eine Impression, ein kleines, aus dem Zusammenhang gerissenes Aperçu. Wenn er eine Chance haben wollte, es bei einem Sender unterzubringen, brauchte es mehr Hintergrundmaterial zu den Fahrgästen und zum Opfer. Mit anderen Worten: viel wahrscheinlich unbezahlte Arbeit.

Er steckte den Datenträger und die dazugehörigen Notizen in ihr Mäppchen. Aber anstatt es in seine Archivschachtel zu versenken, legte er es neben den Bildschirm auf seinem Schneideplatz. Vielleicht war dies eine der Gelegenheiten, sich ein höheres Ziel zu stecken.

Plötzlich befiel ihn eine lähmende Müdigkeit. War das eines der Symptome, die der Arzt in der Notfallstation erwähnt hatte? Er ging mit schweren Beinen ins Schlafzimmer, zog die Schuhe aus und legte sich mit den Kleidern auf das frischbezogene Bett.

Aber er konnte nicht einschlafen. Ungewohnte Geräusche hinderten ihn daran. Und das Bewusstsein, dass jemand in seinen Sachen gewühlt und seine Intimsphäre verletzt hatte. Er fühlte sich wie ein Fremder in seinen eigenen vier Wänden.

Nach einer Stunde gab er es auf, zog sich an, packte eine kleine Tasche mit dem Nötigsten, bestellte ein Taxi und fuhr zu Marinas Wohnung.

*

Als er eintraf, war sie noch nicht zu Hause. Er setzte sich auf ihr weißes Sofa und wartete.

Ihre Wohnung war das Gegenteil von seiner. Keine Nippes, kahle Wände. Der einzige Wandschmuck war ein Büchergestell mit vier Regalen voller nach Größen geordneter Bücher.

Eigentlich sah es hier aus, wie es bei ihm zu Hause aussehen würde, wenn er nicht beschlossen hätte, seine große Wohnung mit mehr als nur seiner Gegenwart auszufüllen. Vielleicht war das auch nur eine Reaktion auf seine Ex gewesen, die ihm vorgeworfen hatte, ein Minimalist zu sein. Auch emotional.

Das stimmte nicht. Jonas war ein sensibler, gefühlsbestimmter und oft auch sentimentaler Mensch. Den Minimalismus hatte er nur vorgetäuscht, um dies alles im Zaum zu halten.

Er schaute sich im Wohnesszimmer um, das aussah wie der Warteraum einer teuren Schönheitsklinik. Wie verhielt sich das bei Marina? Sah es in ihr drinnen auch so geordnet und sauber aus? Oder verbarg sich darunter ein Gewusel aus Gefühlen, Leidenschaften und Stimmungen?

Eines wusste er schon jetzt: Marina war die sinnlichste Frau, die er in seinem bisherigen Leben getroffen hatte. Das deutete doch eher auf die zweite Möglichkeit hin.

Die Müdigkeit, die ihn zu Hause befallen und doch nicht hatte schlafen lassen, kam wieder zurück. Am liebsten hätte er sich in ihr Bett gelegt, aber dazu kannten sie sich noch zu wenig. Jemandem den Hausschlüssel geben und ihn in seinem Bett vorfinden waren dann doch zwei verschiedene Dinge.

Er zog die Schuhe aus und streckte sich auf dem Sofa aus. Fast augenblicklich schlief er ein.

*

Früher war Max Gantmann der Mann gewesen, der den Fernsehzuschauern die Wirtschaft erklärte. Aber noch vor Ausbruch der Finanzkrise erhielt er von höchster Stelle Bildschirmverbot. Offiziell aus Reorganisationsgründen, aber in Wirklichkeit aus ästhetischen. Gantmanns äußere Erscheinung war den Zuschauern einfach nicht mehr zuzumuten.

Lange hatte die Chefredaktion darüber hinweggesehen. In Anerkennung seiner Brillanz und aus Rücksicht auf den Grund seiner Selbstvernachlässigung: den Tod seiner Frau. Sie war bei einem Autounfall ums Leben gekommen und hatte ihn fassungs- und hilflos zurückgelassen.

Seither arbeitete er im Hintergrund. Er schrieb Analysen und Kommentare für die adretteren seiner Kollegen und war die Anlaufstelle für alle Fragen der Wirtschaftsredaktion. Sein Arbeitsplatz lag am Ende eines langen Korridors voller Türen mit originellen Klebern. An seiner Tür klebte nichts. Das war das einzig Ordentliche an seinem Büro.

Jonas hatte Max als Kameramann beim Weltwirtschaftsforum kennengelernt, nicht lange nach dem Tod von dessen Frau und noch vor dem Bildschirmverbot. Max hatte ein Interview mit Tony Blair verschlafen, weil er am Vorabend sturzbetrunken gewesen war. Jonas hatte ihn gedeckt und seine Ausrede bestätigt, sie seien früh am Morgen mit ihrem Wagen im Schnee steckengeblieben. Das hatte Max ihm nie vergessen.

Jonas musste dreimal anklopfen, bis eine unwirsche Stimme »Ja!« rief. Er holte tief Luft und trat ein.

Das Büro war von Zigarettenrauch vernebelt. Es herrschte ein Chaos wie in der Wohnung eines Messies. Überall stapelten sich Manuskripte, Bücher, Zeitungen, Briefe, Prospekte, Fastfoodverpackungen und Müll. Ein schmaler Pfad führte zu einem ebenfalls als Ablagefläche dienenden Besucherstuhl und weiter zu einem großen Schreibtisch mit zwei Bildschirmen, hinter denen Max Gantmann saß.

»Dich habe ich völlig vergessen«, sagte er.

»Sonst hättest du aufgeräumt?«

Jonas schlängelte sich zu ihm durch, Max streckte ihm seine feuchte, gepolsterte Hand entgegen und ließ sie sich drücken.

Er war ein sehr dicker, großer Mann. Das Weiß seiner langen, dichten, im Nacken zu einem Pferdeschwanz zusammengebundenen Haare war vergilbt und bildete einen starken Kontrast zu dem aufgedunsenen, hochroten Gesicht. Wie immer seit seiner Lebenskatastrophe trug er einen schwarzen, von Asche und Essen verfleckten Dreiteiler und ein weißes Hemd ohne Krawatte. Max machte wenig überzeugende Anstalten, sich zu erheben, und gehorchte sofort, als Jonas sagte: »Bleib sitzen.«

»Nimm Platz, wenn du einen findest«, forderte Max ihn auf, ohne die Zigarette aus dem Mund zu nehmen.

Jonas sah sich um, nahm dann einen Stapel von der Schreibtischkante, stellte ihn auf den Boden und setzte sich halb auf die frei gewordene Stelle.

»Immer noch im sogenannten ›Boulevardgeschäft‹?«

Gantmann hatte Jonas Brand seit jenem Weltwirtschaftsforum als seinen Protegé betrachtet und es ihm übelgenommen, als er sich selbständig machte und auch Aufträge für People-Magazine ausführte. »›Boulevard‹«, hatte er gesagt, »ist nur ein hübscheres Wort für ›Straße‹. ›Straßenjournalismus‹ sollte es heißen. ›Gossenjournalismus‹! Er zielt auf die niedrigen Instinkte der Leute. Du begibst dich bewusst unter dein eigenes Niveau. Und weißt du, was das ist? Zynismus! Der schlimmste Charakterfehler des Journalisten. Pfui! ›Boulevard‹! Das erheben nur die zur Gattung, die einmal besser waren und jetzt dort gelandet sind.«

»Es sind nur Brotjobs«, hatte sich Brand verteidigt. »Ich mache es, bis ich vom eigenen Niveau leben kann.«

Aber in den Jahren seiner Selbständigkeit waren die Aufträge für *Highlife* nicht weniger geworden. Im Gegenteil, der Name Jonas Brand hatte sich inzwischen einen Stammplatz erobert in den Vor- und Abspannen der Beiträge des People-Magazins. Max Gantmann war das natürlich nicht entgangen.

»Was kann ich für dich tun?«, fragte er, noch immer mit

der Zigarette im Mund und gegen den Rauch zusammengekniffenen Augen.

Jonas zog einen Umschlag aus der Innentasche seines Jacketts, entnahm ihm die beiden Hunderter und hielt sie Max hin.

»Schuldest du mir das? Hab ich vergessen.«

»Schau sie dir genau an. Fällt dir etwas auf?«

Gantmann schob die Brille, die er wie ein Diadem in den Haaren trug, auf die Nase zurück und studierte die Banknoten. Jonas betrachtete die leicht zitternden nikotingelben Finger mit den ungepflegten Nägeln, wie sie die Geldscheine drehten und wendeten. Er half: »Die Seriennummern.«

Max Gantmann verglich sie. Er sah überrascht zu Jonas auf, nahm die Zigarette aus dem Mund und drückte sie im überfüllten Aschenbecher aus. »Das gibt's doch nicht.«

»Das wollte ich von dir hören: dass es das nicht gibt, zwei gleiche Seriennummern.«

Gantmann fing an, die Sicherheitsmerkmale zu kontrollieren.

»Beide echt. Die GCBS hat es mir bestätigt.«

Max wiegte den Kopf. »Und was haben sie dazu gesagt?«

»Passen Sie gut darauf auf, das sind Sammlerstücke.«

Max lachte grimmig. »Allerdings. Gut darauf aufpassen würde ich auch. Verdammt gut. Und auch auf dich selbst.«

»Wie meinst du das?«

»Ich könnte mir vorstellen, dass es Leute gibt, denen es äußerst unangenehm wäre, wenn das an die Öffentlichkeit gelangte.«

Brand sah zum Fenster hinaus. Die Scheibe war vollgeklebt mit Notizen, Fresszetteln und Zeitungsausschnitten.

Dazwischen waren Industriebauten, Garagen, Sportplätze, Straßen und Wohnblöcke zu sehen. »Vorgestern wurde bei mir eingebrochen und die Wohnung auf den Kopf gestellt. Gestern wurde ich überfallen und ausgeraubt.« Er senkte den Kopf und deutete auf die Beule. »Glaubst du, das könnte …«

»Sicher«, antwortete Max. »Sagt dir der Name Coromag etwas?«

Jonas hatte ihn schon gehört. Im Zusammenhang mit einem Kulturförderpreis, über dessen Verleihung er einmal hatte berichten müssen. »Eine Druckerei, oder?«

»Nicht irgendeine. Eine Sicherheitsdruckerei. Sie druckt Banknoten für viele Länder. Unter anderem für die Schweiz.«

Max steckte sich eine neue Zigarette an und tippte etwas in seine Tastatur. Dann drehte er den Bildschirm so, dass Jonas daraufsehen konnte. Was er sah, war ein Chart. Oben links stand COROMAG, und auf der Tabelle zeigte eine Kurve im Zickzack von links oben nach rechts unten und flachte erst kurz vor dem Tabellenende ab.

»Was du hier siehst«, erklärte Max, »ist das Bild einer Firma, die sich keinen Fehler leisten darf. Absolut keinen. Und schon gar keinen solchen.« Er hob die Noten von der Tischplatte und hielt sie Jonas hin. Als dieser sie ihm abgenommen hatte, blies er sich auf die Finger, als hätte er sich daran verbrannt.

»Gib sie so schnell wie möglich aus«, riet er Jonas, »das ist nichts fürs People-Business.«

3

Adam Dillier hatte seinen besten Tag seit Monaten. Er war wie immer der Erste im Büro und ging mit elastischen Schritten an den Sicherheitskontrollen der Nachtschicht vorbei zum noch menschenleeren Empfang des Bürotrakts. Im Lift hinterließ er seine Duftmarke aus etwas zu viel Eau de Toilette und begab sich zum Kaffeeautomaten. Wie immer hatte die Nachtschicht der Security freundlicherweise zwei Kaffees gemacht, damit der erste für Dillier nicht so abgestanden schmeckte.

Er war nicht immer ein Frühaufsteher gewesen. Erst der Geschäftsgang der Coromag hatte ihn dazu gemacht. Er schlief ein wie ein Baby und erwachte eine Stunde später mit dem Gefühl, die ganze Nacht durchgeschlafen zu haben. Von da an döste er nur noch in kurzen Etappen, zwischen denen er die Probleme der Coromag wälzte, und davon gab es eine ganze Menge. Seit der zweimaligen Rettung des Unternehmens in letzter Minute waren diese zwar etwas weniger geworden, aber danach hatte die etwas spezielle Art dieser Rettung Anlass zu schlaflosen Nächten gegeben. Und als auch dieses Thema aus der Welt geschafft war, hatte er sich so an seine Schlafstörungen gewöhnt, dass er weiterhin zwischen vier und fünf Uhr früh aufstand, durch das nächtliche Quartier joggte und zwischen sechs und sieben im Büro aufkreuzte.

Die Stelle als CEO der Coromag hatte lange wie die Rettung seiner Karriere ausgesehen. Davor hatte er einem größeren, wichtigeren Industrieunternehmen vorgestanden und war dort über eine gescheiterte Diversifikation gestolpert. Mit dem Verwaltungsrat, der auch kein Interesse hatte, die Sache an die große Glocke zu hängen, hatte er sich auf eine Sprachregelung geeinigt, die selbst in Headhunterkreisen als unverdächtig durchging, und so war er zum Job des CEO der Firma gekommen, die neben Wertpapieren, Reisedokumenten und Banknoten für mehrere Länder auch die Währung der Schweiz druckte. Was dem Unternehmen an Größe und Börsenrelevanz fehlte, machte es durch Respektabilität und Tradition wett. Diese beiden Punkte hatten ihn dann auch die paar Leichen übersehen lassen, die im Keller der Coromag lagen.

Dillier war kein Turnaround-Manager und mit den Problemen des Unternehmens überfordert. Eine Tatsache, die er nie zugeben würde, die aber zu den Plagegeistern gehörte, mit denen er sich nachts in den Laken wälzte.

Ihm war klar, dass, sollte er mit der Coromag scheitern, es keine Sprachregelung mehr geben würde, die ihn nochmals in eine leitende Position in der Schweizer Wirtschaft retten würde. Deswegen war er von Anfang an fest entschlossen gewesen, sehr weit zu gehen, um ein solches Scheitern zu verhindern. Dass er aber so weit gehen würde, wie er inzwischen gegangen war, hätte er sich dann doch nicht träumen lassen.

Aber jetzt schien sich doch alles endlich zum Guten zu wenden. Bei der letzten Bilanzkonferenz konnte er die Analysten mit Zahlen überraschen, die den Kurszerfall endlich bremsten und sogar einen leichten Trend nach oben auslösten.

Und jetzt die Anfrage von *Highlife*. Er kannte das Lifestyle-Magazin zwar nur von den seltenen Gelegenheiten, bei denen er mit seiner Frau vor dem Fernseher saß, aber dabei war ihm aufgefallen, dass darin immer wieder Wirtschaftsführer aus seiner oder auch aus einer höheren Liga gefeatured wurden. Und er wusste von seinem PR-Berater, dass eine wenn auch nicht übertriebene, so doch gewisse Medienpräsenz im gesellschaftlichen Kontext auch dem geschäftlichen Marktwert diente.

Ein gewisser Jonas Brand, der seiner Frau als Autor von *Highlife* kein Unbekannter war, plante eine Serie über das Privatleben von Wirtschaftsführern und hatte sich für eine erste Kontaktaufnahme mit Konzeptgespräch und kurzem Interview für heute Vormittag angemeldet. Dillier hatte nach kurzem vorgetäuschten Zögern zugesagt. Vielleicht war das endlich die Wende.

Als Zeitpunkt hatte Dillier acht Uhr dreißig vorgeschlagen. Früh genug, um dem Fernsehmann ein Beispiel der hier herrschenden Arbeitsdisziplin zu demonstrieren, und spät genug, um sicherzustellen, dass auch die Letzten eingestempelt hatten. Jetzt war es kurz vor sieben. Um halb acht würde seine Personal Assistant mit frischen Croissants für den Besucher eintreffen, und sie würden bis zu dessen Eintreffen gemeinsam ein paar Pendenzen abhaken.

Bis dahin wollte er die Statements noch einmal durchgehen, die er mit seinem PR-Mann vorbereitet hatte.

Der Fernsehmann war größer, als er ihn sich vorgestellt hatte, aber seine Kleidung entsprach in etwa Dilliers Erwartungen: Jeans, Lederjacke, Rollkragenpullover. Der Dreitagebart und die Dreitagestoppeln auf dem rasierten Schädel passten gut zu seinem markanten Gesicht. Er mochte Ende dreißig sein, vielleicht auch drüber, Dillier war nicht gut im Schätzen des Alters von Männern.

Er empfing ihn in seinem Büro. Sie setzten sich in die Ledergruppe, die PA servierte Kaffee und Croissants. Dillier merkte, dass er etwas viel sprach und etwas laut lachte, zwei Zeichen dafür, dass er ein bisschen nervös war. Er sagte: »Dann schießen Sie mal los. Was ist Ihr Konzept?«

»Es ist ganz einfach. Work/Life. Ich porträtiere Manager in ihrem Arbeits- und ihrem Privatumfeld und stelle beides einander gegenüber.«

»Nicht zu privat, hoffe ich.« Wieder lachte Dillier etwas laut.

»So privat, wie Sie wollen.«

»Und wann soll das gesendet werden?«

»Das kann ich noch nicht sagen. Das entscheidet die Redaktion. Die wollen erst mal ein Beispiel sehen. Der Beitrag über Sie ist sozusagen der Pilot.«

Dillier war sich nicht sicher, was er davon halten sollte. Die schlechte Nachricht war, dass das Projekt noch nicht einmal abgesegnet war. Die gute, dass es mit ihm als Protagonisten beginnen sollte. »Dann opfere ich also meine Zeit, ohne dass Sie mir garantieren können, dass der Beitrag erscheint?« Es sollte munter klingen, aber das gelang ihm nicht so recht.

»Garantieren? Das kann man leider nie in unserem Business. Aber das Konzept ist neu. Die Redaktionen sind immer auf der Suche nach neuen Ideen. Ich bin da recht zuversichtlich.«

»Okay, dann bin ich es auch. Wie wollen Sie vorgehen?«

»Ich dachte, wir führen zuerst ein kurzes Gespräch über Ihr Fachgebiet, von dem ich später Schlüsselstellen dazwischenschneiden kann.«

»Und wo wollen Sie das machen?«

»Am besten hier, da, wo Sie sitzen. Ich würde schnell die Kamera und etwas Licht aufbauen.«

»Wie lange brauchen Sie dafür?«

»Ein paar Minuten.«

»Dann lasse ich Sie so lange alleine. In unserem Business zählt jede Minute.«

Dillier ging ins Vorzimmer, setzte sich auf den Besucherstuhl seiner persönlichen Assistentin und las noch einmal die Statements durch.

Als er in sein Büro zurückkam, stand eine Kamera auf einem Stativ und eine LED-Leuchte daneben. Auf dem Clubtisch war ein Mikrophon installiert. Er setzte sich auf den dafür vorgesehenen Sessel, und Brand fokussierte die Kamera.

»Kamera läuft«, stellte er fest und nahm ihm gegenüber Platz. »Herr Dillier, Sie haben die Lizenz zum Gelddrucken«, begann er.

Dillier lachte und stellte richtig: »Die Coromag hat die Lizenz. Ich bin nur ihr CEO.« Vielleicht, dachte er, ist das jetzt etwas pedantisch gewesen. Aber von dem Mann, der für die Herstellung unseres Geldes verantwortlich ist, darf man ruhig etwas Genauigkeit erwarten.

Der Journalist stellte ihm ein paar allgemeine Fragen, für deren Beantwortung er immer wieder auf die vorbereiteten Statements zurückgreifen konnte. Dilliers Nervosität legte sich, seine Antworten wurden ausholender und, wie er fand, pointierter. Er fühlte sich wohl und war, ehrlich gesagt, ziemlich gut.

Nach einigen Minuten des Gesprächs reichte Brand ihm eine Hunderternote. »Ich würde jetzt gerne ein wenig konkreter werden. Könnten Sie unseren Zuschauern ein wenig über die Sicherheitsmerkmale Ihrer Produkte erzählen? Ich müsste dazu den Aufbau etwas ändern und von der Schulter filmen, damit ich schwenken und zoomen kann.«

Brand schraubte die Kamera ab, montierte sie auf ein Schulterstativ, setzte sich wieder gegenüber und richtete sie auf ihn. »Läuft.«

Dillier war jetzt in seinem Element. Er erklärte die Zauberzahl, die durchsichtigen Kreuze, das Wasserzeichenporträt, die Wasserzeichenziffer, die Linienstrukturen und ahnte, wie das Objektiv von seinen Händen auf sein Gesicht und zurück schwenkte.

Als er bei der Seriennummer ankam, unterbrach ihn der Videojournalist: »Ist es möglich, dass zwei Noten die gleiche Nummer tragen?«

Dillier sah auf und stellte fest, dass die Kamera voll auf sein Gesicht gerichtet war. Er schüttelte den Kopf mit einem nachsichtigen Lächeln. »Absolut ausgeschlossen. Die Seriennummern werden auf die fertigen Bogen gedruckt, danach werden die Noten geschnitten und elektronisch geprüft. Dieser Elektronik entgeht kein Fehler. Jede schadhafte Note wird automatisch aussortiert und geschreddert. Und darüber wird natürlich genau Buch geführt. Zuhanden der Schweizerischen Nationalbank, unserem Auftraggeber.«

Und dann kam der Moment, der aus Dilliers bestem Tag seit Monaten den schlechtesten machte: Jonas Brand nahm vom Clubtisch eine weitere Hunderternote, die Dillier bisher nicht beachtet hatte, und reichte sie ihm.

»Und wie erklären Sie unseren Zuschauern das?«

Dillier nahm den Schein entgegen und wusste, dass er jetzt die Seriennummern zu vergleichen hatte. Um Zeit zu gewinnen, verglich er alle vier Nummern umständlich, obwohl ihm klar war: Der Super-GAU war eingetreten.

Er sah auf, und die Kamera schwenkte von den Noten in seinen Händen zurück auf sein Gesicht.

Dillier lächelte. »Geben Sie mir einen Moment Zeit, ich muss mir das genauer ansehen.«

Er begann, die Sicherheitsmerkmale der neuen Note zu prüfen, stand sogar auf, ging zu seinem Schreibtisch und kam mit einer Lupe zurück, verglich die Merkmale der ersten Note mit denen der zweiten und dann wieder die der zweiten mit denen der ersten. Das alles, obwohl er genau wusste, dass er nichts anderes finden würde als die schreckliche Gewissheit, dass das, was statistisch als unmöglich galt, eingetreten war.

Erst jetzt begriff er, dass der Journalist die ganze Zeit weitergefilmt hatte. Dillier sah auf, hielt die flache Hand vor die Kamera wie ein Polizist, der ein Auto stoppt, und sagte, vielleicht etwas zu barsch: »Schalten Sie das einen Moment ab.«

Brand gehorchte und nahm die Kamera von der Schulter.

»Danke«, sagte Dillier versöhnlich. Er machte Anstalten, die Sicherheitsmerkmale weiter zu prüfen, doch dann sah er auf und fragte: »Woher haben Sie die Banknoten?«

»Eine habe ich als Wechselgeld in einem Restaurant bekommen. Die andere stammt aus einem Geldautomaten.«

»Es sind Ihre eigenen Noten?« Dillier hatte angenommen, dass irgendjemand sie ihm zugesteckt hatte. Dass der Zufall sie einem Journalisten direkt in die Hände gespielt haben sollte, war statistisch noch unwahrscheinlicher.

Der Journalist sagte: »Das legt die Vermutung nahe, dass es viele davon gibt, nicht wahr?«

Dillier ging nicht darauf ein. Er versuchte, Ordnung in die Gedanken zu bringen, die in seinem Kopf herumwirbelten.

Brand wartete.

Schließlich fand Dillier seine Sprache wieder. »Als ich gesagt habe, es sei absolut ausgeschlossen, dass zwei Banknoten die gleiche Seriennummer tragen, habe ich vielleicht ein wenig übertrieben. Unter bestimmten, statistisch vernachlässigbaren Voraussetzungen kann es tatsächlich einmal vorkommen. Sicherheitstechnisch ist das absolut irrelevant, die Seriennummer ist nur eines von achtzehn Sicherheitsmerkmalen.«

»Was sind das für Voraussetzungen, unter denen es vorkommen kann?«, wollte der Journalist wissen.

Dillier zögerte nur kurz. Er hatte seine Verteidigungsstrategie gefunden und spürte wieder Boden unter den Füßen. »Sagen wir einfach, es handelt sich um das im höchsten Maße unwahrscheinliche Zusammentreffen mehrerer ihrerseits höchst unwahrscheinlicher Ereignisse, die ich aus sicherheitstechnischen Gründen nicht im Detail erläutern kann. Das werden Sie bestimmt verstehen.«

»Und die elektronische Sicherheitsüberprüfung?«

»Gehört mit in diese Kette von – Jahrhundertzufällen.« Er war recht stolz auf diese Wortschöpfung, und auch Brand schien sich damit zufriedenzugeben.

Dillier sah auf die Uhr. »Wollen wir weitermachen?«

Der Journalist stellte noch ein paar Fragen, die er von der Schulter aus aufzeichnete, und kam rasch zum Ende. Dillier hatte den Verdacht, dass es ihm vor allem um die beiden Banknoten gegangen war, die noch immer auf dem Sofatisch lagen.

Als Brand die Hand danach ausstreckte, hielt Dillier die seine darüber. »Ich wollte Ihnen vorschlagen, dass ich die gegen zwei andere austausche. Sie wären sehr nützlich für die interne Untersuchung der« – er zeichnete zwei Gänsefüßchen in die Luft – »Panne.«

»Ich wollte sie eigentlich als Glücksbringer behalten.«

»Das können Sie, das können Sie. Sobald die Nachforschungen abgeschlossen sind, bekommen Sie sie zurück.«

Aber der Journalist blieb stur. »Wissen Sie was? Sie machen eine Fotokopie, und ich behalte die Originale«, schlug er vor.

Dillier gab noch nicht auf. »Meine Leute von der Qualitätssicherung würden natürlich lieber mit dem Originalmaterial arbeiten.«

»Tut mir leid«, erwiderte Brand, »ich bin ein wenig abergläubisch. Ich muss auf den Originalen bestehen.«

Dillier seufzte. »Dann mache ich die Kopien, während Sie zusammenräumen.«

Er nahm die Scheine und ging damit durch den Korridor in den Kopierraum. Dort zog er seine Brieftasche aus der

Brusttasche und stellte fest, dass sie nur Zweihunderter und Zwanziger enthielt. Er würde auf dem Rückweg seine PA um zwei Hunderter anpumpen, sie austauschen und hoffen, dass dem Mann der Tausch nicht auffallen würde. Falls doch, würde er übergeordnete nationale Interessen geltend machen.

Noch bevor der Kopierer das letzte Blatt ausgespuckt hatte, betrat der Journalist den Kopierraum.

Dillier reichte ihm die Noten. »Ich darf doch davon ausgehen, dass Sie die Sache *strictly off the record* behandeln«, legte er ihm nahe.

Brand murmelte etwas Unverständliches und steckte die Noten ein. Dillier insistierte nicht. Er wollte nicht den Eindruck erwecken, dass er der Angelegenheit die Bedeutung beimaß, die sie besaß.

Kaum hatte sich Brand verabschiedet, verbarrikadierte sich Adam Dillier in seinem Büro und verbrachte den Rest des Vormittags damit, einen Unerreichbaren zu erreichen.

*

Als Jonas die Sicherheitskontrolle an der Einfahrt der Coromag passiert hatte und stadteinwärts fuhr, war er sich ziemlich sicher, dass Dillier nichts mit dem Einbruch und dem Überfall zu tun hatte. Dessen Überraschung beim Anblick der beiden Noten hätte sein schauspielerisches Talent überfordert. Aber nervös hatte ihn die Sache schon gemacht. Jonas war sich sicher, dass Dillier die Noten ausgetauscht hätte, wenn er nicht im richtigen Moment im Kopierraum erschienen wäre.

Was nun? Die Idee mit dem Interview war nicht ausgego-

ren. Sie war ihm spontan nach dem Gespräch mit Max Gantmann gekommen. Er wollte ihm beweisen, dass er mehr
konnte als »Boulevard« und dass *Lifestyle* ein ganz prakti-
scher Türöffner war bei Leuten, an die man sonst nicht so
einfach herankam.

Er hatte jetzt also die Szene, wie der CEO etwas die Fas-
sung verliert, als er mit den beiden gleichen Seriennummern
konfrontiert wird. Aber wie weiter? Wie sollte er daraus einen seriösen Magazinbeitrag machen? Wenn ihm einer dabei
helfen konnte, war es Max. Aber ausgerechnet den konnte er
nicht fragen, ohne ihn in seinem Verdacht zu bestärken, dass
»Boulevard« vielleicht doch nicht unter Brands Niveau lag.

Es blieb ihm nichts anderes übrig, als den Beitrag auf gut
Glück abzuschließen und das fertige Resultat Max Gantmann
anzubieten. Wenn es gut geworden war, würde er es in einem Wirtschaftsmagazin unterbringen. Wenn nicht, würde
Max es nie zu Gesicht bekommen.

Es war noch vor elf Uhr, aber die Kolonne, in der er sich
befand, kam nur im Schritttempo voran. Er befürchtete, dass
er seine Bank nicht mehr vor Herrn Webers Mittagspause
erreichte.

Aber als er vor der GCBS auf einem Kundenparkplatz an-
hielt und gleich darauf den Schalterraum betrat, war sein
Kundenberater noch da und sogar frei.

»Bei mir ist eingebrochen worden, ich glaube, es ist Zeit,
ein Schließfach zu mieten«, erklärte er.

»Sehr vernünftig«, fand Herr Weber und holte die nöti-
gen Formulare. »Das kleinste kostet hundertfünf Franken.«
Und als er Brands Überraschung sah, ergänzte er: »Im Jahr.«

Er half Jonas beim Ausfüllen der Formulare. Jonas musste

unterschreiben, dass er keinen Sprengstoff, keine Schusswaffen oder Drogen deponiere. Und auch, dass es seine Aufgabe sei, den Inhalt zu versichern. Dann begleitete er ihn zum Aufzug, mit dem sie zwei Etagen tiefer fuhren.

Jonas war überrascht über die Nüchternheit der Räumlichkeiten. Anstatt auf hochflorige Teppiche und gedimmte Kristallleuchter traf er auf Betonböden und Neonlicht. Er kam sich vor wie im Luftschutzkeller eines Mehrfamilienhauses. Nur die Panzertür zum Schließfachraum öffnete sich automatisch.

Herr Weber führte ihn zu den kleinsten Fächern, steckte einen Schlüssel in das mit der Nummer 463 und forderte Brand auf, seinen Schlüssel in das zweite Schloss zu stecken. Die Tür ging auf, und Herr Weber zog eine Blechbox heraus, die genau in das Fach passte. Er übergab sie ihm und führte ihn in einen kleinen Raum mit einem Tisch, zwei Stühlen und drei Stichen der Stadt Zürich an den Wänden.

»Ich lasse Sie jetzt allein, und wenn Sie fertig sind, klingeln Sie einfach.«

Herr Weber verließ das Räumchen.

Jonas stellte die Mappe auf den Boden, die er aus dem Wagen mitgenommen hatte, um den Eindruck zu erwecken, er habe mehrere Wertsachen zu deponieren. Dann holte er die beiden Hunderter aus dem Portemonnaie, legte sie in den Blechbehälter und ließ fünf Minuten verstreichen.

Kurz nachdem er geklingelt hatte, erschien Herr Weber.

»Und wenn die Bank Konkurs macht?«, fragte Jonas ihn zum Spaß.

»Das betrifft Ihre Wertsachen nicht. Die sind ja Ihr Eigentum.«

»Und das Geld auf meinem Konto? Das ist doch auch mein Eigentum?«

»Theoretisch schon«, antwortete Herr Weber vieldeutig.

Jonas trug die Blechbox zurück zum Schließfachraum, feierlich begleitet von Herrn Weber. Als sie das Zeremoniell des Wiederabschließens beendet hatten und den Korridor zum Aufzug entlanggingen, kamen ihnen zwei Herren entgegen. Der eine war ein Kollege von Herrn Weber. Der andere war ein älterer eleganter Herr, der, als er sie von weitem kommen sah, eine Sonnenbrille aufsetzte und jetzt aussah wie ein griechischer Reeder. Als sie sich begegneten, erwiderte nur der Bankangestellte ihren Gruß.

*

»Auf die zwei Hunderter!«

Jonas war eingenickt und schlug die Augen auf. Marina stand neben dem Bett mit zwei Champagnergläsern in der Hand und sah auf ihn herunter. Sie trug, was sie getragen hatte, als sie das Bett verließ: eine schwarze hochgeschlossene Seidenbluse, die bis zur Taille reichte, und schwarze Pumps. Sonst nichts.

Sie wartete geduldig, bis er seinen Blick von ihr losreißen und das Glas entgegennehmen konnte.

»Immer noch der, den wir damals nicht trinken konnten«, sagte sie, streifte mit dem linken Fuß den rechten und mit dem rechten den linken Pumps ab, stieg aufreizend langsam über ihn hinüber und ließ sich an seiner Seite nieder. Ihre Mischung aus Zurückhaltung und Schamlosigkeit gefiel ihm.

Sie saß mit angezogenen Beinen neben ihm und hielt ihre Hand griffbereit in der Nähe des Glases, das sie auf einem Knie balancierte. »Dieser Dillier ist ein Kunde von uns«, bemerkte sie.

Jonas lag auf der Seite, hatte den Kopf auf den rechten Arm gestützt und hielt das Glas in der Linken. »Macht ihr seinen Kulturförderungsevent?«

Sie nickte. »Dieses Jahr soll er wieder etwas größer werden. Die beiden letzten Jahre hielten sie ihn auf Sparflamme, habe ich gehört. Die Knacknuss war: Wie macht man aus einem Event einen Non-Event, ohne dass es die Analysten merken?«

»Wie?«

Sie zuckte mit den Schultern. »Die Analysten haben es gemerkt. Die Aktie gab weiter nach.«

»Börsenkotierte Unternehmen müssen unheimlich aufpassen. Jede Kleinigkeit kann auf den Kurs schlagen.«

»Verstehst du viel von Wirtschaft?«

»Nein.«

Beide tranken einen Schluck.

»Aber diese Banknotensache, das ist doch eine Wirtschaftsgeschichte?«

»Wenn die Journalisten nur über das berichten würden, von dem sie etwas verstehen…«

Marina lachte und stieß mit ihm an. »Auf alle Scharlatanc!«

Sie tranken die Gläser leer. Dann küsste sie ihn auf den Mund. Als sich ihre Lippen kurz trennten, gelang es ihm zu sagen: »Jetzt vielleicht mal ohne Bluse?«

*

Kaum hatte Jonas am nächsten Vormittag seine Wohnung betreten, stellte sich das unheimliche Gefühl wieder ein. Er fand noch immer, es rieche anders, das Knarren des Parketts unter seinen Schuhen klang wie die Schritte eines anderen, und er zögerte einen Moment, bevor er die Tür zu seinem Studio öffnete.

Alles sah wieder aus wie immer, und trotzdem war ihm, als sei etwas verändert worden. Jonas ging in jeden Raum, und überall fühlte er sich wie in einer fremden Wohnung. Er ertappte sich dabei, dass er vor sich hin pfiff, wie ein Kind im Dunkeln.

Auf seinem Anrufbeantworter blinkten vier Nachrichten. Zwei von der Redaktion von *Highlife*, eine von seiner Versicherung und eine von Max Gantmann.

Der Erste, den er zurückrief, war Max.

Er verlor keine Zeit mit Begrüßungen. »Machst du etwas aus der Banknotensache?«, wollte er wissen.

»Möglich«, antwortete Jonas.

»Wenn du nichts machst, gib mir das Material. Und falls doch, denk an mich. Ich kann sie für dich unterbringen. Falls sie etwas taugt, natürlich.«

»Danke. Falls sie etwas taugt, werde ich das in Erwägung ziehen.« Auch Jonas konnte sarkastisch sein.

Nach einer Pause sagte Max: »Wenn du Dilliers Begründung mit dem Zusammentreffen mehrerer unwahrscheinlicher Zufälle prüfen willst, habe ich eine Adresse für dich. Schreib auf.«

Jonas notierte: Oskar Trebler, Numismaco, Bechergasse 14, 8001 Zürich, Telefon 044 374 12 81.

»Trebler ist *die* Banknotenautorität. Mach nie etwas über Banknoten, ohne mit ihm gesprochen zu haben.«

Jonas bedankte sich für den Tipp und verabschiedete sich. Dann rief er die Redaktion von *Highlife* zurück. Er wurde gleich mit der Chefredakteurin verbunden. »Warum weiß ich nichts vom Work-Life-Projekt?«, war ihre erste Frage.

»So, so, Dillier hat dich kontaktiert.«

Sie ging nicht darauf ein. »Ich mag es nicht, wenn man uns als Türöffner benutzt, ohne dass ich davon weiß.«

»Ich wollte warten, bis die Pilotfolge fertig ist, damit du entscheiden kannst.«

»Auch das hättest du mir sagen können.«

»Entschuldige.« Er zögerte, dann fragte er: »Was hast du zu ihm gesagt?«

»Ich habe die Sache bestätigt. Aber das nächste Mal lasse ich dich hängen.«

»Danke.«

Sie sagte nichts.

»Bist du noch da?«

»Und? Wann kann ich etwas sehen?«

»Gefällt dir die Idee?«

»Kommt darauf an, wie du sie umsetzt.«

»Du hörst von mir.«

Er legte auf und rief die Nummer zurück, die ihm seine Versicherung hinterlassen hatte. Ein Herr, dessen Namen er nicht mitbekam, meldete sich. Er klang nicht so fröhlich wie sein üblicher Agent, für den es kein Problem auf der Welt gab, das sich nicht versicherungstechnisch lösen ließ, den Tod inbegriffen. Er gab sich als Schadensinspektor zu erkennen, und seine Stimme klang so freudlos, wie sie klingen musste, wenn man den ganzen Tag nur mit Schäden zu tun hatte. Es gebe ein Problem mit seiner Schadensmeldung, eröffnete er ihm.

»Welches denn?«, fragte Jonas, und eine böse Ahnung stieg in ihm auf.

»Laut Polizeiprotokoll bestehen Zweifel, dass die Wohnung abgeschlossen war.«

Als Jonas endlich einen zuständigen Beamten erreicht hatte, teilte dieser ihm mit, dass er sich zu dem Fall nur in einem persönlichen Gespräch äußern könne. Er müsse sich schon auf die Hauptwache bemühen.

*

William Just stand auf dem Balkon des Drachenhauses und rauchte. Er hielt etwas Abstand zur Sandsteinbrüstung, denn er war – ein wohlgehütetes Geheimnis – nicht ganz schwindelfrei.

Das Drachenhaus war ein herrschaftliches Gebäude aus der Mitte des neunzehnten Jahrhunderts. Die Fassade zierten zwei verwitterte Drachen, die das Familienwappen des Erbauers hielten. Unter ihnen floss träge die Limmat und spiegelte den grauen Dezemberhimmel, aus dem es bald regnen würde. Eine alte Frau fütterte konzentriert und gerecht die Enten und Schwäne, und zwei Mütter schoben schwatzend ihre Kinderwagen am Ufergeländer entlang. Sonst war nicht viel Leben auf der Promenade an diesem kühlen Morgen.

Just fröstelte. Er versenkte die Glutspitze der Zigarette im Vogelsand des großen Aschenbechers und ging hinein.

Die vierte Etage des Drachenhauses war eine Mischung

aus Wohnung und Büro. Hier brachte die Bank wichtige Gäste unter, die nicht unbedingt im Hotel wohnen wollten, und hier gab es auch kleinere und größere elegant eingerichtete Sitzungszimmer für informelle Meetings.

Im Erdgeschoss des Gebäudes befand sich die Filiale einer Regionalbank, die zum Firmenkonglomerat der GCBS gehörte. Man gelangte entweder durch deren Räume oder direkt von der Straße aus in die vierte Etage.

Just betrat das Herrenzimmer, wie es Herr Schwarz nannte, der ältere Herr, der sich seit Ewigkeiten als eine Art Hauswart, Sekretär und Butler um das Drachenhaus kümmerte. Es war ein getäfelter Raum mit Mahagonimobiliar und Ledersesseln. An den Wänden hingen Landschaften von Ferdinand Hodler, Giovanni Giacometti, Frank Buchser, Cuno Amiet und Otto Frölicher aus der Sammlung der GCBS.

In einem ebenfalls mit Täfelung eingefassten Kamin knisterte ein Feuer. William Just öffnete das Jackett seines basaltgrauen Dreiteilers, vergrub die Hände in den Hosentaschen und stellte sich davor.

Er war ein mittelgroßer Mann von etwas über sechzig. Er trug sein blondgraues, noch immer dichtes Haar in einem Bürstenschnitt und für das jugendliche Aussehen Kontaktlinsen statt einer Brille. Sein kantiges Gesicht war etwas weicher geworden, er hatte in den letzten drei Jahren ein wenig zugenommen. Aber noch immer machte er regelmäßig Bergwanderungen zur Überwindung der Höhenangst und war in den Kaderskirennen der Bank bis heute in den vorderen Rängen zu finden.

CEO der Bank war er seit fünf Jahren. Er kannte den Laden in- und auswendig, denn er hatte, von kurzen Unterbrechungen abgesehen, seine Karriere in der GCBS absolviert.

Herr Schwarz klopfte. Der Besucher war eingetroffen.

Adam Dillier war einen halben Kopf größer, aber es gelang William Just, ihn kleiner erscheinen zu lassen. Er begrüßte ihn mit herablassender Herzlichkeit und bot ihm einen Ledersessel an, in welchem sein Gast tief versank. Er selbst setzte sich auf einen gepolsterten Stuhl, den er von einem kleinen Biedermeiersekretär weggezogen hatte.

»Ich trinke um diese Zeit ganz gerne etwas Lung Ching. Machen Sie mit?« Er wartete die Antwort ab, als würde er im Ernst erwarten, dass Dillier ablehnen könnte. Als dieser sein »Gerne« gesagt hatte, nickte Just Herrn Schwarz zu, und der verließ den Raum.

»Wenn es so trocken bleibt, haben wir grüne Weihnachten im Engadin«, bemerkte Dillier.

»Wir sind immer im Berner Oberland.«

»Dort ist der Föhn das Problem.«

»Auf Les Diablerets können Sie das ganze Jahr skifahren. Dreitausend Meter.«

Herr Schwarz kam mit einem Serviertablett herein, stellte zwei hauchdünne Porzellantässchen auf den Salontisch und schenkte den Tee ein. Die beiden Herren schwiegen, bis er den Raum wieder verlassen hatte.

»Sie sind sauer auf mich, nicht wahr?«, sagte Just mit gespielter Zerknirschung.

»Nicht gerade sauer. Aber ich würde schon gerne wissen, wie das passieren konnte.«

»Ich auch.« Just nahm die Tasse mit der Rechten, hielt die Untertasse mit der Linken darunter und blies in den Tee.

Dillier bekam ein wenig Oberwasser. »Der Deal lautete: nur im äußersten Notfall. Der ist meines Wissens nicht eingetreten.«

»Abgewendet worden«, korrigierte Just. »Durch den Einbezug von Stellen, die gezwungen waren, zur Verhinderung des *worst case* ein paar Augen zuzudrücken, konnte die Manövriermasse, die Sie uns liebenswürdigerweise zur Verfügung gestellt haben, rechtzeitig ausgemustert werden. Aber Sie haben vollkommen recht. Es scheint sich um eine Panne bei der Eliminierung der Serie 2 zu handeln.«

»Was für eine Panne?«

»Menschliches Versagen.«

Dillier begann zu verstehen. »Ich ging davon aus, dass nur hundertprozentig vertrauenswürdige Leute involviert werden.«

»Stöße von echtem Geld schreddern, das niemand je vermissen wird – das ist schon eine gewaltige Versuchung.«

»Sie wissen, wer es war?«

»Meine Spezialisten wissen es.«

»Wie viel hat er genommen?«

»Etwas über tausend Hunderter, soviel ich weiß.« Just trank jetzt vorsichtig einen kleinen Schluck Lung Ching.

Dillier war entsetzt. »Mehr als tausend Doppelnummerierungen sind im Umlauf?«

»Nein. Fast die Hälfte ist noch vorhanden.«

»Trotzdem: über fünfhundert!«

»War es nicht Ihr Statistiker, der die Wahrscheinlichkeit berechnet hat, dass zwei Noten mit der gleichen Nummer beim gleichen Besitzer landen? Ich erinnere mich an sehr viele Nullen hinter dem Komma.«

»Sie wissen ja, wie das ist mit den Statistiken: Wenn es eintrifft, sind wir immer bei hundert Prozent.« Er hatte seinen Tee noch nicht angerührt, während Just jetzt die Tasse leerte.

Dann fuhr der CEO der größten Bank des Landes unbeirrt fort: »Die Wahrscheinlichkeit, dass es gleich zweimal eintrifft, ist noch Millionen Mal winziger.« Er stellte die Tasse zurück auf den Salontisch. »Und die, dass es der Besitzer dann auch noch merkt? *Forget it.*«

»Trotzdem: Sie hätten mich informieren müssen.« Dillier holte sich jetzt seine Tasse. Er musste sich ein Stück weit aus dem Sessel stemmen, um sie zu erreichen.

»Stimmt, tut mir leid. Wir dachten, es sei nicht nötig, Sie damit zu belasten. Wir wollten Sie schonen.«

»Bravo.« Dillier trank einen Schluck und dachte nach. »Und was ist mit dem Kerl, der die Hunderter mitgehen ließ? Der bleibt doch immer ein Risiko.«

Just schenkte sich Tee nach. »Meine Spezialisten sagen nein.«

»Und was ist mit den beiden Doppelnummerierungen bei dem Journalisten? Der Mann scheint hartnäckig zu sein.«

Just blies nun wieder in seine Teetasse und hielt den Unterteller darunter. »Meine Spezialisten haben das im Griff. Aber sie brauchen Ihre Hilfe. Wie finden Sie den Lung Ching?«

*

Marina rührte in den Zwiebeln im schwarzen gusseisernen Topf. Sie hatte sich aus zwei Küchentüchern eine Schürze gebastelt, denn Jonas besaß keine. Man muss so kochen, dass man keine Schürze braucht, war sein Standpunkt.

Jonas hatte sie zu einem Curry eingeladen als Wiedergutmachung für das Essen beim neuen Inder an ihrem ersten Abend. Sie hatte unter der Bedingung zugesagt, dass sie mitkochen dürfe. Sie wollte das Curry-Grundrezept lernen, von dem er ihr erzählt hatte.

Er hatte zwei große Zwiebeln feingehackt und vier Esslöffel Olivenöl erhitzt, eine seiner individuellen Abweichungen vom Grundrezept: Olivenöl, extra virgen, statt Kokosöl oder Ghee.

»Das unterschätzt man immer in den indischen Rezepten: die Zeit, die es braucht, um die Zwiebeln dunkelbraun anzuschwitzen. Du musst bei mittlerer Hitze fünfundzwanzig bis dreißig Minuten ununterbrochen rühren, damit sie braun werden, ohne zu verbrennen. In dieser Zeit kannst du nichts anderes machen.«

Jonas kochte gerne, fand aber nur selten Gelegenheit dazu. Für sich alleine machte es keinen Spaß, und Gäste zum Essen nach Hause einzuladen passte nicht so ganz zum Leben eines Single. Es war schon vorgekommen, dass er mit einer seiner Affären gekocht hatte, aber er hatte bald die Erfahrung gemacht, dass miteinander kochen mehr Vertrautheit voraussetzte als miteinander schlafen.

Deshalb hatte er sie zu sich eingeladen. Zum Essen und zum Kochen. Deshalb, und weil er sich allein zu Hause nicht mehr daheim fühlte.

Er hatte in einem Untertellerchen drei Viertel Teelöffel gemahlenen Koriander bereitgestellt und in einem zweiten ein Viertel Teelöffel Kreuzkümmel, einen Espressolöffel Gelbwurz, ein Viertel Teelöffel Garam Masala und einen ganzen Teelöffel Paprika. Jetzt war er dabei, Knoblauch und Ingwer zu hacken, die Marina ganz zum Schluss, wenn die Zwiebeln dunkelbraun wären, mitschwitzen lassen musste.

Sie waren beide still in ihre Arbeit vertieft, ein trautes Paar.

»Heute war ich über zwei Stunden auf dem Polizeiposten.«

»Und?«

»Nichts.«

Sie warf ihm einen Blick über die Schulter zu.

»Eine Stunde und fünfzig Minuten haben die mich warten lassen, nur um mir zu sagen, dass es nichts Neues gibt und vermutlich auch nie etwas Neues geben wird. Beim Überfall keine Zeugen und beim Einbruch keine Einbruchsspuren.«

Marina rührte in ihrer Pfanne, Jonas begann, die Tomaten zu schälen, die er mit kochendem Wasser übergossen hatte.

»Und das alles im schnoddrigsten Polizistenton. Weißt du, was der zu mir gesagt hat? Ohne Einbruchsspuren erweitert sich der Verdächtigenkreis auf alle, die in der Lage sind, eine unverschlossene Tür zu öffnen.«

Marina schüttelte den Kopf. »Dabei reduziert er sich auf alle, die in der Lage sind, eine Tür ohne Einbruchsspuren zu öffnen. Auf die Profis.«

»Das habe ich auch gesagt.«

»Und was hat er geantwortet?«

»Er müsse jetzt gehen, er hätte noch andere Fälle. Und ich: hoffentlich lösbare. Nicht solche mit Profis.«

Marina lachte. »Das hättest du vielleicht besser nicht gesagt. – Schau mal. Braun genug?«

Jonas warf einen Blick in die Pfanne. »Noch ein paar Minuten.«

Er würfelte die geschälten Tomaten mit einem scharfen Messer und wischte sie vom Schneidebrett in eine kleine Porzellanschüssel. Dann fing er an, Koriandergrün zu hacken. Der Duft der gedünsteten Zwiebeln vermischte sich mit dem des frischen Korianders.

»Und die Sache mit den Banknoten?«, fragte Marina.

»Läuft auf zwei Ebenen. *Highlife* ist interessiert an der fiktiven Work-Life-Idee, stell dir vor! Dafür drehe ich noch ein bisschen in der Druckerei und ein wenig bei Dillier zu Hause, Privatleben.«

»Und die zweite Ebene?«

»Die zweite ist die heiße. Da interviewe ich einen Numismatiker, *den* Spezialisten im Banknotendruck. Ich frage ihn unter anderem, ob die Erklärung von Dillier für die doppelten Seriennummern glaubwürdig ist.«

»Und wenn er nein sagt?«

»Dann hat die Coromag ein Problem.«

»Und du vielleicht auch. Pass bloß auf!«

»Tu ich.« Er sah in die Pfanne mit den Zwiebeln und gab Knoblauch und Ingwer hinein. »So. Eine Minute mitschwitzen lassen.« Er sah auf die Uhr und machte sich mit dem Tellerchen Korianderpulver bereit. »Der Numismatiker ist ein Tipp von Max Gantmann.«

»Den gibt es noch?«

»O ja, und wie. Sie lassen ihn nur nicht mehr vor die Kamera. Aus ästhetischen Gründen.«

»Er sollte zum Radio.«

Jonas schüttete den gemahlenen Koriander zu den Zwiebeln. Marina rührte kräftig um, damit das Pulver sich nicht festsetzte.

»Glaubst du, der Einbruch und der Überfall haben mit den Banknoten zu tun?«

»Max schließt es nicht aus.«

»Und du?«

Die Minute war um. Jonas kippte das Tellerchen mit Kreuzkümmel, Gelbwurz, Garam Masala und Paprika in die Pfanne. »Könnte schon sein«, räumte er ein.

»Aber du willst trotzdem weitermachen.«

Jonas leerte eine Dose Kokosmilch in die Pfanne. »Ich möchte wieder einmal etwas Richtiges machen.«

»Enthüllungsjournalismus statt Lifestyle.«

Jonas warf ihr einen prüfenden Blick zu. Aber er sah nichts Spöttisches in ihrem Ausdruck. »Ja. So ungefähr.«

»Glaubst du nicht, dass es gefährlich ist?«

»Vielleicht ein bisschen. Aber wir sind hier in der Schweiz. Hier werden keine Journalisten umgelegt.«

Sie legte ihm die Arme auf die Schultern und küsste ihn.

»Und jetzt? Wie weiter?«

»Mit dem Curry?«

»Auch.«

»Das köchelt jetzt zehn Minuten, dann rühren wir die Tomaten unter, und fünf Minuten später geben wir das Lamm dazu. Das gart dann auf kleinem Feuer.«

»Wie lange dauert das?«

»Lange genug.« Sie küssten sich wieder.

*

Ein schwarzer Golf parkte auf dem Besucherparkplatz der Tiefgarage in einem Administrationsgebäude der GCBS am

Stadtrand. Der Fahrer war ein mittelgroßer Mann um die vierzig in einem dunklen Anzug. Er sah aus wie ein Bankangestellter, das einzig Auffällige an ihm war sein rotes Haar, das er zu einer Igelfrisur gegelt hatte.

Er nahm einen Aktenkoffer vom Nebensitz, stieg aus und ging zielstrebig auf den Lift zu. Als er ihn erreicht hatte, betrat er ihn aber nicht, sondern ging weiter in den Parksektor C, wo die Autos der Mitarbeiter standen.

Er näherte sich einem beigen Mazda 5, einem Allrad-Van älteren Baujahrs, nahm ein kleines Instrument aus der Tasche und öffnete nach ein paar Anläufen die Tür auf der Fahrerseite.

Er bückte sich nach dem Öffner der Kühlerhaube, und sie schnappte auf. Er schloss die Tür, ging zum Kühler und kauerte sich dort nieder. Von der Zufahrt aus war er jetzt nicht mehr zu sehen.

Der Mann legte seinen Aktenkoffer auf den Boden, öffnete ihn und entnahm ihm ein kleines Kästchen von etwa drei auf vier Zentimeter. Auf einer Seite klebte ein Band, wie man es beim Verlegen von Teppichen benutzte. Er zog die Schutzfolie ab und legte das Kästchen auf den Boden, Klebefläche nach oben. Dann nahm er ein Fläschchen mit Nagellackentferner aus dem Koffer und benetzte damit ein Wattepad.

Jetzt erst entriegelte er die Kühlerhaube ganz und hob sie so weit wie nötig an, um Zugang zum Airbag-Sensor unterhalb des Kühlerhaubenriegels zu haben.

Mit dem Wattepad reinigte er das gebogene Blech, das den Sensor schützte, wartete einen Moment, bis die Feuchtigkeit verdunstet war, und klebte das Kästchen darauf.

Der Rothaarige verstaute Nagellackentferner und Wattepad wieder im Koffer und drückte die Kühlerhaube zu.

Er stand auf, schloss den Wagen wieder ab und ging zurück zu seinem Golf, stieg ein, setzte eine E-Zigarette in Gang und wartete.

*

Pedro Birrers Büro besaß kein Fenster, denn es lag im Minus Eins. Dort befanden sich auch die Archivräume, das Materiallager, ein Teil der Luftschutzräume und die Safes.

Birrer war seit über zwanzig Jahren bei der Bank als Allrounder angestellt. Er war zuständig für die interne und externe Post, erledigte Botengänge, machte offizielle Besorgungen für die Abteilungen und private für die höheren Kader, half aus in der Materialausgabe, war die Ansprechperson für das Putzinstitut und stand für besondere Aufgaben zur Verfügung. Es war eine Vertrauensstellung, wenn auch keine sehr prestigeträchtige. Und dieses Vertrauen hatte er nach zwanzig Jahren missbraucht, er Idiot.

Man hatte ihn hinzugezogen zur Mithilfe bei der Erledigung einer Aufgabe, für die allerhöchste Vertrauenswürdigkeit und Loyalität verlangt wurde, wie der Chief Security Officer sich ausgedrückt hatte. Birrers direkter Vorgesetzter und die beiden Hierarchiestufen über ihm waren nicht eingeweiht, so vertraulich war die Sache.

Es handelte sich um das Schreddern großer Mengen von sogenannten Doppelnummerierungen. Einwandfreie Banknoten, deren einziger Fehler war, dass ihre Seriennummer nicht einzigartig war.

Es war eine eintönige Arbeit in großen gepanzerten Depoträumen an verschiedenen Orten der Schweiz. Sein einziger Gesprächspartner war ein wortkarger Tessiner, der nur Italienisch sprach, kurz vor der Pensionierung stand und im Tessiner Hauptsitz der Bank einen ähnlichen Job bekleidete wie er.

Den ganzen Tag schredderten sie wortlos einwandfreie Hunderter, Zweihunderter und Tausender, und am Abend gingen sie gemeinsam in ein Dreisternehotel der jeweiligen Stadt, aßen getrennt und gingen dann ihres Weges. Der Tessiner in sein Zimmer, er in eine Bar oder – er war ein eingefleischter Single – in einen Nachtclub, falls vorhanden.

Irgendwann geschah es, dass er eine der Noten statt in den Schredder in die Tasche steckte. Kein Mensch merkte etwas. Der Tessiner nicht, weil er ihn nicht beachtete, und die Security nicht, weil sie nicht eingeweiht war und keinen Auftrag hatte, die beiden Allrounder zu filzen.

Fast unmerklich waren so über hunderttausend Franken zusammengekommen. Die Sache wurde ihm unheimlich. Er hörte damit auf und begann, von dem Geld, das niemand vermisste, ein paar Scheine auszugeben. Insgesamt elftausendachthundert Franken, meistens als Hunderter, die er in die Tangas von Table Dancers steckte.

Und dann geschah das Undenkbare: Einer dieser Scheine landete bei einem, der nicht nur einen Schein mit der gleichen Nummer besaß, sondern das auch noch merkte. Das war das zweite Mal in seinem Leben, dass er dem Chief Security Officer persönlich begegnete.

Nach dem Gespräch mit diesem wusste Birrer wieder einmal, warum er der Bank so lange treu geblieben war. Er wurde zwar zusammengestaucht, bis er, wie eine interne Redewendung lautete, »aufrecht unter dem Türspalt durchgehen konnte«, aber er behielt seinen Job. Birrer musste – logisch – die Noten zurückgeben plus so viel von den elftausendachthundert, wie er auf dem Sparkonto hatte, und sich verpflichten, den Rest abzubezahlen – aber er behielt seinen Job.

Die Firma wollte er sehen, die einen Mitarbeiter nicht fristlos feuerte nach einem solchen Vertrauensbruch!

Seither wusste er, dass der Chief Security Officer ein Gentleman war, für den er alles tun würde. Mehr als nur diese private Botenfahrt, um die er ihn heute gebeten hatte: Er sollte in dessen Ferienhaus in Davos die Skier abholen, die er vergessen hatte und nun für ein vorweihnachtliches Skiwochenende in Gstaad brauchte.

Bei den aktuellen Straßenverhältnissen war Zürich – Davos und zurück in fünf Stunden zu machen. Er hatte keine Pläne für den Abend, und wenn er jetzt gleich losfuhr, würde er gegen sechs ankommen, sich von der Frau, die nach dem Haus sah, die Skier aushändigen lassen und in irgendeiner gemütlichen Wirtschaft eine Kleinigkeit essen. Wie er sich kannte, eine Bündner Gerstensuppe und einen Teller gemischtes Trockenfleisch. Ohne Essiggürkchen und eingelegte Silberzwiebeln, denn deren Flüssigkeit machte das Bündnerfleisch lappig.

Ein Glas Veltliner dazu wäre natürlich nicht schlecht. Aber er wollte sein Glück nicht strapazieren. Er würde in der Wirtschaft eine Flasche über die Gasse kaufen und sie zu Hause trinken, als Nachtschoppen.

Spätestens um zehn Uhr.

Kurz hinter Sargans begann es in großen schweren Flocken zu schneien. Die Wagen vor ihm reduzierten die Geschwindigkeit, und er ließ sich zurückfallen, um ein paar Autos mehr zwischen sich und den beigen Mazda zu bringen.

Dessen Fahrer – er kannte seinen Namen nicht, wollte ihn nicht kennen, eines seiner Geschäftsprinzipien – war die ganze Strecke mit aufreizender Überkorrektheit gefahren, was immer wieder zu entweder sehr langen oder verboten schnellen Überholmanövern führte und ihm seinen Sichtschutz der zwei, drei Autos zwischen ihnen nahm.

Eine elektronische Zigarette entwickelte ihren künstlichen Rauch, aus den Lautsprechern der Anlage klang die ätherische Stimme von Maria Callas. Er hatte bei der Miete seines Golfs darauf geachtet, dass sich sein Smartphone an die Stereoanlage anschließen ließ. Ohne seine Opernkollektion konnte er kaum leben, geschweige denn arbeiten.

Der Job war verhältnismäßig einfach. Aber er war so gut bezahlt, dass er eine neue Methode anwandte. Sie war etwas aufwendig, dafür sehr raffiniert. Und ganz auf seiner Linie: Unfälle.

Keines der Autos zwischen ihm und dem Mazda blinkte nach rechts, und so fand er sich in der Ausfahrt direkt hinter diesem wieder. Er konnte nur hoffen, dass er dem Fahrer nicht zuvor schon aufgefallen war. Jetzt reduzierte er die Geschwindigkeit, und hinter ihm schloss einer bis auf zwei Meter auf und begann, die Lichthupe zu betätigen. Der Rothaarige reagierte nicht und wurde bei der ersten Gelegenheit von zwei hupenden Autos überholt.

Sie fuhren auf der Landstraße Richtung Davos den Fluss Landquart entlang. Der Schnee fiel dichter, die Sicht wurde so schlecht, dass er den Mazda selbst dann nicht mehr sah, wenn er einmal nicht durch eine Kurve verborgen war. Er fuhr ein wenig schneller, obwohl der Schnee jetzt liegenblieb und die Straße rutschig wurde.

Bei der Ortschaft Serneus sah er plötzlich Bremslichter vor sich. Es war der Mazda, der vor einem Kreisverkehr stand und ein Auto durchließ, das aus der Gegenrichtung kam und in die Ortschaft abbog.

Er kam kaum zwei Meter dahinter zum Stehen und konnte die Silhouette des Fahrers sehen. Er bewegte den Kopf zu einem langsamen Rhythmus, wahrscheinlich hörte er auch Musik.

Der Rothaarige klammerte sich ans Lenkrad und schloss die Augen. Er wollte das nicht wissen, es war ihm zu persönlich.

Das Ganze hatte nur ein paar Sekunden gedauert. Jetzt fuhr der Van wieder an, bog in der zweiten Ausfahrt des Kreisverkehrs in die Kantonsstraße ein und beschleunigte.

Der Rothaarige blieb jetzt dicht hinter ihm. In dem kurzen Tunnel vor der Brücke beschleunigte der Mazda.

Er hatte die Brücke sorgfältig ausgesucht. Sie war ideal für seine Zwecke: eine Hängebrücke von über einem halben Kilometer Länge und mit einem eleganten Bogen von einem Radius von fünfhundert Metern.

Der Rothaarige griff ins Handschuhfach und nahm eine kleine, handliche Fernbedienung heraus.

Der Van versuchte jetzt, ihn abzuhängen. Sie fuhren auf den ersten Pfeiler mit seinen neun Stahlseilen zu, wo die Brücke nach der geraden Brückeneinfahrt ihre weite Kurve zu machen begann.

*

Pedro Birrer freute sich über die unverhofften Schneeflocken. Endlich ließ sich der Kauf eines Allrad-Vans wieder mal rechtfertigen. Nun, da der Schnee auf der Kantonsstraße liegenblieb, gehörte er zu denen, die weiterhin die vorgeschriebene Geschwindigkeit einhalten konnten.

Er hatte die CD *30 Love Songs* von Engelbert Humperdinck laufen, seinem Lieblingssänger. Die perfekte Begleitmusik zum Schneegestöber.

Er war kurz vor Serneus, noch etwa zwanzig Minuten bis Davos. Er steckte sich eine Marlboro zwischen die Lippen und drückte auf den Zigarettenanzünder. Birrer war ein mäßiger, aber unbekehrbarer Raucher. Noch nie hatte er den Versuch gemacht, es aufzugeben. Fünf bis zehn Zigaretten am Tag, außer wenn es spät wurde, was an Wochenenden ab und zu vorkam.

Mit einem leisen Schnappen sprang der Anzünder heraus. Er steckte seine Zigarette an und bremste ab, weil er das Rondell mit der Abzweigung nach Serneus erreichte.

Birrer musste anhalten und einem Wagen im Kreisverkehr den Vortritt lassen. Im Rückspiegel sah er einen schwarzen Golf. Er hatte das Gefühl, dass er diesen schon mal hinter sich gesehen hatte. Logisch, bei diesen Verhältnissen war sein Allrad einem Golf weit überlegen.

Er fuhr weiter. Der Golf blieb jetzt dicht hinter ihm, vielleicht wollte er es doch wissen.

Bei besseren Sichtverhältnissen würde er jetzt im Tal die Häuser von Klosters Dorf sehen.

Er bog in die Umfahrung ein und fuhr in den kurzen Tunnel, an dessen Ausgang die elegante Sunnibergbrücke lag. Der Golf war immer noch dicht hinter ihm und verleitete Birrer dazu, etwas schneller zu fahren als erlaubt.

Das gerade Stück nach dem Tunnel bot die letzte Gelegenheit zum Überholen. Er gab noch etwas mehr Gas.

Kurz bevor die Rechtskurve der Brücke ansetzte und Pedro Birrer das Lenkrad ein wenig nach rechts hätte drehen müssen, gab es eine Explosion. Er wurde von etwas getroffen, das ihn in seinen Sitz presste und ihm die Sicht nahm.

»Airbag« war sein letzter Gedanke, bevor er den fürchterlichen Aufprall spürte. Und den Überschlag. Und den langen Fall.

*

Die Numismaco lag mitten in der Altstadt in einem kleinen Haus, in dessen Türstock aus Sandstein die Jahreszahl 1739 gemeißelt war. Es besaß einen kleinen Laden mit einem Schaufensterchen, in welchem auf samtenen Tabletts militärisch ausgerichtet ein paar Dutzend Münzen lagen. An der ebenfalls samtenen Rückwand der Vitrine hingen gerahmte Banknoten.

Jonas stellte sein Gepäck ab. Er war mit der großen Ausrüstung gekommen: vier Leuchten, eine Softbox und zusätzlich zum Schulter- ein Dreibeinstativ.

»Bitte klingeln und eintreten« stand an der Ladentür.

Jonas drückte auf den Knopf, und kurz darauf surrte der Türöffner.

Hinter dem Tresen stand eine ältere Dame, die sich ihr Haar richtete. Vielleicht hatte sie im Sessel hinter dem Ladentisch ein Nickerchen gemacht.

Sie führte ihn zwei schmale steile Treppen hinauf in ein kleines Zimmer mit niedriger Balkendecke, das zur Hälfte von einem massiven Nussbaumschreibtisch ausgefüllt wurde.

»Herr Trebler lässt ausrichten, er sei etwas verspätet, Sie sollen sich doch bitte inzwischen einrichten.«

Jonas baute Licht und Ton und Kamera auf, so gut es ging bei so wenig Platz. Dann stellte er sich ans Fenster.

Unter ihm lag ein Hinterhof mit einem Holzschuppen und einer Pergola, um die sich die laublosen Triebe eines alten Rebstocks rankten. Ein Mann im blauen Überkleid stand davor und lackierte etwas aus Holz, vielleicht einen Teil eines Möbelstücks.

Die Tür ging auf, und Trebler betrat den Raum. Er war jünger, als Jonas ihn sich vorgestellt hatte und als seine tiefe, etwas brüchige Stimme am Telefon hatte vermuten lassen, keine vierzig, etwa in Brands Alter. Er trug Jeans und einen blauen Kaschmirpullover mit rundem Ausschnitt, aus dem der Steg eines gestreiften Hemdkragens herausschaute. Das Einzige, was zu Jonas' Vorstellung von einem Numismatiker passte, war die randlose Brille.

»Verzeihen Sie, der Geschäftsgang ist nicht so, dass ich zu einem Kunden sagen könnte, ich hätte keine Zeit.« Trebler bot ihm den Besucherstuhl an und setzte sich an den Schreibtisch. »Jetzt bin ich gespannt auf die Noten mit der gleichen Seriennummer.«

Jonas hatte sie auf dem Weg hierher aus dem Bankschließfach geholt. Aber er zeigte sie ihm noch nicht. »Sie werden sehen, sie sind echt und tragen die gleiche Nummer. Ich werde Sie zuerst bei laufender Kamera fragen, wie so etwas passieren kann und Ihnen dann die Scheine übergeben.«

»Okay, fangen wir an. Ich habe wirklich wenig Zeit. Zu Ihnen kann ich das ja sagen, Sie sind kein Kunde.«

Jonas steckte dem Numismatiker ein Mikrophon an den Pullover, tupfte ihm mit einem Make-up-Schwämmchen die Glanzstellen auf Stirn und Nase ab, machte Licht und richtete die Kamera ein. »Bereit?«

Trebler nickte.

»Kamera läuft. – Herr Trebler, wie kann es passieren, dass zwei Hunderternoten die gleiche Seriennummer aufweisen?«

Trebler räusperte sich und antwortete: »Passieren kann es eigentlich nicht. Es muss gewollt sein.«

Es entstand eine Pause. Trebler wartete offenbar darauf, dass Jonas nachhakte. Diesem fiel nichts Originelleres ein als: »Können Sie das etwas ausführen?«

»Die Zifferung der Noten geschieht ganz zum Schluss auf den fertigen Bogen. Diese werden dann geschnitten, und die Banknoten laufen durch die Banknotenbearbeitungsmaschine. Diese prüft sie elektronisch auf Fehler. Falsche oder fehlende Sicherheitsmerkmale, Farbabweichungen, Falze und so weiter. Und natürlich prüft sie auch die Seriennummer. Das System hat alle bereits verwendeten Nummern gespeichert und würde eine Doppelnummerierung sofort feststellen. Die guten Noten werden eingeschweißt, die fehlerhaften aussortiert und geschreddert. Die Geschredderten werden in der Datenbank zuhanden der Nationalbank protokolliert.«

»Nach Ihrer Meinung ist es also unmöglich, dass zwei Schweizer Banknoten die gleiche Seriennummer tragen?«

Trebler zögerte. »Unmöglich nicht. Aber extrem unwahrscheinlich. Und falls es doch vorkommt, müsste es nach meiner Überzeugung die Druckerei absichtlich herbeigeführt und ihr Kontrollsystem ausgeschaltet haben. Ich spreche jetzt immer von echten Noten. Bei gefälschten ist es natürlich möglich.«

Jonas fasste in die Brusttasche und reichte dem Numismatiker die beiden Scheine. »Und was sagen Sie zu diesen beiden? Stopp. Diesen Teil möchte ich von der Schulter aus drehen, dann bin ich flexibler.«

Er nahm die Kamera vom Dreibein ab und montierte sie auf das Schulterstativ. »Läuft.« Er wiederholte die Frage von vorhin: »Und was sagen Sie zu diesen beiden?«

Er schwenkte von Treblers Gesicht zu seinen Händen, in denen er die Noten hielt. In Nahaufnahme drehte er, wie die Hände die Geldscheine untersuchten und verglichen. Er zoomte zurück und filmte, wie Trebler einen kleinen Leuchtkasten anknipste und die Hunderter durchleuchtete.

Dann stand er auf, ging zu einem kleinen Apparat, der neben dem Schreibtisch auf einem Sideboard stand. »Hier scheint es sich um die zweite Möglichkeit zu handeln.«

Er schaltete das Gerät ein und legte den ersten Hunderter auf den Einzug. Mit einem leisen Surren wurde die Note eingezogen und ausgespuckt. Trebler legte die zweite auf das Bett. Das Geldprüfgerät zog sie ein, stoppte und piepste. Ein rotes Licht ging an. Der Numismatiker nahm den Schein heraus und hielt ihn vor die Kamera.

»Eine der besten Fälschungen, die ich je gesehen habe.

Aber trotzdem, sehen Sie hier: Die Tanzzahl tanzt nicht, und die Chamäleonzahl wechselt die Farbe nicht.«

Jonas schaltete die Kamera aus und nahm sie von der Schulter. »Das kann nicht sein. Meine Bank, die GCBS, hat die Noten überprüft und bestätigt, beide seien echt.«

»Wie gesagt, es ist eine hervorragende Fälschung.«

»Auch Adam Dillier, der CEO der Coromag, hat sie geprüft und für echt befunden.«

»Auch mit einem Geldprüfgerät?«

»Nein. Die Sache schien eindeutig.«

»Ist sie nicht. Sie haben es ja gesehen: Das Gerät hat angezeigt.«

Jonas gab nicht auf. »Wer mit Computern zu tun hat, weiß, wie verlässlich die Elektronik ist.«

»Ich brauche den Scan nur als Neunerprobe. Ich wusste schon vorher, dass ich Falschgeld in der Hand hatte.«

Jonas stieß ein halblautes »*Shit!*« aus.

Trebler sah ihn mitfühlend an. »Tut mir leid, dass ich Ihnen die Story verderbe. Aber vielleicht können Sie trotzdem etwas daraus machen. Immerhin haben Sie eine super Fälschung entdeckt. Und der Zufall, dass Sie zwei Noten mit der gleichen Seriennummer entdeckt haben, bleibt eine Sensation, jedenfalls eine statistische.«

*

Jonas war auf direktem Weg zu seiner Bankfiliale gefahren, solange seine Wut noch am Kochen war. Dort musste er lange auf Herrn Weber warten, der mit einem Kunden beschäftigt war.

Als er endlich an die Reihe kam, war die Wut schon etwas verraucht. Das »Wie erklären Sie sich, dass eine von diesen zwei von Ihnen als echt befundenen Noten gefälscht ist?« gelang ihm nicht mehr so bissig wie geplant.

Herr Weber nahm die beiden Scheine und prüfte ihre Sicherheitsmerkmale. Dann murmelte er: »Entschuldigen Sie mich einen Moment«, und ging in das Großraumbüro hinter den Schaltern.

Jonas sah, wie er die Noten einem Kollegen zeigte, wie dieser den Kopf schüttelte und auf eine bestimmte Stelle deutete. Dann gingen beide an einen Korpus zu einem kleinen Gerät. Jonas erkannte es als Notenprüfgerät und war sich fast sicher, dass es beim ersten Mal, als sie die Scheine prüften, nicht ins Spiel gekommen war.

Herr Weber kam zurück. »Tut mir leid, diese hier ist tatsächlich nicht echt. Sie sollten sich an die Polizei wenden.«

»Wie kommt es, dass Sie das beim ersten Mal nicht merkten?«, schnaubte Jonas.

Herr Weber lächelte verlegen. »War wohl nicht mein Tag.«

*

»Es ist also unter deiner Würde, People-Journalismus zu machen.«

»Unter meinem Niveau.« Jonas riss eine neue Bierdose auf und setzte sie an die Lippen. Auf dem Küchentisch lagen schon ein paar leere, alle wütend zerdrückt. »Ich produziere etwas, das ich nie konsumieren würde. Das ist zynisch.« Das Wort, das Max Gantmann benutzt hatte, beschäftigte ihn noch immer.

»Das tun doch andere Leute auch. Fallschirmhersteller, zum Beispiel.«

»Aber ich konsumiere mein Zeugs deshalb nicht, weil ich mich intellektuell überlegen fühle.«

Marina lachte.

»Okay, okay, ich weiß: Der Fallschirmhersteller vielleicht auch.« Er klang gereizt.

»Wirst du aggressiv, wenn du zu viel getrunken hast?«

Jonas schwieg betroffen. Dann lächelte er etwas krampfhaft. »Tut mir leid. Ich habe mir viel versprochen von der Sache. Und jetzt fällt sie einfach so in sich zusammen.«

Sie schob die Hand über den Tisch und legte sie auf seine geballte Faust. Sie war leicht und kühl.

Es war weit nach Mitternacht. Marina hatte einen Event gehabt. Sie hatten eigentlich vorgehabt, jeder bei sich zu schlafen. Aber als sie ihn zum Gute-Nacht-Wünschen angerufen hatte, hatte sie gemerkt, dass er bedrückt war, und gefragt: »Oder soll ich doch kommen?«

»Bitte«, hatte er geantwortet.

Vor einer Stunde war sie gekommen, und er hatte ihr von dem Malheur berichtet und ihr zu erklären versucht, weshalb es ihn so beschäftigte.

Jetzt nahm sie das Stichwort »Zynismus« wieder auf: »Kinderbuchautoren begeben sich ja auch unter ihr intellektuelles Niveau. Findest du das auch zynisch?«

Jonas überlegte. »Nein, das kannst du nicht vergleichen. Leute wie ich bedienen die niedrigen Instinkte: Voyeurismus, Klatschsucht, Sensationslust, Schadenfreude, Neid und so weiter.«

»Und das ist zynisch?«

»Es zu tun und sich dabei ins Fäustchen zu lachen.«

»Tust du das?«

»Wir alle tun es. Man kann es nicht im Ernst tun. Du musst dich distanzieren. Sonst hältst du es nicht aus.«

»Und was ist mit den Journalisten, die sich auf dem gleichen Niveau befinden wie ihr Publikum?«

»Die können das nicht.«

»Weshalb?«

»Zu dumm.«

Marina lachte. »Das ist jetzt wirklich zynisch.«

»Ich sag's ja.« Jonas leerte das Bier und drückte die Aludose zusammen.

»Wie lange machst du das jetzt schon?«

»VJ?«

»Unter deinem Niveau arbeiten.«

»Acht Jahre.«

Marina stand auf, legte beide Handflächen an seine Schläfen und küsste ihn auf den Mund. »Dann wird es wirklich Zeit, dass du etwas änderst.«

»Was?«

»Entweder machst du das, was du machst, mit Spaß und Überzeugung. Oder du machst etwas anderes.«

Zweiter Teil

Ich bin sicher, dass es ein Mensch war. Es hatte ein Gesicht.« Der große junge Mann war bleich und aufgeregt.
Er sah auf die Zugführerin herab, die sich jetzt zur Kamera
wandte und barsch befahl: »Bitte lassen Sie das.«

Die Kamera wurde unruhig, dann tauchte Jonas' Hand im
Bild auf, hielt der Zugführerin etwas entgegen. Sie nickte und
wandte sich ab. Die Kamera folgte ihr durch einen vollbesetzten Wagen.

Eine ältere Frau sah neugierig zur Zugführerin und wandte
sich rasch ab, als sie die Kamera bemerkte. Zwei Teenager
starrten in ein iPad und blickten nicht auf, als die Kamera
vorbeiging. Ein Geschäftsmann mit Laptop fragte: »Wird das
länger dauern?« Eine junge Frau in einer grünen Skijacke
telefonierte. Vier Männer mittleren Alters hatten große Bier-
dosen zwischen die Knie geklemmt und knallten Karten
auf das kleine Klapptischchen. Ein Mann im dunklen Anzug
mit zur Igelfrisur gegelten roten Haaren döste. Eine Frau
schirmte mit beiden Händen ihre Augen gegen das Licht im
Waggon ab und starrte in die Dunkelheit des Tunnels.

Die Zugführerin ging durch die automatische Schiebetür
zur Einstiegsplattform. Die Einstiegstür dort war halb geöffnet. Sie öffnete sie ganz und stieg die zwei Tritte hinunter. Die Kamera folgte ihr. Das Bild wurde schwarz und dann
wieder heller, als sich die Elektronik an die neuen Lichtver-

hältnisse gewöhnt hatte. Ein Bündel wurde herangezoomt, so gut es das Objektiv erlaubte. Es war nicht zu erkennen, was es war.

Schnitt. Er stoppte das Video.

Jonas hatte das Material hervorgeholt, das er vor drei Monaten im Intercity gedreht hatte, und sichtete es. Marina hatte recht: Es war höchste Zeit, dass er etwas änderte an seinem Leben. Dass er aufhörte, seinen Beruf nur als Übergangslösung zu betrachten, bis er sein großes Projekt realisieren konnte. Er musste sich endlich eingestehen, dass er längst selbst nicht mehr an *Montecristo* glaubte, und versuchen, seinen Ehrgeiz auf das zu richten, was er tat.

Er wollte in einer Übergangsphase zwar immer noch für *Highlife* People-Stories machen, aber das Hauptgewicht auf gute, gescheite Reportagen legen. Und sich von Rückschlägen wie dem bei der Banknotensache nicht entmutigen lassen, sondern sich einfach dem nächsten Thema zuwenden. In diesem Fall dem Projekt »Personenschaden«.

Er startete das Video erneut und begann, die interessantesten Statements der Speisewagenpassagiere auszuwählen.

Ein älterer Mann mit rotem Kopf und blondem Haar, die Krawatte auf Halbmast, sagte: »Das ist bestimmt das zehnte Mal, dass mir das passiert, in sechs Jahren Pendeln. Ich habe das Gefühl, es nimmt zu.«

Sein Gegenüber, grauer Haarkranz, bleiches konturloses Gesicht und dicke Hörbrille: »Ich finde es eine Zumutung, sich so umzubringen. Es gibt andere Methoden. Solche, die nicht den Feierabend von ein paar hundert Nichtdepressiven versauen.«

Eine stark geschminkte Enddreißigerin, schwarzes Jackett,

weiße Schalkragenbluse: »Schrecklich, die Vorstellung, dass da unten irgendwo jemand liegt, zermalmt.«

Der tamilische Kellner mit frischem Pflaster auf der Stirn: »Ein so gutes Leben, wie es die Schweizer haben, ist eben kaum auszuhalten.«

Ein übergewichtiger Mann – Jonas erkannte in ihm seinen Tischnachbarn auf jener Fahrt – sah kurz vom Laptop auf: »Filmen von mir aus. Aber kein Statement.«

Die Kamera schwenkte durch den Speisewagen. Die Stimmung war gedrückt. Nur Gemurmel gedämpfter Stimmen.

Ein großer dünner Mann im Businessanzug erhob sich von einem Tisch und kam auf die Kamera zu, wurde bildfüllend und ging vorbei. Die Kamera folgte ihm. Beim dicken Mann blieb er stehen und fragte etwas.

Jonas spulte zurück und erhöhte die Lautstärke. Jetzt wurde es verständlich: »Hast du Paolo gesehen?«

Der dicke Mann: »Sitzt er nicht bei euch?«

»Er hat einen Anruf bekommen und ist rausgegangen zum Sprechen. Und nicht mehr zurückgekommen.«

Auch die Antwort des Dicken musste Jonas zweimal spielen lassen: »Vielleicht ist er der Personenschaden.«

Jonas nahm sich vor, für die beiden Stellen Untertitel einzublenden. Auch unter das letzte Wort, das der Mann, der Paolo suchte, beim Zurückgehen kopfschüttelnd murmelte: »Arschloch.«

Jonas schob den Clip zu den anderen, die er verwenden wollte.

War Paolo tatsächlich der Personenschaden gewesen?

Jonas öffnete seinen Browser und suchte in den Todesanzeigen von Basel und Umgebung zwischen dem zwanzigsten und dreißigsten September. Am dreiundzwanzigsten stieß er auf eine schlichte Meldung: »Am 19. September ist Paolo Contini unerwartet von uns gegangen. In tiefer Trauer, Barbara Contini-Hubacher, Mia und Reto.«

Jonas Brand nahm sich vor, noch am gleichen Abend eine Fahrt mit dem Halb-Sechs-Uhr-Intercity nach Basel zu machen.

*

Wenn der Sechzehn-Uhr-Nullacht aus Chur pünktlich war, blieben ihm sechs Minuten auf Gleis elf, bis er als Siebzehn-Uhr-Vierunddreißig nach Basel weiterfuhr. Die Stammgäste des Speisewagens kamen extra früh, um zu den Ersten zu gehören, die sich an den aussteigenden Fahrgästen vorbeidrängten und zu ihren Plätzen stürzten.

Aber wenn er, wie jetzt, Verspätung hatte, war das Gedränge vor dem Sektor, wo der Speisewagen hielt, so groß, dass man riskierte, seinen Stammplatz zu verlieren. An irgendwelche Gelegenheitsbahnfahrer wie Jonas Brand.

Er stand mit Kamerarucksack und Materialtasche nervös auf dem kalten Bahnsteig und behielt den übergewichtigen Mann im Auge, an den er sich heften wollte, sobald der Zug hielt.

Über die Lautsprecher erklangen die Durchsagen, noch immer im gleichen Fernweh erweckenden Singsang seiner Kindheit.

Er erkannte noch mehr Mitwirkende seines Reportagefragments: die überschminkte Dame, die die Vorstellung, dass unter dem Zug jemand zermalmt lag, beschäftigt hatte.

Und der große Dünne sowie der Übergewichtige, bei dem sich der Dünne nach dem Verbleib von Paolo erkundigt hatte. Sie ignorierten sich gegenseitig.

Die Einfahrt des verspäteten Intercitys wurde angekündigt, und es entstand Unruhe auf dem Bahnsteig. Die Wartenden nahmen ihr Gepäck vom Boden auf, steckten ihre Gratiszeitungen weg oder machten ihre Zigaretten aus.

Jonas hielt sich dicht an den Übergewichtigen. Der würde wissen, wie man sich einen Platz sichert.

Der Zug wurde immer langsamer, der Speisewagen näherte sich und kam beinahe an der Stelle zum Stehen, wo ihn der Mann erwartete. Erst im letzten Moment machte der ein paar Schritte in die Gegenrichtung und stellte sich anstatt vor die Tür des Speisewagens vor die des nächsten Waggons.

Sie öffnete sich, und die Passagiere stiegen aus. Der Dicke ließ drei aussteigen, dann sagte er laut und vernehmlich: »Entschuldigung, hab etwas vergessen!«, und drängte sich hinein. Jonas folgte ihm, vorbei an empörten Zugreisenden, die »He, he!« und »Erst aussteigen lassen!« schimpften.

Der Mann ging durch die Verbindung zum Speisewagen und wartete dort, bis die letzten Fahrgäste draußen waren. Dann stürmte er hinein und ließ sich am ersten Zweiertisch nieder. Rücken zur Fahrtrichtung.

»Ist hier noch frei?«, fragte Jonas und verstaute sein Gepäck, ohne eine Antwort abzuwarten, auf der Gepäckablage.

Keine Minute später war der Speisewagen bis auf den letzten Platz besetzt. Die meisten durch Stammgäste, von denen die, die es zuerst geschafft hatten, für die Nachzügler Plätze reservierten.

Der Zug fuhr an, und bereits in Schlieren hatten die meisten ihr Getränk, das ihnen der Kellner – es war wieder Padman, der Tamile – ungefragt gebracht hatte.

Der Dicke hatte einen Laptop vor sich und daneben eine Flasche Féchy. Jonas Brand wartete, bis er vom Bildschirm aufblickte. Aber er wartete vergebens. Selbst als der Zugführer kam, hielt er ihm ohne aufzuschauen sein Generalabonnement hin. Daher fragte er, nachdem er ebenfalls seine Fahrkarte gezeigt hatte: »Darf ich Sie stören?«

Der Mann sah missmutig auf. »Ungern«, brummte er.

»Mein Name ist Jonas Brand. Ich bin Videojournalist. Ich nehme nicht an, dass Sie sich erinnern, aber wir saßen vor drei Monaten beide an diesem Tisch, als ein Personenunfall geschah.«

»Sie waren der mit der Kamera.«

»Genau.« Er streckte ihm die Hand entgegen. »Jonas Brand.«

Der andere nahm sie zögernd. »Kägi«, murmelte er.

»Ich mache eine Reportage über den Vorfall. Vielleicht können Sie mir helfen.«

»Inwiefern?«

»Indem Sie mir ein paar Fragen beantworten.«

»Wie lange dauert das? Ich muss nämlich arbeiten.«

»Nur ein paar Minuten.«

»Aber ohne Kamera.«

»Ich bin Videojournalist.«

Der Dicke zuckte bedauernd mit den Schultern und wandte sich wieder seinem Bildschirm zu.

»Also gut, ohne Kamera. Aber aufnehmen darf ich es?«

»Nein. Nur aufschreiben.«

Jonas nahm Notizblock und Kugelschreiber aus der Brusttasche. »Als der Zug im Tunnel stand, hat Sie ein Bekannter gefragt, ob Sie einen gewissen Paolo gesehen hätten. Sie haben geantwortet, dass er vielleicht der Personenschaden sei. War das Ihr Ernst?«

»Nein. Aber ich hatte recht.«

»Paolo Contini? In dieser Zeit ist in Basel eine Todesanzeige mit diesem Namen erschienen.«

»Genau. Ihm verdanken wir die Verspätung.«

»Woher kannten Sie ihn?«

»Berufskollege.«

»Darf ich fragen, was Ihr Beruf ist?«

»Banker.« Trotzig.

»Weiß man, weshalb er sich das Leben genommen hat?«

»Man vielleicht schon. Ich nicht.«

Jonas notierte die unergiebigen Antworten mit mehr Aufwand als nötig. »Wissen Sie, wie alt er war?«

»So um die vierzig, schätze ich.«

»Er hatte zwei Kinder.«

»Da wissen Sie mehr als ich.«

»Stand in der Todesanzeige.«

»Ich lese keine Todesanzeigen.«

»Aber man spricht doch unter Arbeitskollegen, wenn so etwas passiert ist.«

»Früher, bevor der Börsenring abgeschafft wurde, klatschte man noch. Jetzt, im Trading Floor, hat man dafür keine Zeit mehr. Wär's das?«

Jonas klappte das Notizbüchlein zu. »Vielen Dank.«

»Wenn Sie mehr erfahren wollen, reden Sie besser mit dem dort.« Er zeigte auf den langen dünnen Mann, der ein paar

Tische weiter saß. »Der kannte ihn gut. Ich glaube, sie waren befreundet.«

»Danke für den Tipp. Wie heißt er?«

»Heinzmann. Jack Heinzmann.«

*

Jack Heinzmann war um vieles zuvorkommender als sein übergewichtiger Kollege Kägi. Jonas ging zu seinem Tisch, stellte sich vor und erklärte, worum es ging. Heinzmann schlug vor, sich eine Stunde nach Ankunft bei ihm zu Hause zu treffen, und gab ihm die Adresse.

Nun saßen sie vor dem Kamin seines Penthouse. Heinzmann hatte sich für die Kamera umgezogen und eine Flasche Wein aufgemacht. »Sind Sie verheiratet?«, fragte Heinzmann beim Anstoßen.

»Geschieden.«

»Ich auch. Kinder?«

»Zum Glück nicht.«

»Ich schon. Zum Glück. Sie sind jedes Wochenende bei mir.«

Jonas hatte die Kamera auf das Schulterstativ montiert und die kleine LED-Leuchte installiert. Er wollte den ganzen Bericht im Stil des Zugmaterials filmen, einfach und improvisiert.

»Was wollen Sie wissen?«, fragte Heinzmann.

»Ich saß zufällig im Speisewagen, als Paolo Contini im Tunnel aus dem Zug sprang, und ich habe nach der Notbremsung gedreht. Ich würde das Material gerne mit Kommentaren von Ihnen und anderen Reisenden unterlegen. Über

Ihre Gefühle, in der Situation und danach, als klar wurde, wer da ums Leben gekommen war. Darüber, wie Sie Herrn Contini erlebt haben. Ich würde auch gerne mit seiner Witwe sprechen. Es soll die Chronik eines Selbstmords und das Porträt eines Selbstmörders werden.«

Heinzmann nickte nachdenklich. »Vielleicht finden Sie ja heraus, weshalb er es getan hat.«

»Hat er keinen Abschiedsbrief hinterlassen?«

»Nichts. Es gibt auch keinen Grund, weshalb er sich das Leben hätte nehmen sollen. Aber jede Menge Gründe, weshalb nicht. Paolo war der Star des Trading Floors. Er war glücklich verheiratet und hatte zwei Kinder, in die er vernarrt war, fünf und sieben. Da bringt man sich nicht um.«

»Trader verspekulieren sich doch manchmal.«

»Paolo hat sich nicht verspekuliert.«

»Weshalb sind Sie da so sicher?«

»Das wüsste ich. Das wüsste die ganze Bank. Nein, die ganze Branche. Spätestens nach seinem Suizid. Nein, nein. Es gibt keinen Grund.«

»Er saß bei Ihnen am Tisch im Speisewagen. Und dann? Erzählen Sie.«

»Dann klingelte sein Handy, er entschuldigte sich und ging zum Telefonieren hinaus.«

»Und kam nicht mehr zurück.«

»Richtig. Dann, kurz darauf die Notbremsung im Tunnel.«

»War er irgendwie anders auf dieser Fahrt, bedrückt, zerstreut? Gab es im Nachhinein irgendeinen Hinweis darauf, dass er sich gleich das Leben nehmen würde?«

»Nichts.«

»Könnte es ein Unfall gewesen sein?«

»Was für ein Unfall? Dass er sich in der Tür geirrt hat? Um die Eingangstür während der Fahrt zu öffnen, muss man einen Notriegel ziehen.«

»Ein Verbrechen?«

»Dass jemand die Tür geöffnet und ihn rausgestoßen hat?«

»Zum Beispiel.«

»Paolo war beliebt. Er hatte keine Feinde.«

»Also doch Selbstmord.«

»Anscheinend müssen wir uns an den Gedanken gewöhnen.«

»Was sagt seine Witwe?«

»Wollen Sie sie nicht selbst fragen?«

»Glauben Sie, sie wäre bereit zu einem Interview?«

»Wenn Sie wollen, rufe ich sie an.«

Jonas stoppte die Kamera und nahm sie von der Schulter. »Gerne. Wann?«

»Jetzt.«

*

Barbara Contini mochte Mitte dreißig sein. Sie hatte schwarzes gerades Haar, braune traurige Augen und lustige Sommersprossen. Sie war sofort einverstanden gewesen und empfing sie eine Stunde später in einem kleinen Reihenhaus am Stadtrand. Aus der Art, wie sie Jack Heinzmann begrüßte, schloss Jonas, dass sich die beiden nahestanden.

Sie sprach leise, weil die Kinder schon schliefen, und führte sie in ein kleines Wohnzimmer voller Designermöbel und Kinderspielsachen. »Wir sind«, erklärte sie, »nach dem Tod meines Mannes von unserem großen Haus hierhergezogen.«

Durch ein Blumenfenster blickte man in einen von ein paar Gartenspots erleuchteten Hintergarten mit einer Rutschbahn und einem Sandkasten.

»Wo soll ich mich hinsetzen?«, fragte Barbara Contini.

Jonas entschied sich für einen schwarzen Ledersessel, den er so positionierte, dass im Hintergrund der Garten zu sehen war. Als Licht, Ton und Kamera eingerichtet waren, fragte er: »Gibt es etwas, das ich nicht fragen soll?«

Sie überlegte. »Sie dürfen alles fragen. Ob ich es beantworte, bleibt ja mir überlassen.«

»Frau Contini, glauben Sie, dass Ihr Mann Selbstmord begangen hat?«

»Nein.«

»Warum nicht?«

»Er war glücklich.«

»Wie ist er dann aus dem Zug gestürzt?«

»Jemand hat ihn rausgestoßen.«

»Weshalb?«

»Ich weiß es nicht.«

»Sie glauben, jemand hat den Notriegel der Tür gezogen, die Tür geöffnet und ihn hinausgestoßen?«

»Ich glaube, jemand hat den Notriegel der Tür gezogen, die Tür geöffnet, ihn angerufen, ihn gebeten, ihn auf der Einstiegsplattform zu treffen. Und als er kam, hat er ihn rausgestoßen.«

»Also jemand, den er kannte.«

»Oder jemand, der jemanden kannte, den er kannte.«

»Haben Sie eine Vermutung, wer?«

»Eine unterdrückte Nummer. Das war sein letzter Anruf.« Sie wollte weitersprechen, aber ihre Stimme versagte, und sie verdeckte mit der Hand die Augen. Als sie sich gefasst hatte, sagte sie: »Das Handy war noch intakt.«

»Wollen wir unterbrechen?«

»Es geht schon.«

»Was sagt die Polizei?«

»Selbstmord.«

»Und zu Ihrer Theorie? Ist sie ihr nachgegangen.«

»Nein.«

»Warum nicht?«

»Das frage ich mich auch. Seit drei Monaten frage ich mich das. Ich finde keine Antwort.«

»Und die Polizei?«

»Selbstmord, Selbstmord, Selbstmord.«

»Und Sie sagen, Ihr Mann war völlig normal an jenem Tag.«

»Nicht völlig normal. Glücklich. Schon lange nicht mehr so gut drauf wie in jener Woche. Wenn er völlig normal gewesen wäre, hätte ich weniger Zweifel.«

»Das verstehe ich jetzt nicht.«

»Davor war er gestresst. Unruhig. Das war er oft. Bei seinem Beruf ist das normal. Nicht wahr, Jack?«

Jonas schwenkte zu Heinzmann. »Die Arbeit im Trading Floor ist stressig. Wir müssen Risiken eingehen. Oft kommen wir am Abend nach Hause und wissen erst am nächsten Morgen, ob das, was wir vor Feierabend als Letztes gemacht haben, gutgegangen ist.«

»Aber in der Woche vor seinem Tod war er relaxed.« Jonas schwenkte wieder zur Witwe zurück. »Als ob er von einer Last befreit wäre.«

»Haben Sie eine Ahnung, von welcher Last?«

»Wir haben nie über seinen Job gesprochen. Ich verstehe nichts von Finanzmärkten. Aber ich spürte es, wenn ihn etwas Berufliches belastete.«

»Doch das war nicht der Fall.«

»Ganz im Gegenteil. Wie gesagt: Er war glücklich.«

Jonas Brand schaltete die Kamera aus und bedankte sich.

»Ich hoffe, das bringt etwas«, sagte Frau Contini.

Er musste etwas ratlos gewirkt haben, denn sie ergänzte: »Ich meine, hoffentlich trägt es dazu bei, dass die Polizei das Dossier nicht schließt. Oder es wieder öffnet, falls sie es bereits getan hat.«

»Ehrlich gesagt, ist das nicht das Ziel der Reportage. Ich wollte einfach die Hintergründe dieser Tragödie sichtbar machen, bei der ich zufällig Zeuge wurde.«

»Aber jetzt hat es eine andere Wendung genommen, nicht wahr?«

»Eine ganz andere«, antwortete Jonas.

*

Er saß im fast leeren Interregionalzug nach Olten und telefonierte mit Marina. Der Zug stand kurz vor Liestal vor einem Signal. Draußen fiel dichter Schneeregen. Drei angetrunkene Rekruten gingen durch den Wagen und ließen eine Duftwolke aus Bier und Tabak zurück.

»Das kommt schon vor«, sagte sie, »dass jemand ohne Ankündigung und ohne Anzeichen, einfach so aus heiterem Himmel, sich das Leben nimmt.«

»Ich kenne eher das Gegenteil: dass jemand ständig damit droht und es nie tut.«

Sie lachte ein bisschen. »So einen hatte ich auch einmal am Hals.«

»Das erzähl mir dann, wenn du mir dein ganzes Leben erzählst.«

»An dem Tag, an dem wir mal zur gleichen Zeit frei-haben. Falls das je eintritt bei unseren Berufen.«

Der Zug fuhr an. Er sah auf seine Uhr. »In einer Drei-viertelstunde kann ich bei dir sein.«

»Dann haben wir keine Zeit zum Reden.«

Er lachte. »Und danach?«

»Es gibt kein Danach.«

Er lachte wieder. »Ist das Telefonsex?«

»Telefonvorspiel.«

Der Zug hielt in Liestal. Ein Mann stieg ein. Auf seinem feuchten Haar glänzten ein paar schmelzende Schneeflocken, und auch die Schultern seines Wollmantels hatten feuchte Stellen und weiße Flecken. Er sah sich im fast leeren Waggon um, zog den Mantel aus und setzte sich ins Zweierabteil neben Jonas.

»Hallo? Was ist nun mit dem Vorspiel?«

Jonas senkte die Stimme. »Geht nicht mehr. Habe Gesell-schaft bekommen.«

»Stört mich nicht.«

»Mich schon.«

*

»Nehmen Sie doch einen Moment Platz«, sagte der ältere Herr am Empfang und griff zum Telefon.

Jonas Brand war in dem Gebäude, in dem sich der Trading

Floor der GCBS befand. Er hatte einen Termin mit dessen Chef, Hans Bühler.

Er legte sein Material auf zwei Wartesessel und blieb daneben stehen.

Fünf Minuten später kam eine etwa vierzigjährige Frau im Businessanzug lächelnd auf ihn zu, stellte sich als »Hofstettler« vor und führte ihn in ein kleines Besprechungszimmer.

Jonas Brand sah sich in dem fensterlosen Raum um. »Werden wir hier drehen?«, erkundigte er sich.

»Wir werden nicht drehen«, antwortete Hofstettler.

»Da bin ich mit Herrn Bühler aber anders verblieben«, protestierte Jonas.

»Herr Bühler lässt sich entschuldigen. Sie hätten über mich gehen sollen, dann hätten Sie sich den Weg erspart. Ich bin die Medienverantwortliche.«

»Und was ist das Problem?«

Hofstettler stand, wie Brand, noch immer neben dem Besprechungstisch und machte keine Anstalten, ihm einen Stuhl anzubieten. »Erstens unterhalten wir uns aus Gründen der Pietät prinzipiell nicht mit Medien über verstorbene Mitarbeiter. Und zweitens weiß man beim Fernsehen nichts von diesem Projekt.«

»Ich bin freier Journalist und biete den Redaktionen die fertige Reportage an.«

»Ich weiß, dass Sie Freischaffender sind. Vor allem für *Highlife*.«

»Unter anderem für *Highlife*«, korrigierte Jonas.

Aber es blieb ihm nichts übrig, als seine Sachen wieder zu schultern und das Feld zu räumen.

Am Nachmittag desselben Tages hatte er eine Verabredung bei der Polizei Basel-Land in Liestal, auf deren Gebiet Paolo Contini den Tod gefunden hatte. Jonas hatte die Pressestelle kontaktiert und erklärt, dass er an einer Reportage zum Thema »Suizid per Bahn« arbeite, und von einem freundlichen Herrn sofort einen Termin erhalten.

Er fuhr mit dem Auto. Es war wärmer und trockener geworden, und er hatte keine Lust, auf der Rückfahrt zur Hauptverkehrszeit wieder mit Sack und Pack um einen Sitzplatz zu kämpfen.

Er stellte seinen Wagen auf dem Besucherparkplatz vor dem Polizeigebäude ab und meldete sich an.

Auch hier wurde er nicht von der Person empfangen, mit der er verabredet war. Nachdem er beinahe eine Viertelstunde in einem kleinen Raum gewartet hatte, trat ein drahtiger, braungebrannter Zivilbeamter ein und überreichte Jonas ein Kärtchen. »Jakob Schneebeli, Feldweibel MBA«.

»Was heißt ›MBA‹?«, wollte Brand wissen.

»Mit besonderen Aufgaben.«

Feldweibel Schneebelis besondere Aufgabe bestand offensichtlich darin, Jonas Brand abzuwimmeln. Obwohl Jonas vorgegeben hatte, dass es ihm ganz allgemein um Selbstmorde mit dem Zug ginge, schien der Polizist nicht überrascht, als er auf den Fall Contini zu sprechen kam.

»Sehen Sie, Herr Brand, die Polizei Basel-Land pflegt in solchen Fällen die Medien aus Gründen der Pietät um zurückhaltende Berichterstattung zu bitten. Da werde ich mich doch nicht mit Ihnen vor der Kamera über einen Namen unterhalten, den Sie sowieso nur durch eine Indiskretion erfahren haben können.«

Der People-Journalist in Jonas Brand hätte jetzt einen Rückzieher gemacht, aber der Investigationsjournalist gab sich einen Ruck und fragte: »Ist es denn sicher, dass es Selbstmord war?«

Die Kaumuskeln des Feldweibels traten kurz hervor. »Auf alle Fälle sicherer, als dass Ihr Einbruch ein Einbruch und Ihr Überfall ein Überfall waren.«

Jonas verschlug es die Sprache. Bevor er sie wiederfand, fragte der Feldweibel für besondere Aufgaben: »Sonst noch Fragen?«

※

Bereits auf dem Weg vom Ausgang des Polizeistützpunkts zum Besucherparkplatz merkte er, dass es kälter geworden war, und als er die A22 erreichte, zeigte das Thermometer im Armaturenbrett zwei Grad minus an. Ein grauer Himmel beschleunigte die Abenddämmerung noch. Kurz nach der Ausfahrt Oberfrick begann es zu schneien. Bald blieb ein hellgrauer Film auf dem Asphalt liegen, und die Autos vor ihm hinterließen dunkle Spuren.

Jonas reduzierte die Geschwindigkeit und verfluchte sich, dass er nicht die Bahn genommen hatte.

Der Beamte hatte sich also bei den Zürcher Kollegen über ihn erkundigt und war über den Einbruch und den Überfall informiert worden. Und auch darüber, dass dort Zweifel an seinen Aussagen bestanden.

War es normal, dass die Polizei vor Interviews Erkundigungen über den Interviewer einholte? War es überhaupt erlaubt? Durften Polizeistellen verschiedener Kantone solche Informationen austauschen, wenn es sich um Opfer und nicht um Täter handelte? Oder zweifelte man sogar *daran*?

Jonas schaltete die Anlage an und schob eine CD hinein. Leonard Cohen, *Old Ideas*. Die Musik zu seiner Stimmung und zu der einsamen Fahrt auf der verschneiten Autobahn.

Die Rücklichter der Autos vor ihm leuchteten verschwommen durch den Schleier des Schneetreibens. Das Tempo der Kolonne war unter achtzig gesunken. Die Scheibenwischer liefen vergeblich auf der höchsten Stufe.

Plötzlich färbten die Bremslichter einiger Autos weiter vorne den Schneeschleier rot. Die Autos dahinter reagierten. Bremsen!

Der Passat schlingerte zwei Mal und kam knapp hinter dem vorderen Wagen zu stehen. Jonas presste den Hinterkopf gegen die Kopfstütze und wartete auf den Aufprall des Wagens, der ihm folgte.

Aber auch der schaffte es. Jonas sah im Rückspiegel, wie er im letzten Moment seinem Heck auswich und neben ihm auf der Höhe der Rücksitze zum Stehen kam.

Jetzt hörte er das anhaltende Hupen von zwei Autos und sah im Schneetreiben die Reflexe einiger Warnblinker weiter vorne. Er war in einen Auffahrunfall geraten.

Die ersten Türen öffneten sich, und ein paar Fahrer stiegen vorsichtig aus und gingen nach vorne.

Jonas blieb mit klopfendem Herzen sitzen, hielt das Lenkrad umklammert und starrte in das Chaos vor ihm, das sich nun rasch mit Leben füllte.

Noch immer hielten die beiden Hupen ihre unterschiedliche Tonlage, doch jetzt waren auch Rufe zu hören.

Es dauerte eine ganze Weile, bis ihm einfiel, er könnte mit der Kamera rausgehen. Er lief an der Karambolage entlang bis zur Spitze. Dort stand ein Range Rover mit einem stark beschädigten Pferdeanhänger. Ein Mann in Reitstiefeln und eine weinende Frau versuchten, die verklemmte Tür des Anhängers zu öffnen. Die Frau schluchzte: »Alles okay, Dally, wir kommen. Alles okay.«

Dahinter ein Lieferwagen mit eingedrückter Fahrerkabine. Ein bleicher Mann saß auf dem Pannenstreifen. Er blutete aus einer Wunde über dem Auge und sagte immer wieder. »Die Bremslichter funktionierten nicht am Anhänger, das wird die Polizei feststellen. Die funktionierten nicht, ich konnte nicht sehen, dass die bremsten.«

Dahinter ein Golf mit Totalschaden. Eine Gruppe aufgeregter Leute drum herum, die versuchten, jemanden aus dem Wagen zu befreien.

Jonas hielt die Kamera auf die Szene. Plötzlich merkte er, dass ihm schlecht wurde. Er nahm sie von der Schulter und ging zu seinem Wagen zurück. Noch bevor er ihn erreicht hatte, musste er sich auf dem Mittelstreifen übergeben.

Vielleicht sollte er doch beim Lifestyle-Journalismus bleiben.

*

Der Ort, wo Max Gantmann die zweitmeiste Zeit verbrachte, war der Schönacker. Eine Quartierkneipe, ein paar Schritte von seiner Wohnung entfernt. Dort nahm er die drei Mahlzeiten des Tages ein und verjasste die Abende und Wochenenden mit dem Wirt und ein paar Stammgästen.

Der Schönacker war berühmt für die Größe seiner Portionen. Hier gab es Cordon Bleus, die über den Tellerrand hinausragten, Bratwürste, die auf ovalen Tellern serviert werden mussten, und Schweinekoteletts, deren Beilagen einen separaten Teller beanspruchten.

Eine weitere Besonderheit des Schönackers war sein Fumoir. Es umfasste zwar nur das gesetzlich vorgeschriebene Drittel des Lokals, aber der Wirt, ein militanter Raucher, betrieb die zwei Drittel, in denen nicht geraucht werden durfte, lediglich pro forma mit einem kleinen Büfett mit Selbstbedienung. Das Fumoir war das eigentliche Restaurant mit fünfzehn Tischen, Rauch und Riesenportionen.

Dort traf sich Brand mit Max Gantmann zum Mittagessen und erzählte ihm von Paolo Contini. Und davon, wie er bei der Bank und bei der Polizei abgeblitzt war.

Max hörte sich die Geschichte ohne besonderes Interesse an. Seine Aufmerksamkeit wurde von einer großen fettigen Waadtländer Wurst mit Kartoffelsalat in Anspruch genommen.

Als Jonas geendet hatte, fragte Gantmann: »Und was ist mit der Banknotensache? Warum hast du die fallenlassen?«

»Sie hat sich in Nichts aufgelöst.«

Max schob den leer gegessenen Teller beiseite und steckte sich eine Zigarette an. »Wie das?«

»Eine der Noten war gefälscht, hat Trebler, der Numismatiker, herausgefunden.«

»Du sagtest doch, die Bank und Dillier hätten festgestellt, dass beide echt sind?«

»Die haben sich getäuscht. Trebler sagt, es sei eine gute Fälschung, aber eben doch eine Fälschung. Er hatte einen Geldscanner. Hatte es aber schon vorher vermutet.«

Gantmann schüttelte den Kopf. »Komisch. Die Bank und Dillier haben doch sicher auch Notenprüfgeräte.«

»Aber sie haben keines benutzt. Jedenfalls habe ich es nicht gesehen.«

»Sie haben es nicht benutzt, weil sie sich ganz sicher waren, dass beide Noten echt sind. Und Dillier ist der Fachmann. Der hätte doch jede Chance genutzt zu beweisen, dass eine der beiden gefälscht ist. Wenn der nur den geringsten Zweifel gehabt hätte, hätte er nicht eingeräumt, dass beide echt sind.«

Der Kellner brachte Max ein frisches Bier und räumte seinen leeren Teller ab. Er trank einen Schluck und sagte, ohne sich den Schaum von den Lippen zu wischen: »Nein, nein, Jonas, man hat dich verarscht.«

»Trebler?«

Max dachte nach. »Nein, das glaube ich nicht. Trebler ist integer. Der hat einen Ruf zu verlieren. Der kann eine echte Note nicht als Fälschung ausgeben. Schon gar nicht vor der Kamera.«

Wieder dachte Gantmann nach. »Wo hast du die Noten aufbewahrt?«

»An einem sehr sicheren Ort.«

»Wo?«

»In meinem Bankschließfach.«

Max verschluckte sich an seinem Bier. »Doch nicht zufällig bei der Bank, der du die Noten zur Überprüfung gegeben hast?«

»Doch. Bei der GCBS. Du glaubst …? Da braucht es zwei Schlüssel. Einen haben die, einen habe ich.«

»Mein Gott, bist du naiv. Du zeigst denen die beiden Noten. Sie bezeugen, dass beide echt sind. Danach wird bei dir eingebrochen und alles durchsucht. Danach wirst du überfallen und ausgeraubt. Und dann gehst du hin und bewahrst die Noten in einem Bankschließfach auf, zu dem sie den Schlüssel haben!«

»Nur einen.«

»Und wenn ein Schließfachbesitzer stirbt, glaubst du, die sprengen das Schloss? Die haben natürlich ein Doppel deines Schlüssels.«

»Du glaubst, die haben den Schein ausgetauscht?«

»Es würde mich nicht wundern.«

»Weshalb sollten sie das? Die Doppelnummerierung ist doch nicht das Problem der Bank?«

»Sollte man meinen.« Max nahm die Zigarette gerade so lange aus dem Mund, dass er einen großen Schluck Bier trinken konnte. »*Aber*: Als bei dir eingebrochen wurde und als du ausgeraubt wurdest, wusste die Notendruckerei noch nichts von den beiden Scheinen. Die Bank schon.«

Der Kellner brachte einen Apfelkuchen mit Crème fraîche und stellte ihn vor Gantmann hin. Der legte die Zigarette brennend in den Aschenbecher und begann sofort zu essen. »Die Bank will verhindern, dass die Sache an die Öffentlichkeit kommt.«

»Warum?«

»Das weiß ich noch nicht. Aber eines weiß ich.« Er schob sich ein Stück Kuchen in den Mund. Etwas Crème fraîche blieb an der Oberlippe hängen. »Es ist ihr gelungen.«

Jonas seufzte. »Aber bei der Sache mit dem toten Trader wird es ihr nicht gelingen.«

»Mir ist die Geschichte zu ›Boulevard‹.«

»Das war sie nicht, bevor ich mit dem Arbeitskollegen und der Witwe sprach. Da war sie eine Reportage über die Hintergründe eines Selbstmords, bei dem ich zufällig Zeuge wurde.«

»Aber so wird sie reißerisch. ›Selbstmord oder Mord?‹ steht in fetten Lettern darüber.«

»Manchmal machen sich Geschichten selbständig.«

»Das dürfen die, die sie erzählen, nicht zulassen.« Max machte dem Kellner ein Zeichen, er solle noch zwei Bier bringen.

»Meines ist doch noch fast voll«, protestierte Jonas.

»Aber abgestanden. Du kannst die Selbstmordsache schon machen, aber die Mord-oder-Selbstmord-Frage würde ich weglassen. Die Geschichte vom Speisewagen voller Pendler, der plötzlich im Tunnel stehen bleibt, weil einer der Pendlerkollegen aus dem Zug gesprungen ist, ist beklemmend genug. Ich würde das Material vom Tunnel nehmen, die Reaktionen der Speisewagengäste und die Statements, bevor sie wussten, dass der Personenschaden einen betraf, mit dem sie jeden Tag zweimal im Speisewagen saßen. Und jetzt würde ich dieselben Leute wieder dazu befragen, wie sie reagiert haben, als sie es erfuhren, und wie sie… wie heißt er, Conti?«

»Contini.«

»Contini erlebt haben. Den Grund für den Selbstmord würde ich ausklammern.«

Jonas Brand war nicht überzeugt. »Warum will die Polizei nichts dazu sagen?«

»Dass sie aus ethischen Gründen den Medien keine Auskunft über Suizide geben, klingt doch überzeugend.«

»Und das mit dem Einbruch und dem Überfall?«

»So ist die Polizei. Die haben informell nachgefragt, was die Kollegen über dich wissen.«

»Dürfen die das?«

»Das ist wieder eine andere Story. Verzettle dich nicht.«

»Und die Bank?«

»Gleiche Antwort. Diskret aus ethischen Gründen. Und die Pressestelle hat routinemäßig intern Erkundigungen über dich eingeholt und ist auf die Sache mit den Seriennummern gestoßen. Und schon sind wir wieder bei der wirklich heißen Sache gelandet.«

Die zwei Bier kamen, und Max wedelte das halbvolle, abgestandene von Jonas weg. Sie tranken beide einen Schluck.

»Wenn es kein Mord war«, sagte Jonas, »bleibt die Frage nach dem Grund des Selbstmords. Seine Witwe sagt, er sei wochenlang nervös und bedrückt gewesen. Erst eine Woche vor seinem Tod sei er zufrieden und entspannt gewesen. Als wäre eine schwere Last von ihm genommen worden. Vielleicht hat es mit seinem Job zu tun. Vielleicht hat er sich verspekuliert.«

»Und was wäre dann der Grund für seinen plötzlichen Stimmungswandel eine Woche vor seinem Tod?«

»Vielleicht der Entschluss zum Selbstmord?«

Dieser Aspekt war Max nun doch eine Denkpause wert. Er trank einen weiteren großen Schluck von seinem Bier, stützte den schweren Kopf in die Hand und sagte schließlich: »Diesem Aspekt könntest du vielleicht doch nachgehen.«

2

Es lag zwar kein Schnee, aber der Freitagnachmittag gab sich doch recht weihnachtlich. Eine graue Nebeldecke lag dicht über der Stadt und schluckte so viel Licht, dass die Festbeleuchtung über der Bahnhofstraße schon am späteren Nachmittag zu glitzern begann.

Die mit Geschenken beladenen Passanten wurden von einer Mischung aus Vorfreude und Torschlusspanik über die kalten Trottoirs und in die heimeligen Geschäfte getrieben.

Jonas Brand, der die Festtage seit seiner Scheidung vollends ignoriert hatte, war von der feierlichen Hektik angesteckt worden und unterwegs, um für Marina ein Geschenk zu kaufen. Es musste etwas Kleines sein, das er in der Manteltasche verbergen konnte, wenn sie sich später trafen. Marina, die nichts von Jonas' Feiertagsabstinenz hielt, war am Geschenkekaufen, und sie hatten sich um achtzehn Uhr im Tail-Cock verabredet, einer neuen plüschigen Bar in der Altstadt.

Er war kein begabter Geschenkekäufer. Seine Exfrau hatte er immer gefragt, was sie sich wünsche, und wenn sie ihm die gleiche Frage gestellt hatte, wusste er meistens keine Antwort.

Parfums waren etwas Kleines, aber er wusste nicht, welches sie trug, und ein anderes war ihm zu riskant. Seidenschals passten auch in ein kleines Päckchen, aber auch dieser Eingriff in ihr Styling war ihm zu heikel.

So landete er schließlich in einem Geschäft für antiken Schmuck.

Der Sicherheitsmann bei der Tür musterte ihn misstrauisch, als wollte er ihn gleich einer Leibesvisitation unterziehen. Das Verkaufspersonal beachtete ihn nicht, alle waren mit Kundschaft beschäftigt.

Er ging von Vitrine zu Vitrine und studierte das funkelnde Angebot. Vor einer schlichten Korallenkette blieb er stehen. Sie besaß etwa vierzig erbsengroße Perlen von tiefem Rot und als Verschluss eine etwa dreimal so große goldgefasste ovale Koralle.

»Darf ich Ihnen behilflich sein?«, fragte eine Stimme hinter ihm.

Brand zeigte auf die Kette und fragte: »Was kostet die?« Wie ein Bauer in der Stadt, dachte er.

»Sie ist wunderbar, nicht wahr?« Die Verkäuferin schloss die Vitrine auf, nahm die Kette und ließ sie ihm in die Hand gleiten. Sie fühlte sich kühl und schwer an. Hinter dem Schloss klebte ein kleines Preisschild. »900.–« stand darauf. Nein, »9000.–«.

Die Verkäuferin sah ihm an, dass das zu viel war.

»Wie hoch ist denn Ihr Budget?«

»Ich weiß nicht, aber das liegt darüber.«

Das Lächeln wurde jetzt mitfühlend. »Aber Korallen müssten es schon sein?«

Erst wollte er sagen: Nicht unbedingt. Aber dann entschloss er sich zu: »Wenn möglich, schon«, um nicht gänzlich ratlos zu erscheinen.

Die Verkäuferin führte ihn zum Ladentisch und zog ein mit Samt ausgeschlagenes Tablett aus dem Korpus. Es war in Fächer unterteilt, in denen Armbänder lagen. Eines war aus Korallen. Sie waren etwas heller als die der Halskette und kleiner. Der Verschluss war eine Miniaturausgabe des Halskettenverschlusses.

Sie schob das schwere Goldarmband, das sie trug, ein wenig hoch und legte die Korallen über ihr Handgelenk. Es war schmal, wie das von Marina. »Dreißig Korallen«, informierte sie ihn. Und als er die Frage nicht stellte, gab sie ihm die Antwort ungefragt: »Tausendachthundert.«

»Warum so viel weniger?«

»Größe, Farbe. Und die anderen sind Mittelmeerkorallen. Die gibt es heute nicht mehr, ausgestorben. Das hier sind asiatische.«

Tausendachthundert Franken waren für Jonas nur im Vergleich zum Preis der Halskette nicht viel. Im Vergleich zu dem, was er hatte ausgeben wollen, war es immer noch überrissen. Aber er war nicht geizig, und es war bald achtzehn Uhr.

Er zückte also seine Kreditkarte und schaute zu, wie die gepflegten Hände der Verkäuferin ein reizendes kleines Weihnachtspäckchen machten.

Die schmale Gasse, in der das Tail-Cock lag, war voller Leute. Eine Heilsarmeekapelle verursachte einen Stau. Jonas entschloss sich, einen Umweg durch die Seitengasse zu nehmen, an der er soeben vorbeigegangen war. Er kehrte um und ging zurück.

Ein Mann, den er irgendwo schon mal gesehen hatte, kam ihm entgegen. Er hatte rote Haare und eine Igelfrisur.

Sie waren nicht die Einzigen, die die Idee hatten, sich nach den Weihnachtseinkäufen im Tail-Cock zu treffen. Die Bar war rammelvoll. Es roch nach kalten Mänteln und Parfums. Jonas blieb im Eingangsbereich bei den Leuten stehen, die darauf warteten, dass ein Platz frei wurde, und suchte mit den Augen die Bar nach Marina ab.

Aus dem Stimmengewirr stieg immer wieder sorgloses Lachen empor. Und manchmal, wenn im Trubel plötzlich für einen Moment eine seltsame Stille entstand, hörte Jonas, dass im Hintergrund Nat King Cole Weihnachtslieder sang.

Komischerweise fiel ihm der Mann mit der roten Igelfrisur wieder ein. Jetzt wusste er, wo er ihn schon gesehen hatte: in dem Filmmaterial, das er im Intercity gedreht hatte. Seltsamer Zufall.

Jetzt entdeckte er Marina. Sie war von ein paar Wartenden verdeckt gewesen, die sich nun auf einen Tisch zubewegten, der frei zu werden versprach.

Sie saß gedankenversunken an der Bar, neben sich ein zweiter, von Tragetaschen und ihrem Mantel belegter Hocker. Das rötliche Licht zeichnete ihre asiatischen Züge noch weicher.

Ein Mann ging zu ihr hin, zeigte auf den vollbeladenen Stuhl und stellte eine Frage. Sie antwortete und schüttelte dazu bedauernd den Kopf.

»Verzeihung«, sagte Jonas und drängte sich durch die Wartenden zu Marina. Er schloss sie in die Arme und küsste sie.

Ich glaube, dachte er, so hat es sich angefühlt, als ich glücklich war.

Das Korallenarmband stand Marina gut, besonders jetzt, wo es alles war, was sie trug.

Sie lagen im Bett eines Hotelzimmers in einem überdimensionierten Chalet. Vor dem Fenster waren durch den Regenschleier eines grauen Nachmittags andere Chalets zu erahnen.

Sie waren in Gstaad, wo Marina für ihre Agentur Theophania Tau betreuen musste, die am Sonntagabend einen Auftritt bei einem Ball hatte. Dieser wurde von einem Juwelier gesponsert, einem wichtigen Kunden der Agentur.

»Kommst du mit, oder machst du jetzt nur noch ernsthafte Sachen?«, hatte sie ihn gefragt.

Er hatte zugesagt und sogar die Redaktion von *Highlife* dazu gebracht, für die Spesen aufzukommen, denn die Information, dass Theophania nach Gstaad kam, war nicht bis zu ihnen gedrungen.

Sie waren schon am Samstag angereist und hatten vorgehabt, sich einen schönen Tag in den Bergen zu machen. Vielleicht mit einer Seilbahn auf einen Gipfel und dort ein wenig spazieren und auf der Sonnenterrasse eines Bergrestaurants etwas Herzhaftes essen.

Aber schon auf der Fahrt hierhin zogen schwarze Wolken auf, und im Simmental begann es zu regnen. Sie hatten sich dennoch einen schönen Tag gemacht, einfach ohne Seilbahn, Spaziergang und Sonnenterrasse.

Am nächsten Tag um dreizehn Uhr hätte Theophania auf dem kleinen Flugplatz in Saanen landen sollen, aber um zehn Uhr kam die Nachricht, dass sie den Start in London verschoben habe, weil das Wetter so schlecht sei.

Sie waren im Bett geblieben und hatten gewartet, dass sich das Wetter bessere. Aber es wurde immer schlechter, der Regen war stärker geworden, und ein Föhnsturm war aufgekommen, der den Flughafen unbenutzbar machte. Um fünfzehn Uhr traf für den Sponsor der GAU ein: Theophania sagte ab.

Jonas informierte *Highlife* und versprach, als Ersatz ein paar Szenen aus dem Palace, wo der Ball stattfand, einzufangen und ein paar Reaktionen auf die Absage des Superstars.

*

William Just war für seine Verhältnisse salopp gekleidet: Cordhose, Kaschmirsakko mit Hahnentrittmuster, gestreiftes Hemd und Seidenschal im offenen Kragen.

Er saß in einem der tiefen Polstersessel in einer Ecke der Lobby des Palace. Der Kellner hatte ihm einen Port gebracht.

Am Nebentisch saßen zwei russische Familien. Sie hatten sich zusätzliche Sessel dazustellen lassen, tranken Champagner und unterhielten sich sehr laut.

Ihm konnte es recht sein, er hatte eine kleine Unterredung, die nicht für fremde Ohren bestimmt war, mit jemandem, mit dem er zwar gesehen werden durfte, aber nicht unbedingt musste: Konrad Stimmler, dem Präsidenten der Schweizerischen Bankenaufsicht, SBA. Dieser verbrachte die Festtage nicht ganz zufällig auch im Saanenland, und sie hatten sich hier für einen informellen Apéro verabredet.

Just war etwas zu früh. Aus taktischen Gründen. So konnte er den Platz und den Sessel bestimmen und war der Empfangende, nicht der Besuchende.

Ein Barpianist spielte Cocktailmusik mit etwas zu viel Begleitelektronik. William Just hatte sich so gesetzt, dass er vom Eingang aus nicht gesehen wurde, und sah deshalb nicht, wer die Lobby betrat. Aber er hatte dem Oberkellner gesagt, dass er einen Gast erwarte.

Just war von Anfang an der Meinung gewesen, man dürfe einem Mann von Stimmlers fachlicher und intellektueller Ausstattung nicht die Kompetenz geben, den Banken reinzureden. Aber dass die Wahl damals auf Stimmler fiel, besaß auch Vorteile: Er kannte ihn aus ihrer gemeinsamen Zeit bei der GCBS vor vielen Jahren. Sie hatten beide dort ihre Karriere begonnen, und der Zufall hatte es gewollt, dass Just rasch Stimmlers Vorgesetzter wurde und ihn bald so weit überflügelte, dass er ihn nicht mehr zu Gesicht bekam.

Aber dann, als er nach dessen Wahl wieder den Kontakt zu ihm suchte, stellte er fest, dass bei Stimmler aus jener Zeit so etwas wie Ehrfurcht zurückgeblieben war. William Just reagierte darauf mit freundlicher Gönnerhaftigkeit.

Diese hatte er auch beibehalten, als es nicht mehr zu vermeiden war, dass die SBA Wind von der Sache bekam und Stimmler ihn in der Hand hatte. Dieser hatte es zwar genossen, dass der große William Just ihm ausgeliefert war, aber auf eine beinahe noch unterwürfigere Art als zuvor. Den Moment, seine Macht über Just auszuspielen, hatte er verpasst, und bald saßen sie wieder im gleichen Boot.

Der Oberkellner brachte Stimmler an den Tisch. Just stemmte sich aus seinem Sessel und begrüßte ihn mit übertriebener Wiedersehensfreude.

Der Ober half Stimmler aus seiner unförmigen dunkelbraunen Lammfelljacke. Darunter trug er einen eisblauen offensichtlich brandneuen Skioverall. Ein weiterer Grund für Just, dass er nicht mit Stimmler gesehen werden wollte.

»Aha, direkt von der Piste«, lächelte er, und Stimmler grinste verlegen zurück.

Der SBA-Präsident bestellte ein Bier, aber nicht kalt, und der CEO der GCBS fühlte sich in seinem Urteil, dass der Mann weder Stil noch Kultur besaß, wieder einmal bestätigt.

William Just machte ein wenig Konversation, und noch ehe er das eigentliche Thema anschneiden konnte, entdeckte er einen großen, kahlgeschorenen Mann mit einer Videokamera auf der Schulter. Er ging mit gemessenen Schritten zwischen den Tischen hindurch und filmte die Bar und die Gäste.

Just erkannte ihn sofort von den Fernsehausschnitten, die ihm sein Spezialteam vorgeführt hatte, ergriff sein Glas und versuchte, es so zu halten, dass seine Hand Kinn, Mund und Nasenspitze verdeckte. Er raunte: »Nicht umdrehen, da hinten steht Jonas Brand und filmt uns.«

»Der mit den Seriennummern?«, stieß Stimmler hervor. Er wandte sich um und sah direkt in das Objektiv des Videojournalisten. Auch er hob rasch das Glas vor die untere Gesichtshälfte.

Einen Moment hatte es den Anschein, als würden der Chef der Bankenaufsicht und der Chef der Großbank der Fernsehkamera zuprosten.

*

Auf dem Bildschirm seines Schneideplatzes lief die Szene aus der Palace Bar in Einzelbildschritten. Den Mann im Jackett hatte er sofort erkannt: William Just, der CEO der GCBS mit den zweistelligen Millionenboni.

Der im Skidress kam ihm auch bekannt vor, aber er musste googeln, bis er ihn identifizieren konnte: der Präsident der SBA, des Kontrollorgans, das den Banken auf die Finger sah. Vielleicht ließ sich da eine kleine Anspielung im *Highlife*-Beitrag machen.

Auch das übrige Material war nicht gerade spektakulär: Verschiedene Statements zur Absage von Theophania. Eines der Hoteldirektion, eines des Chefs des Juweliergeschäfts, eines des Leadgitarristen ihrer Band und einige von ankommenden Gästen. Das beste stammte von einem jungen Paar aus der Jeunesse dorée, das gleich wieder umkehrte, als es von der Absage erfuhr.

Jonas Brand schnitt einen dreiminütigen Bericht zusammen, vermischt mit Impressionen vom verregneten, sturmgepeitschten Flugplatz, von Pferdekutschen mit Gästen in Pelerinen und von den mit Lichterketten geschmückten Giebeln der Chalets. Dazu gehörte ein amüsantes Statement eines Pferdekutschers. Jonas fragte ihn, ob dieser Lichterschmuck an den Chalets eigentlich obligatorisch sei, und er antwortete: »Wenn es alle machen, ist es schon ein bisschen obligatorisch.«

Der Bericht endete mit Stimmungsbildern aus der Palace Lobby inklusive der Szene, in der Just und Stimmler aussahen, als würden sie der Kamera zuprosten. Darüber Brands launiger Kommentar: »Die Atmosphäre war so entspannt, dass sogar der CEO der GCBS und sein oberstes Kontrollorgan glänzend miteinander harmonierten.«

Am Schluss hatte er eine recht nette Glosse beisammen, die ganz gut in ein Festtags-*Highlife* passte.

Danach wandte er sich in Gedanken wieder dem toten Trader Contini zu.

Konnte an der Theorie, dass ihm eine große Last von den Schultern genommen wurde, weil er plötzlich den Selbstmord als Ausweg aus seiner Krise gefunden hatte, etwas dran sein? Doch was musste das für eine Krise sein, aus der ein junger, erfolgreicher Familienvater nur den Tod als Ausweg sah? Eben doch ein Spekulationsverlust? Aber dann ein happiger. Doch Heinzmann behauptete, davon würden dann er und die ganze Bank und die ganze Branche wissen.

Er wählte die Nummer von Max. Nach langem Klingeln meldete sich dieser mit: »Keine Zeit, Jonas.«

»Nur ganz kurz: Falls ein Trader sich gewaltig verzockt, gibt es für die Bank einen Grund, das zu verheimlichen?«

Max musste nicht lange überlegen. »Kommt auf die Höhe des Schadens und die Gesundheit der Bank an. Ist Ersterer hoch und Letztere schwach, dann schon. Warum?«

»Contini. Ein gigantischer Spekulationsverlust wäre ein Motiv. Aber für einen solchen gibt es kein Indiz. Vielleicht, weil er so existenzbedrohend war, dass die Bank ihn vertuscht. Und dass sie ihn vertuscht« – dieser Gedanke war Jonas beim Sprechen gekommen – »könnte auch eine Erklärung für Continis Erleichterung sein.«

Max überlegte einen Moment. »Dann fällt das Motiv für den Selbstmord weg.«

»Eben.«

Beide schwiegen. Dann fragte Jonas: »Wie könnte eine Bank das anstellen – einen existenzbedrohenden Verlust vertuschen?«

Wieder brauchte Max eine kurze Denkpause. Dann sagte

er: »Das, mein Lieber, wäre allerdings ein größeres Unterfangen.«

*

Jack Heinzmann und Jonas Brand standen an einem runden Stehtischchen und aßen die berühmteste Bratwurst der Stadt.

Jonas hatte Heinzmann auf seinem Handy erreicht und ihn um ein baldiges Treffen gebeten. Der Trader hatte eingewilligt und diesen Ort vorgeschlagen.

Es war Mittagszeit, vor dem Wurstgrill wartete eine lange Schlange. Der verglaste Vorraum war voll, aber sie verteidigten ihr Stehtischchen mit breiten Ellbogen.

»Ich habe in unser kurzfristiges Treffen eingewilligt«, begann Heinzmann, »weil es mir wichtig ist, einen falschen Eindruck zu korrigieren, den Sie vielleicht aus unserem Gespräch gewonnen haben.«

»Welcher falsche Eindruck?«, fragte Jonas.

»Dass ich an der Selbstmordversion zweifeln könnte. Das tue ich nämlich nicht.«

»Aber Frau Contini schon.«

»Sie müssen sie verstehen. Selbstmord ohne Abschiedsbrief ist die radikalste Form des böswilligen Verlassens. Für Barbara wäre es leichter, wenn sie wüsste, dass er es nicht selbst getan hat.«

»Das verstehe ich. Vor allem, wenn sie weit und breit kein Motiv sieht.«

»Das ist für uns alle schwierig.«

Jonas tunkte die Bratwurst in den Senf und nahm einen Bissen. Heinzmann tat es ihm nach.

Als Jonas geschluckt hatte, sagte er: »Aber gibt es wirklich kein Motiv?«

Heinzmann sah ihn erwartungsvoll an. »Sehen Sie eines?«

»Wurde vielleicht vor seinem Tod ein namhafter Handelsverlust entdeckt?«

Heinzmann reagierte etwas gestelzt. »Nicht, dass ich wüsste.«

»Und Sie wüssten es, falls ja?«

»Nicht unbedingt. Je nachdem, wo der Verlust entstanden ist. Wollen Sie andeuten, dass Paolo einen großen Verlust gebaut und sich deshalb umgebracht hat?«

»Wäre doch möglich, oder?«

»Ich habe es Ihnen schon einmal gesagt: Das wüsste ich.«

»Vielleicht wurde dafür gesorgt, dass Sie es nicht erfahren.«

»Unmöglich. Ein paar von uns hätten es erfahren.«

»Sie auch?«

Heinzmann biss ein weiteres Stück Wurst ab und aß es. Dann sagte er vage: »Nicht unbedingt.«

»Wer wüsste es unbedingt?«

»Bühler. Der Boss.«

Danach ließ Heinzmann das Thema fallen und aß seine Wurst. Beim Abschied sagte er: »Tun Sie mir einen Gefallen, Herr Brand: Wir haben nicht miteinander gesprochen.«

＊

Ein Journalist, wie Jonas einer werden wollte, musste manchmal zu unorthodoxen Methoden greifen.

Er suchte nach einem Weg, wie er den Chef des Trading

Floors, Hans Bühler, interviewen konnte, ohne vom Hausdrachen der Bank, Frau Hofstettler, abgewimmelt zu werden. Jonas fand Bühler auf Facebook, und dort stieß er auf einen *post* von ihm, aus dem hervorging, dass er Mitglied der Seniorenmannschaft eines Handballclubs war. Er hatte Glück: Der Club trainierte jeweils am Montag und Donnerstag um neunzehn Uhr in der Turnhalle Gelbtal.

Jonas Brand rief den Trainer an, gab vor, an einem Bericht über Amateursport zu arbeiten, und bat um Erlaubnis, beim Training filmen und einigen Mannschaftsmitgliedern ein paar Fragen stellen zu dürfen.

Jetzt stand er bei der Wechselbank zwischen zwei Sprossenwänden, den Hall der Schritte, Rufe und Bälle in den Ohren und den Geruch nach Schweiß, Kork und Reinigungsmittel in der Nase, und interviewte ab und zu einen Auswechselspieler, sobald sich dessen Keuchen gelegt hatte.

Bühler spielte Rückraum links, soviel wusste Jonas noch aus der Zeit, als sein Vater ihn als kleinen Jungen an Sonntagen manchmal zu Handballspielen mitnahm.

Der Chef des Trading Floors war groß und drahtig, hatte widerspenstiges blondes Haar und einen etwas eigensinnigen Stil. »Abgeben, abgeben!«, schrien seine Mitspieler immer wieder. Als er endlich ausgewechselt wurde, stellte Jonas ihm die Fragen, die er auch den anderen gestellt hatte. Seit wann er spiele, warum nicht eine Einzelsportart wie Joggen, Workout, sondern einen Mannschaftssport.

»Es fördert den Teamgeist«, war Bühlers zu erwartende Antwort.

Das gab Jonas die Gelegenheit zu fragen: »Was sind Sie von Beruf?«

»Ich leite den Trading Floor der GCBS«, antwortete Bühler mit beiläufigem Stolz.

»Ach ja? Dazu würde ich Sie gerne etwas Spezifisches fragen, wenn Sie erlauben.«

»Wenn ich es beantworten kann«, erwiderte er. Und fügte lächelnd hinzu: »Und darf.«

Jonas holte Luft. »Haben Sie eine Erklärung dafür, warum sich Paolo Contini das Leben genommen hat?«

Bühler erstarrte.

»Er war doch gut drauf. Erfolgreich, glücklich verheiratet, zwei süße Kinder.«

»Wir sprechen nicht über diese Sache. Aus Anstand. Falls Sie wissen, was das ist.«

»Dann eine andere Frage: Gab es im letzten September bei der GCBS größere Handelsverluste? Ich meine, richtig große?«

Bühler sah ihn kühl an. »Ich nehme an, Sie haben Ihre Fragen zum Handball gestellt. Für die anderen wenden Sie sich bitte an unsere Pressestelle.«

Bühler setzte sich auf die Wechselbank. Kurz darauf wurde er wieder ins Spielfeld geholt.

*

Es hatte sich eingebürgert, dass man sich bei dem traf, der früher zu Hause war. An diesem dreiundzwanzigsten Dezember war es bei Marina.

Sie saß neben ihm auf dem Sofa, die Beine auf dem Clubtisch, und trug einen bequemen schwarzen Trainingsanzug mit drei Streifen. Der Fernseher lief.

Ein Tablett mit den Überresten ihres Abendessens stand auf dem Tisch, sie waren beide zu faul, es wegzuräumen.

Er hatte ihr von seinen Treffen mit Heinzmann und Bühler erzählt. Vielleicht, hatte sie gesagt, müsse er sich wieder auf das Ereignis konzentrieren, nicht auf das Motiv. Er sei ja kein Enthüllungsjournalist. »Oder möchtest du das sein?«

»Nein, aber so ist das halt in diesem Metier: Du recherchierst etwas, und beim Recherchieren stöberst du etwas anderes auf. Dann kannst du nicht einfach sagen: Interessiert mich nicht, war nicht das Thema.«

Marina nuckelte an ihrer Bierdose und nickte.

»Vielleicht bin ich da auf eine ganz große Sache gestoßen.«

»Vielleicht auf eine zu große. So wie die alle auf deine Fragen reagieren.«

»Vielleicht.«

Marina zappte durch ein paar Sender. »Hast du keine Angst?«

»Wovor?«

»Dass sie dich mundtot machen.«

»Mundtot?« Jonas ließ den Kiefer hängen, als wäre sein Mund gerade gestorben.

Marina lachte und zappte weiter. Sie stieß auf die Wiederholung der aktuellen Ausgabe von *Highlife*. Eine Moderatorin gab eine kurze Inhaltsangabe. Als übernächsten Beitrag kündigte sie den über Gstaad an.

Sie ließen einen Bericht über die Einweihung eines Fitnessstudios mit viel Prominenz über sich ergehen, dann folgte die Anmoderation für den Gstaad-Beitrag:

»Im Palace Gstaad stieg gestern der traditionelle Vorweihnachtsball mit viel internationaler Prominenz. Der Höhepunkt war ein exklusiver Auftritt von Theophania Tau. Ob sie gekommen ist, erfahren Sie jetzt von Jonas Brand.«

Es folgten die Statements zur Absage von Theophania. Hoteldirektion, Chefs des Sponsors, Leadgitarrist, ankommende Gäste. Das Paar aus der Jeunesse dorée, das gleich wieder umkehrte.

Man sah die Impressionen vom verregneten Flugplatz, die Pferdekutschen, die mit Lichterketten geschmückten Chalets. Der Beitrag endete mit dem Statement des Pferdekutschers: »Wenn es alle machen, ist es schon ein bisschen obligatorisch.«

Die Szene, in der Just und Stimmler aussahen, als würden sie der Kamera zuprosten, fehlte.

*

Am nächsten Morgen war Jonas Brand früh in seinem Studio. Es war der vierundzwanzigste Dezember, und wenn er noch jemanden erreichen wollte, musste es am Vormittag sein. Die meisten machten am Mittag Feierabend.

Es dauerte fast zwei Stunden, bis er die Chefredakteurin von *Highlife* erreichte. Immer war sie entweder in einer Besprechung oder am Telefon oder nicht am Platz. Nein, sagte Jonas immer wieder, man kann ihr nichts ausrichten, ich muss sie persönlich sprechen.

Als er sie endlich erreichte, hatte sich eine solche Wut in ihm angestaut, dass er grußlos fragte: »Wer hat Druck gemacht, GCBS oder SBA?«

»Wer ist da?«

»Jonas, der wissen will, auf wessen Wunsch du die Szene mit Just und Stimmler gekippt hast.«

»Auf eigenen Wunsch. Sie hat nicht gepasst. Wir sind kein Politmagazin.«

»Wenn du alle Szenen aus den Berichten kippen würdest, die nicht passen, müsstest du die Sendung kürzen.«

»Sonst noch etwas? Wir sind hier mitten im Weihnachtsstress.«

Jonas wünschte schönen Weihnachtsstress und legte wütend auf. Nicht gepasst! Kein Politmagazin!

Er wählte die Nummer von Max und erzählte von der Zensur, wie er es nannte. »Kannst du dich ein bisschen umhören, ob da nicht ein Anruf von der Bank oder der SBA kam?«

»Kann ich schon«, sagte Max, »aber geh ruhig mal davon aus, dass einer kam. Vielleicht sogar von beiden.«

Als nächstes rief er Barbara Contini an. Sie meldete sich nach langem Klingeln mit leiser Stimme. »Ja?«

»Frau Contini?«

»Wer ist da?«

»Jonas Brand. Ich war letzte Woche bei Ihnen. Mit Herrn Heinzmann. Erinnern Sie sich?«

»Ach ja. Was wollen Sie?«

»Ich würde Ihnen gerne noch ein paar Fragen stellen. Darf ich noch einmal vorbeikommen?«

»Was für Fragen?«

»Zum Tod Ihres Mannes. Zur Frage Selbstmord oder nicht.«

Es blieb einen Moment still. Dann sagte sie: »Dazu ist alles gesagt. Ich bin jetzt sicher, dass es Selbstmord war.«

»Ach«, murmelte Jonas überrascht, »gibt es neue Erkenntnisse?«

»Ja.«

»Welche?«

»Es ist persönlich.«

»Wurde ein Abschiedsbrief gefunden?«

»Wie gesagt: Es ist persönlich. Bitte rufen Sie mich nicht mehr an.« Sie legte auf.

Jonas ging in die Küche und machte sich einen Espresso. Entweder hatte die Bank Druck auf die Witwe ausgeübt, oder es war tatsächlich ein Abschiedsbrief oder ein anderer Beweis für einen Selbstmord aufgetaucht. Wie auch immer: Die Frage nach einem Unfall oder die abenteuerliche These der Witwe, es handle sich um einen Mord, waren aus der Welt geschafft.

Blieb die Frage nach dem Motiv.

Blieb die Frage: Hatte der Startrader Paolo Contini sich verzockt?

Er spülte seine Tasse aus, stellte sie ins Abtropfgitter und ging zurück ins Studio.

Zwei neue Mails waren in seinem Posteingang. Beide mit zwei Ausrufezeichen für höchste Priorität.

Die erste stammte von einem Anwaltsbüro Nottler & Kauber und enthielt den Scan eines eingeschriebenen Briefes mit Kopie an Karin Hofstettler, Pressestelle GCBS, und an die Redaktion von *Highlife*.

Der Begleittext besagte, dass das angehängte Schreiben auf dem Postweg unterwegs sei und diese Mail der Vorinformation diene. Im Brief stand, dass die Klientin des Anwaltsbüros, die General Confederate Bank of Switzerland, GCBS, jede weitere Recherche zum tragischen Ableben ihres Mitarbeiters Paolo Contini als Verletzung der Persönlichkeitsrechte von ihm und seiner Familie betrachte und gegen die Veröffentlichung bereits vorhandenen Materials rechtliche Schritte unternehmen werde.

Die zweite Mail kam von Jeff Rebstyn.

Rebstyn war Filmproduzent und Chef der Nembus Productions, einer der wichtigeren Produktionsgesellschaften des Landes. Die Nembus war eine der Adressen, der Jonas Brand sein Projekt *Montecristo* vergeblich angeboten hatte. Rebstyn hatte zwar, ebenso wie auch die anderen Produktionsgesellschaften, den Stoff nicht direkt abgelehnt. Aber er hatte sich bei jeder Nachfrage mit anderen Argumenten herausgeredet: zu teuer, zu reminiszent, zu groß für eine erste Regieerfahrung.

Rebstyn schrieb:

»Lieber Jonas«, – Brand erinnerte sich nicht, dass sie per du waren – »falls du heute über Mittag kurzfristig Zeit hast oder dich freimachen kannst, würde ich dich gerne zum Essen einladen. Für eine Weihnachtsüberraschung! Um halb eins im Silbernen Frosch? O.k.? Hoffentlich auf gleich – Jeff«

*

Der Silberne Frosch war Jonas etwas zu schickimicki. Er war nur einmal hier gewesen, bei dessen Einweihung vor bald zwei Jahren. Und zwar im Auftrag von *Highlife*, das ein kurzes Feature darüber haben wollte. Es waren die üblichen Promis zugegen gewesen, hatten die üblichen Dinge gesagt und die üblichen Grimassen geschnitten. Auch der Beitrag war die übliche Massenkonfektion geworden.

Er gab dem Restaurant damals nicht mehr als ein Jahr, aber es hatte offenbar die Kurve gekriegt und mittlerweile, wohl mehr dank seiner Lage als seiner Küche, eine gesunde Gästemischung aus Geschäftsleuten, Intellektuellen und Schickimickis.

Tischtücher und Servietten waren weiß mit einem gestickten Frosch, das schwere Steingutgeschirr war mit einem silbernen Frosch geschmückt, das Thema zog sich durch das ganze Lokal, nur der Koch hatte genug Feingefühl, es nicht als Vorspeise auf die Karte zu setzen.

Jeff Rebstyn war offenbar Stammgast im Silbernen Frosch. Man hatte für ihn einen Vierertisch am Fenster für zwei Personen reserviert. Er saß schon dort, als Jonas, selbst etwas zu früh, durch den altmodischen Windfang aus ledergefasstem Wollfilz trat, und winkte ihm heftig zu. Als ob er zu übersehen gewesen wäre.

Rebstyn war groß und hager, sein Kopf war schmal und lang und von einem weißen Schopf gekrönt. Und er trug immer einen gelben Schal, je nach Jahreszeit aus einem anderen Stoff.

»Gespannt?«, fragte er lächelnd zur Begrüßung.

Jonas war nicht einer, der seine Gefühle so leicht zeigte. Natürlich war er gespannt, er platzte beinahe. Wenn nach so vielen Jahren Desinteresse seitens aller Produzenten ihn plötzlich einer dringend sehen wollte und ihm eine Weihnachtsüberraschung versprach, dann wäre es schon sehr seltsam gewesen, wenn er nicht gespannt gewesen wäre.

»Ein bisschen schon«, gab er immerhin zu und setzte sich.

Jetzt erst sah er den Champagnerkübel auf dem Tisch und wurde noch ein wenig gespannter.

Jeff schenkte Jonas' Glas voll und füllte sein eigenes auf, in dem sich noch ein kleiner Rest befand. Dann hob er das Glas und wartete, bis Jonas es auch getan hatte.

Sie stießen an und tranken.

»Nun frag schon«, grinste Rebstyn.

»Worauf haben wir angestoßen?«

»Auf *Montecristo*! Wir machen ihn!«

Jonas fühlte, wie ihm das Blut in die Wangen schoss. »Im Ernst?«

»Sehe ich aus, als machte ich Witze?«

Jonas musterte den breit grinsenden Produzenten. »Ehrlich gesagt, schon.«

Jeff lachte laut heraus und stieß erneut mit Jonas an. »Ich lache, weil ich mich für dich freue. Für uns. Lange hat es ja ausgesehen, als müssten wir alle Hoffnung begraben. Du weißt, ich habe immer an *Montecristo* geglaubt.«

Diesen Eindruck hast du mir bisher gut verheimlicht, dachte Jonas. Aber er verbiss sich die Bemerkung und fragte: »Was hat denn zu dieser Wende geführt?«

»Geld, natürlich. Wie immer. Du wirst es nicht glauben: *Moviefonds* hat Kohle lockergemacht!«

»*Moviefonds*? Die hatten doch abgelehnt?«

»Aber ganz knapp. Manchmal erwägen die wieder.«

Moviefonds war eine halbstaatliche Institution, die nach – wie die Branche fand – undurchsichtigen Kriterien Fördermittel an Schweizer Filmprojekte mit »internationalem Potential« vergab, wie es in den Statuten hieß. Das Geld stammte zum Teil aus der Kasse des Bundesamts für Kultur und zum

Teil aus den Kulturbudgets verschiedener ungenannter Unternehmen. Der Fonds vergab die Beiträge in unregelmäßigen Abständen von zwei, drei oder mehr Jahren, dafür in sehr großzügigen Portionen.

»Wie viel?«, fragte Jonas Brand.

»Eins Komma sechs.«

»Wow!«

»Damit kann ich auch die übrigen Mittel abholen: Bund, Fernsehen, Stadt Zürich et cetera. Vielleicht nicht die ganzen drei Komma vier Millionen, aber falls noch etwas fehlt, treibe ich es auf. Selbst wenn ich in die eigene Tasche greifen muss. Wollen wir etwas zu essen bestellen?« Er winkte dem Kellner, den er »Vittorio« nannte, und ließ ihn die Karten bringen und Champagner nachschenken.

Als Jonas das frischgefüllte Glas zum Mund führte, zitterte seine Hand. In den paar Minuten, seit denen er an diesem Tisch saß, hatte sich sein Leben komplett verändert. Sein großer Traum, an dem er nur noch aus alter Gewohnheit festgehalten hatte, war plötzlich wahr geworden. Er bekam die Chance, das zu sein, was er immer hatte werden wollen: Filmemacher!

»Ich nehme das Gleiche wie du«, sagte er, »ich bin zu aufgeregt, um etwas auszusuchen.«

Rebstyn bestellte das Tagesmenü – gefüllte Kalbsbrust mit Kartoffelpüree und Rosenkohl –, öffnete die abgewetzte Mappe, die auf dem Nebenstuhl lag, entnahm ihr ein Dossier mit der Aufschrift »Montecristo AT« und sagte: »*Let's go.*«

Sie waren nicht die Einzigen, die bis weit in den Nachmittag hinein im Silbernen Frosch sitzen blieben, aber die Einzigen, die arbeiteten. Die anderen machten sich einen unbeschwerten Nachmittag, bevor sie von ihrer Familie unter dem Christbaum erwartet wurden.

Jonas und Jeff – Jonas hatte sich bereits daran gewöhnt, Rebstyn beim Vornamen zu nennen – besprachen die Schlüsselpositionen des Teams – Produktionsleiter, Kameramann, Set, Kostüm, Script –, stellten eine Besetzungswunschliste auf und erstellten einen provisorischen Terminplan.

Zuoberst stand die Erkundung der Schauplätze in Thailand, vor allem des Gefängnisses Bang Kwan, wo die Hauptfigur jahrelang dahinvegetierte. Das Drehbuch war in diesen Szenen noch etwas sehr vage.

»Wann kannst du das machen?«, fragte Jeff.

»Bald«, antwortete Jonas. »Ich muss noch ein, zwei Jobs abschließen, dann bin ich startbereit.«

»Was für Jobs?«, fragte Jeff etwas irritiert.

»Reportagen. Ich bin schon ziemlich weit.«

»Jonas, Spielfilme drehen ist ein Fulltimejob. Was sage ich: ein Hundertfünfzig-Prozent-Job. Das kannst du nicht zwischen zwei Reportagen machen. Du musst dich schon entscheiden.«

»Die Entscheidung ist bereits gefallen.«

Rebstyns Stirn glättete sich. »Also: wann?«

Jonas überlegte.

»Warum nicht zwischen Weihnachten und Neujahr? Da profitierst du von der Zeit, in der sowieso die ganze Filmszene weg ist, und von den günstigen Pauschalarrangements. Trotz des Geldes von *Moviefonds* – aus dem Vollen schöpfen wir nicht. Braucht man für Thailand ein Visum?«

Jonas schüttelte den Kopf. »Nur einen Pass, der bei der Einreise noch mindestens sechs Monate gültig ist.«

»Und deiner ist das noch?«

Jonas nickte.

»Na also.«

*

Marina verbrachte Heiligabend bei ihrer Mutter. Sie hätte Jonas gerne mitgenommen, aber er hatte sich mit Händen und Füßen dagegen gewehrt. Familienweihnachten waren ihm ein Horror, dem er erst entkommen war, seit seine Mutter pensioniert und auf Teneriffa war und er sich von seiner Frau getrennt hatte.

Aber jetzt bereute er es fast ein wenig, dass er nicht mitgegangen war. Ihre Mutter lebte in Genf. Marina würde dort übernachten und frühestens am Sonntag zurückkommen. Er konnte es nicht erwarten, sie wenigstens anzurufen und ihr die Sensation mitzuteilen.

Aber alleine zu Hause bleiben wollte er auch nicht. Er ging ins Cesare, wo sich an jedem Heiligabend der harte Kern der Weihnachtsverächter der Gegend traf und alles tat, um das Fest zu ignorieren.

Das Cesare war gut besetzt. Es lief in voller Lautstärke ein Sampler mit den Siegertiteln des Festival della Canzone Italiana San Remo, und es roch nach der Spezialität des Hauses: Ossobuco alla Milanese.

Jonas sah sich suchend nach einem Platz um, bis ein Kellner ihn entdeckte und an einen Tisch winkte, an dem noch ein Platz frei war. Es war hier Usus, dass man sich zu jemandem an den Tisch setzte, auch wenn man sich nicht kannte. Aber den drei Gästen an diesem Vierertisch – zwei Frauen und einem Mann – war anzusehen, dass sie sich vom Neuankömmling gestört fühlten.

Jonas merkte auch bald, weshalb. Er saß bei einem Paar und einer Frau, um deren abwesenden Partner oder Expartner sich das Gespräch drehte. Sie trank rasch, rührte ihr Ossobuco kaum an und war stets den Tränen nahe. Die beiden anderen versuchten, sie damit zu trösten, dass sie kein gutes Haar an dem Abwesenden ließen.

Jonas tat, als bekäme er nichts mit von dem Gespräch, und so war seine Anwesenheit bald vergessen und mit ihr der letzte Rest von Diskretion.

Er bekam auch tatsächlich kaum etwas mit, er war in Gedanken bei *Montecristo*. In die Vorfreude auf die Arbeit mischten sich bereits die ersten Anzeichen von Angst vor dem Misslingen. Dem Traum war er immer gewachsen gewesen, aber war er es auch der Aufgabe? Er stellte sich zum ersten Mal die Frage, die ihm die Produzenten all die sechs Jahre gestellt hatten: War das Ganze nicht ein, zwei Nummern zu groß für ihn?

Quatsch. Wenn Jeff Rebstyn an ihn glaubte, dann tat er das auch. Der Mann hatte immerhin einen Oscar in seinem Sitzungszimmer stehen. Einen etwas älteren zwar, aber Filme zu produzieren war nicht etwas, das man mit dem Alter verlernte. Im Gegenteil. Man denke an Clint Eastwood.

Jeff war einer der wenigen Schweizer Produzenten mit internationalem Flair. Wer sonst hätte bei *Moviefonds* eins Komma sechs Millionen lockermachen können für das Filmprojekt eines cinematographisch unbeschriebenen Blattes? Jonas fiel niemand ein.

Der Kellner brachte das Ossobuco, und Jonas bestellte zur

Feier des Tages, ach was, aller kommenden Tage, eine Flasche Tignanello.

Die Kalbshaxe war so, wie sie sein musste: zart und mit frischgeriebener Zitronenschale in der Gremolata. Der Tignanello hatte ein Bouquet wie ein sorgfältig gepflegtes antikes Möbel, Claudio Villa sang *Corde della mia chitarra*, die Brandung der Stimmen wogte auf und ab, und die Untröstliche ihm gegenüber weinte lautlos vor sich hin. Jetzt fehlte nur noch Marina.

Jonas nahm sein Handy aus der Tasche und wählte ihre Nummer. Sie meldete sich sofort.

»Störe ich bei der Bescherung?«, fragte er.

»Nein, beim Essen.«

»Was gibt es?«

»Fondue chinoise.«

»Siehst du, das ist einer der Gründe, weshalb ich Weihnachten nicht mag.«

Sie lachte, antwortete aber nichts.

»Willst du das Verrückteste wissen, was mir je im Leben passiert ist?«

»Wenn es rasch erzählt ist.«

»Ich mache *Montecristo*.«

»Hä?«

»Heute habe ich Mittag gegessen mit Jeff Rebstyn.«

»Von der Nembus?«

»Genau der.«

»Nimmst du mich auf den Arm?«

»Nein. Würde ich aber gerne. *In* den Arm.«

Als er auflegte, merkte er, dass die Untröstliche nicht mehr weinte und mitgehört hatte. Sie fühlte sich ertappt und lächelte verlegen. Dann sagte sie: »Verzeihen Sie. Sie klangen so glücklich.«

»Das bin ich auch«, antwortete er zu seiner Überraschung.

Sie hob das Glas und stieß mit ihm an. »Gratuliere«, sagte sie. Dann weinte sie wieder.

*

Das Glücksgefühl war etwas gedämpft durch die Nachwirkungen des Tignanello. Er war mit seinen Tischgenossen ins Gespräch gekommen und hatte noch eine Flasche bestellt. Und diese hatten sich nicht lumpen lassen und nachgedoppelt. Das alles wäre halb so schlimm gewesen, wenn der Kellner angesichts der Rechnung nicht noch eine Runde Grappa della casa gebracht hätte. Jedenfalls hatten sie sich mit »Frohe Weihnachten« voneinander verabschiedet.

Als er aus dem Cesare getreten war, hatte es geschneit. In den Lichtkegeln der Straßenlaternen wirbelten Schneeflocken, und die Pfosten der Vorgartenzäune trugen weiße Hütchen.

Jonas Brand war glücklich nach Hause geschlendert, hatte die Flocken mit der Zunge aufgefangen wie ein Kind und versucht, die Leuchtmittel der Laternen mit Schneebällen zu treffen.

Das Telefon hatte ihn geweckt. Er sah auf den Wecker: Zehn Uhr zwölf. Auf dem Display stand »Max« anstatt »Marina«.

Er räusperte sich. »Max?«

»Habe ich dich geweckt?«

»Ja. Habe gefeiert.«

»Das Christkind?«

»Nein, *Montecristo*.«

»Dein gescheitertes Filmprojekt?«

»Mein *Filmprojekt*. Rebstyn macht es. Hat Geld aufgetrieben. Weshalb rufst du an?«

»Ich habe ein wenig zu Paolo Contini recherchiert.«

Nach einer Pause sagte Jonas: »Contini hat, offen gestanden, seit gestern nicht mehr erste Priorität.«

»Verstehe«, schnauzte Max.

»Klingt aber nicht danach.«

»Ich habe gelernt, dass man etwas zu Ende führt, bevor man etwas Neues anfängt.«

»Genau das habe ich vor. *Montecristo* ist das Alte, Contini das Neue.«

»Verstehe. Willst du nicht einmal wissen, was ich herausgefunden habe?«

»Sag schon.«

»Paolo Contini galt als der größte Draufgänger des Trading Floors, spielte immer auf Höchstrisiko. Er kümmerte sich nicht um das Risk Management und kam damit nur durch, weil er unglaubliche Gewinne einfuhr. Mein Gewährsmann sagt, es sei nur eine Frage der Zeit gewesen, bis er einen ebenso unglaublichen Verlust einfahren würde. Sein Tod habe die Bank womöglich vor einer Katastrophe bewahrt.«

»Wer ist dein Gewährsmann?«

»Das sage ich dir vielleicht dann, wenn Contini wieder deine erste Priorität ist.«

»Wenn ich zurück bin aus Bangkok. In etwa zehn Tagen. So lange muss das warten können.«

»Du gehst nach Bangkok?«

»Recherchieren, rekognoszieren, scouten.«

Max sagte nichts.

»Max? Bist du noch da?«

Er meldete sich wieder. »Weißt du, wie das für mich aussieht? Als wollte dich jemand von der Contini-Sache ablenken.«

Jonas überlegte. »Weißt du was: Wenn er mir dafür den Film finanziert, soll es mir recht sein.«

*

Aber ganz so leicht nahm er den Einwand seines Mentors nicht. Auch ihm war der Gedanke schon gekommen: Es war ein bemerkenswerter Zufall, dass in die brisantesten Recherchen seiner Karriere plötzlich die Erfüllung seines großen Traumes hineinschneite. Er konnte sich zwar nicht vorstellen, wie das miteinander verknüpft sein mochte, aber um es auszuschließen, wäre es vielleicht sauberer, die Contini-Sache abzuschließen und dann erst nach Bangkok zu reisen.

Er war mit diesen Zweifeln beschäftigt, als es klingelte. Es war kurz nach elf am nächsten Vormittag, und er saß im Pyjama in der Küche beim zweiten Glas Mineralwasser und dem dritten Espresso.

Er ging zur Gegensprechanlage, sah aber schon von weitem durch das Musselinglas der Wohnungstür eine Silhouette, die er sofort als die von Marina erkannte. Sie konnte nicht herein, weil sein Schlüssel von innen steckte.

Er öffnete, und sie fiel ihm in die Arme. Dann hielt sie ihn mit gestreckten Armen von sich und musterte ihn. »Das

Feiern hast du offenbar schon selbst besorgt«, stellte sie fest. »Gib mir einen Kaffee, ich bin seit sechs Uhr auf den Beinen.«

In der Küche erzählte Jonas ihr von Jeff Rebstyn und *Moviefonds* und dem Zeitplan und Rebstyns Vorschlag, die Recherchen in Bangkok vorzuziehen, weil jetzt sowieso alle, die für die Produktion in Frage kämen, in den Ferien seien.

»Klingt logisch. Wann fliegst du?«

»Wir.«

Marina legte die Arme um seinen Hals und küsste ihn. »Süß, dass du das sagst, aber es ist unmöglich, ich bin bei zwei Events fest eingeplant.«

»Ich bin auch nicht sicher, ob ich gehe.«

»Warum, um Himmels willen?«

Er erzählte ihr von Max' Skepsis und seinen eigenen Zweifeln.

Marina saß ihm am Küchentisch gegenüber und hielt die ganze Zeit seine Hand. Als er geendet hatte, sagte sie: »Ich glaube, Max sieht Gespenster. Hast du nicht gesagt, er trinkt?«

»Max ist der am klarsten denkende Alkoholiker, den ich kenne.«

»Er glaubt allen Ernstes, die Bank wolle dich von deinen Recherchen ablenken, indem sie irgendwie Einfluss nimmt auf die Finanzierung deines Filmes? Jonas, lass dir deinen Traum nicht vermiesen von einem abgestürzten Verschwörungstheoretiker. Mach deinen Film, verdammt noch mal.«

3

Der Bootsmann drosselte den Motor und manövrierte das Longtail-Boot mit der meterlangen Antriebswelle zum Pier. Jonas bezahlte ihn und kletterte auf die Plattform.

Es war Nachmittag, der graue Himmel tief, die Luft stickig und heiß.

Schon vom Pier aus waren die Wachtürme zu sehen. Hellgrau, schlank und leicht konisch mit grazilen, weit herausragenden Dächern, fast wie Reishüte.

Er betrat das Gefängnis durch den Besuchereingang und ging zum Empfangstresen. Dort nannte er den Namen des Insassen, den er besuchen wollte: Cameron Busbar, ein englischer Häftling, der sich seit elf Jahren hier befand. Jonas hatte den Namen aus dem Internet. Er hätte auch einen anderen der fast dreihundert ausländischen Gefangenen wählen können. Aber Cameron hatte sich für nicht schuldig erklärt, indem er sagte, die hundert Gramm Heroin, die man bei ihm gefunden hatte, seien ihm untergejubelt worden.

Busbar war zum Tode verurteilt worden. Später wurde die Strafe auf sechzig Jahre reduziert. Er war sechsunddreißig Jahre alt, und neunundvierzig lagen noch vor ihm.

Man nahm Jonas den Pass ab und zeigte ihm das Gebäude, zu dem er gehen solle. Dort musste er alles abgeben, was er bei sich trug. Auch die Kamera.

Es nützte ihm nichts, dass er erklärte, er bereite einen Film vor und sei eigens zum Drehen hierhergekommen. »*No cameras*«, wiederholte der Beamte. Und dabei blieb es.

Er wurde durch ein eisernes Tor in einen stickigen Raum geführt, der nur von ein paar Glühbirnen an der Decke erleuchtet war. Es roch nach Fäkalien und dem Desinfektionsmittel, das den Gestank übertönen sollte. Brand übergab einem Wärter die Geschenke, die er mitgebracht hatte, eine Einkaufstasche mit Früchten, Keksen, ein paar Büchern, vier Toblerone und einer Salami, Letzteres aus der Schweiz. Er wurde noch einmal von einem Gefängniswärter abgeklopft, dann schloss ein anderer ein weiteres Eisentor auf, Jonas betrat einen Innenhof und von dort den Besucherraum.

Er war nicht der einzige Besucher. Es gab Reisebüros, die Besuche in Bang Kwang organisierten. Vor einer mit Maschendraht bespannten Wand aus Gitterstäben saßen Touristen aus aller Welt und unterhielten sich über einen schmalen Korridor mit Insassen, die hinter einer zweiten, ebenfalls mit Maschendraht bespannten Wand aus Gitterstäben saßen.

Er wurde zu einem Stuhl geführt und aufgefordert, sich zu setzen. Der Stuhl jenseits der Gitter und des Ganges war noch leer.

Während er auf Cameron Busbar wartete, lauschte er dem Stimmengewirr der Besucher und Insassen. Es herrschte eine seltsame Aufgeregtheit auf beiden Seiten. Alle sprachen laut, um sich gegenseitig zu verständigen, was den Gesprächen eine Munterkeit verlieh, die so gar nicht zur Situation der Gefangenen und dem, was sie zu sagen hatten, passte.

Einer der Insassen stand auf und wurde weggeführt. Jonas konnte sehen, dass er Fußketten trug. Er hatte erfahren, dass neue Häftlinge in den ersten Monaten welche tragen mussten. Und zum Tode Verurteilte. Diesen wurden sie angeschmiedet. Und erst nach der Exekution entfernt. Mitsamt den Füßen, hieß es.

Ein Wärter brachte einen Gefangenen herein und hieß ihn, sich auf den Stuhl gegenüber zu setzen. Es musste Cameron Busbar sein. Jonas hatte ihn vom Foto her anders in Erinnerung. Cameron trug jetzt einen Bart, und er hatte die eingefallenen Wangen von einem, dem viele Zähne fehlen.

»*Hi*«, sagte Cameron.

»*Hi*«, antwortete Jonas. »*My name is Jonas. I'm a moviemaker.*«

»Und warum bist du hier?«

»*Research*. Ich mache einen Film über einen, der unschuldig hier gelandet ist, der entkommt und sich an denen rächt, die ihn reingebracht haben.«

Busbar zeigte die paar wenigen Zähne, die ihm geblieben waren, und lachte laut auf. »Aha, Märchenfilme machst du.«

»*Fiction*«, korrigierte Jonas.

»Verrätst du mir den Trick, wie er rausgekommen ist?«

Jonas versuchte es mit lustig: »Besser nicht. Zu viele Zeugen.«

Aber Cameron Busbar wurde wieder ernst, sein Blick stumpf. »Hier gibt es wenig Unschuldige, weißt du, warum?«

Jonas schüttelte den Kopf.

»Wenn du dich schuldig bekennst, reduzieren sie dir die Strafe. Von Todesstrafe auf lebenslänglich. Oder auf neunzig, fünfzig, dreißig Jahre. Je nachdem.«

»Je nach was?«

»Je nach Laune des Richters.«

Zwischen ihnen entstand ein Schweigen, und das Geschnatter der anderen trat wieder in den Vordergrund. Es war der Häftling, der wieder zu sprechen anfing:

»Früher wurde man mit einem Maschinengewehr exekutiert. Festgebunden und von hinten ins Herz geschossen. Jetzt verwenden sie die Giftspritze. Weil es humaner sei.« Wieder ein kurzes, zahnloses Lachen. »Eine Stunde vorher erfährt es der Todeskandidat, meistens mitten in der Nacht. Dann hat er eine Stunde Zeit für sein Testament und eine Minute für ein Telefongespräch.«

Wieder nahm das Stimmengewirr überhand.

Unvermittelt fragte Busbar: »Was hast du mir mitgebracht?«

Jonas zählte den Inhalt seiner Tragetasche auf.

Der Mann ohne Zukunft nickte sachkundig. »Von der Schokolade bekomme ich ein wenig. Von den Biskuits auch. Die Bücher auch. Aber die Salami, die kann ich vergessen.« Er warf dem Wärter einen Blick zu und stand auf. »Ich hoffe, ich sehe deinen Film eines Tages. Ich bezweifle allerdings, dass sie ihn hier zeigen.«

Noch einmal sah Jonas das kurze Altmännergrinsen des jungen Mannes. Dann zottelte er mit seinem Wärter davon, zwei Schicksalsgenossen.

Jonas ging zurück durch den schummrigen stinkenden Raum und weiter zu dem Empfangstresen, wo man ihm seine Habseligkeiten abgenommen hatte. Unter dem spöttischen Blick der Beamten kontrollierte er, ob nichts fehlte, quittierte den Empfang und hatte es plötzlich eilig, zum Ausgang zu kommen.

Ein paar der Touristen aus dem Besucherraum warteten angeregt plaudernd auf dem Pier auf ihr gechartertes

Boot. Als es kam, luden sie ihn ein mitzukommen. Aber Jonas hatte keine Lust und wartete auf den nächsten Wasserbus.

Als endlich einer kam, der in seine Richtung fuhr, wurde es schon dunkel.

*

Die Lobby des Mandarin Oriental war hoch wie eine Kathedrale und mit üppigen Orchideenarrangements geschmückt. Aber der Geruch von Bang Kwang nach Kot, Urin, Desinfektionsmitteln und Schweiß verfolgte Jonas bis in den Lift.

Der adrette Liftboy in der exotischen Livree begrüßte ihn mit einer ballettreifen Verbeugung und nannte ihn »Mister Brand, Sir«.

Jonas fuhr in seine Etage. Im Zimmer erwartete ihn ein Plättchen Saté-Spieße mit verschiedenen Saucen auf einem Orchideengebinde.

Er stellte sich unter die Regendusche und wusch sich lange das Elend jenes schrecklichen Ortes vom Leib. Dann schlang er sich ein Badetuch um die Hüften und ging zum Balkon. Als er die Tür öffnete, schlug ihm die warme Tropenluft entgegen. Unter ihm der betriebsame Chao Phraya, auf dem die Hotelboote als graziöse Lichtgirlanden kreuzten. Von der Uferterrasse des Hotels klang eine Jazzband herauf.

Er hatte sich hier einquartiert, weil Montecristo, sein Titelheld, auch hier gewohnt hatte, bevor er in Bang Kwang verschwand. Das Zimmer kostete sechshundert Dollar pro Nacht, für die er, ohne mit der Wimper zu zucken, die Firmenkreditkarte von Nembus Productions hinterlegte, die ihm Jeff Rebstyn eilig hatte ausstellen lassen.

Im Fluss trieben Teppiche von Wasserpflanzen und Ansammlungen von Abfall, der von Männern auf Longtail-Booten herausgefischt wurden. Es roch nach Fluss, nicht viel anders als an einem heißen Sommertag an der Sihl in Zürich, wo er aufgewachsen war und fast sein ganzes Leben verbracht hatte.

Lange stand er auf diesem Balkon, ergriffen von der plötzlichen Wende, die sein Leben genommen hatte, und sah auf das geschäftige Treiben hinunter.

Als er zurück ins Zimmer ging, empfing ihn die Kälte der Air-Condition. Er zog sich fröstelnd an und ging hinunter auf die Terrasse. Der Maître d' führte ihn zu einem kleinen Tisch an der Brüstung. Am Nebentisch saß ein alter Engländer mit seiner jungen thailändischen Begleitung. Der Gesprächsstoff war ihnen ausgegangen, und sie starrten schweigend aneinander vorbei.

Jonas bestellte ein Bier und ein rotes Beef Curry. Er sah den lichtgeschmückten Hotelbooten zu, die an der Anlegestelle Gäste holten und brachten. Ein Schnellboot der Polizei lag vor Anker. Zwei Uniformierte warteten auf ihre Offiziere – Jonas hatte sie im Vorbeigehen in der Bar gesehen.

Unter ihm balgten sich die Fische um Essensreste, die ein paar Tische weiter oben von einer Gruppe Touristen in den Fluss geworfen wurden.

Jonas lauschte den mondänen Klängen der Band. Nur deshalb nicht restlos glücklich, weil Marina nicht dabei war.

Er hätte noch lange auf der Flussterrasse sitzen bleiben können, aber er hatte für den nächsten Morgen um sechs Uhr ein Longtail Boat bestellt. Er wollte beim ersten Licht mit der Kamera durch die Klongs fahren und ein paar Schauplätze filmen, die sich für Montecristos Flucht aus Thailand eignen könnten. So schloss er einen Kompromiss mit sich: Er würde zwar in sein Zimmer gehen, aber dort auf dem Balkon noch ein Gutenachtbier aus der Minibar trinken.

Als er an der Rezeption vorbeikam, winkte ihn der Night Duty Manager heran, ein adretter Mann um die vierzig im dunklen Anzug. Sein frühzeitig ergrautes dichtes Haar war sorgfältig gescheitelt, und er trug eine runde Brille. Er reichte ihm ein Kärtchen, das er am nächsten Morgen dem Hotelangestellten am Bootssteg überreichen solle. Der beschreibe dann dem Bootsführer, was Jonas wolle.

Er bedankte sich und ging zum Lift, vor dem um diese Zeit kein Boy mehr stand.

Kaum hatte Jonas es sich auf dem Balkon bequem gemacht, klingelte sein Handy.

»Schläfst du schon?«, fragte Max' Stimme.

»Beinahe. Hier ist es kurz vor Mitternacht.«

»Ich weiß. Ich hätte nicht angerufen, wenn es nicht wichtig wäre, Jonas. Sehr wichtig.«

»Was ist passiert?«

»*Moviefonds* ist GCBS.«

Jonas war sprachlos.

»Bist du noch da? Jonas?«

»Ja, ja«, es klang etwas genervt, »ich hab's gehört. *Movie-*

fonds ist eine halbstaatliche Organisation zur Förderung Schweizer Filme mit internationalem Potential.«

»Halb staatlich, halb GCBS. Die meisten Mittel stammen aus dem Kulturbudget der Bank.«

»Woher hast du das?«

»Zuverlässige Quelle. Die Bank hat zwar keine Vertreter in der Jury und kein Mitspracherecht, aber sie bringt die Kohle.«

»Und die anderen privaten Geldgeber?«

»Alle anonym. Und mehr so pro forma, sagt meine Quelle.«

»Und was sagt sie noch, deine Quelle?«

»Willst du es wirklich wissen?«

»Ja.«

»Dass dein Film nie auch nur in der engeren Wahl war.«

Jonas schwieg. Zwei noch immer gutbesetzte Wasserbusse kreuzten sich hupend unten im Chao Phraya. Er spürte, wie das Gefühl der Unwirklichkeit, in dem er sich seit Weihnachten befand, sich verflüchtigte. »Wieso rufst du mich deswegen an, mitten in der Nacht? Schadenfreude?«

»Du sollst einfach wissen, dass du in Bangkok bist, weil dich jemand aus dem Weg haben will.«

»Und was soll ich deiner Meinung nach mit diesem Wissen hier anfangen?«

»Dich in Acht nehmen.«

»Wovor?«

Max klang jetzt unwirsch. »Ich weiß es auch nicht. Ich weiß nur, dass die Contini-Geschichte eine Riesensache ist. Pass einfach auf.«

»Marina hat doch recht.«

»Wer ist Marina?«

»Meine Freundin.« Es war das erste Mal, dass Jonas dieses Wort für sie benutzte.

»Und womit hat sie recht?«

»Dass du ein Verschwörungstheoretiker bist.«

*

Er steckte sein Handy an das Ladekabel neben dem Nachttisch und stellte den Wecker auf fünf Uhr. Die Balkontür stand noch offen. Die tropische Nachtluft roch nach Blühendem und Verdorbenem und vermischte sich mit der klimatisierten seines Zimmers.

Er setzte sich auf einen Polstersessel und trank das Bier aus, das schon etwas warm geworden war.

Pass einfach auf, hatte Max ihm ans Herz gelegt. Gut möglich, dass er ein Verschwörungstheoretiker war. Aber er war auch ein sehr erfahrener Journalist mit einem tiefen Einblick in das Machtgefüge der Wirtschaftswelt. Vielleicht sollte er die Warnung doch nicht in den Wind schlagen.

Er nahm sich vor, auf der Hut zu sein, wovor auch immer. Dann legte er sich ins Bett und löschte das Licht.

Die Vorhänge hatte er offen gelassen. Die beleuchteten Boote auf dem Fluss warfen ihren Schimmer an die Zimmerdecke. Manchmal war ein fernes Hupen zu hören oder die ferne Sirene eines Streifenwagens.

Auf dem Sofa sah er die Umrisse seiner Kameratasche. Sie stand dort fertiggepackt für den Ausflug bereit.

Zwei grüne LED-Kontrollleuchten leuchteten auf dem kleinen Schreibtisch. Es war das Ladegerät seiner Kamera-

Akkus. Er hatte sie dort vergessen. Die Lämpchen zeigten an, dass beide geladen waren.

Um sicherzugehen, dass er sie morgen früh nicht vergaß, stand er noch einmal auf und nahm die Akkus aus dem Gerät. Ohne Licht zu machen, öffnete er den Reißverschluss der Kameratasche und tastete nach der Innentasche, in die sie gehörten. Er stieß auf einen Plastikbeutel, den er nicht zuordnen konnte. Jonas nahm ihn heraus und machte Licht.

Ein verschweißter Beutel mit einem weißen Pulver lag vor ihm. Etwa ein Pfund schwer.

Es war ihm augenblicklich klar, womit er es zu tun hatte. Er packte den Beutel, rannte damit ins Bad, klappte den WC-Deckel auf, zerriss das Plastik über der Schüssel, schüttete den Inhalt ins Wasser, spülte und sah zu, wie der Wirbel das Zeug mitriss.

Während der Tank nachfüllte, knüpfte er den leeren Beutel mit mehreren Knoten zu einem harten Knubbel und spülte ihn ebenfalls hinunter. Jonas wusch sich gründlich die Hände, betätigte die Spülung ein weiteres Mal und ging zurück zu der Tasche. Er räumte sie ganz aus und vergewisserte sich, dass sich nichts mehr darin befand. Dann durchsuchte er seinen Koffer, seinen Schrank, sein Bett, alle Kästchen und Schubladen. Er fand nichts.

Er ging wieder zur Toilette, riss ein paar Meter Papier von der WC-Rolle, fuhr damit über die Innenseite der Schüssel und spülte ein weiteres Mal.

Er sah sich noch einmal um, löschte das Licht und legte sich mit rasendem Puls ins Bett.

Es dauerte nicht lange, bis sie kamen.

Die Tür ging einfach auf, vier Uniformierte stürmten mit den Waffen im Anschlag herein und schrien ihn auf Thai an. Sie zerrten ihn aus dem Bett, bedeuteten ihm, die Hände hochzuhalten, und tasteten seinen Pyjama ab.

Hinter ihnen hatten jetzt die beiden Offiziere das Zimmer betreten, die er in der Bar gesehen hatte. Ihnen folgte der adrette Night Duty Manager mit einer bedauernden Geste.

Einer der beiden Offiziere sprach ihn auf Englisch an und erlaubte ihm, die Hände herunterzunehmen. Er fragte nach seinen Papieren, und als Jonas sagte, sie seien im Safe, bat er höflich um den Code.

Ein Polizist öffnete ihn und brachte dessen Inhalt: den Laptop, den Pass und das Portemonnaie. Er legte alles auf den kleinen Schreibtisch.

Der Offizier gab einen Befehl, und drei Beamte fingen an, das Zimmer zu durchsuchen. Der vierte bewachte Jonas, der zweite Offizier setzte sich in einen Sessel und steckte sich eine Zigarette an. Nach den Abzeichen zu urteilen, war er der Ranghöchste im Raum. Der Night Duty Manager stand etwas betreten bei der Tür. Jonas fragte sich, was für eine Rolle er spielte. Komplize oder Zeuge?

Der Zweithöchste im Rang nahm den Pass vom Schreibtisch und blätterte lange darin. Schließlich fragte er: »*Mr. Brand, why did you visit Cameron Busbar in Bang Kwang?*«

»*Research*«, antwortete Jonas. »*For a movie.*«

»*I see. And why did you rent a longtail for tomorrow at six in the morning?*«

»*Research.*«

»*I see.*« Er zog ein kleines Notizbuch aus der Brusttasche, nahm den Hotelkugelschreiber vom Schreibtisch und machte sich eine Notiz.

»*Do you have any category one substances in your possesion?*«

»*What is a category one substance, please?*«, fragte Jonas.

»*Heroin, Amphetamine, Methamphetamine, Ecstasy,* LSD.«

»*No Sir, definitely not.*«

»*I see.*« Wieder machte er sich eine Notiz. Dann sagte er den Satz, den Jonas aus seinen Recherchen über das thailändische Drogengesetz kannte und der der Polizei das Recht gab, ihn und sein Zimmer zu durchsuchen: »*We have reasonable grounds to suspect that you are carrying or hiding illegal drugs.*«

Jonas spürte seine Knie weich werden. »*What grounds?*«, fragte er.

Der Polizeioffizier antwortete nicht. Er setzte sich in den zweiten Sessel und steckte sich ebenfalls eine Zigarette an.

Jonas sah den Beamten zu, wie sie das Zimmer durchsuchten. Sie gingen sehr gründlich vor, man sah, dass sie auf diese Aufgabe spezialisiert waren.

»*May I sit down?*«, fragte Jonas.

Der Offizier nickte. »*Please.*«

Jonas machte einen Schritt auf das Sofa zu. Der Polizist, der ihn bewachte, hob seine Maschinenpistole und schrie ihn auf Thai an.

Jonas erstarrte. Der Offizier gab einen Befehl. Der Polizist senkte die Waffe, und sein Vorgesetzter sagte wieder: »*Please.*«

Jonas setzte sich. Er spürte, wie die Schweißperlen, die ihm auf die Stirn getreten waren, herunterzulaufen begannen. Sein Herz klopfte, und er hatte das Gefühl, er müsse sich gleich übergeben.

Zwei der Polizisten nahmen sich jetzt die Kameratasche vor. Sie räumten sie komplett aus und durchsuchten den hintersten Winkel jeder Innentasche. Jonas glaubte, einen fragenden Blick erhascht zu haben, den der englischsprechende Offizier einem seiner Untergebenen zugeworfen hatte.

Nach über einer Stunde gaben die Beamten auf. Der Ranghöchste stand von seinem Sessel auf und verließ den Raum wortlos und brüsk. Die Bewaffneten folgten ihm. Der zweite Offizier ließ sich zu einer Entschuldigung herab, bevor er die Hand an die Mütze legte und ging.

Der Night Duty Manager sagte: »*I'm very sorry about this. Shall I send somebody to help you clean up this mess?*«

Jonas Brand lehnte das Angebot ab. Er werde selbst Ordnung machen.

Sobald auch der Night Duty Manager gegangen war, riss Jonas die Balkontür auf, um den Gestank nach Schweiß, Zigaretten und Alkoholfahnen rauszulassen. Dann rannte er ins Bad und übergab sich in die wc-Schüssel, die ihn gerettet hatte.

><

Noch vor fünf saß er am nächsten Morgen im Taxi zum Flughafen. Er hatte noch in der Nacht über das Internet den ersten Flug über Chiang Mai nach Phuket gebucht. Jonas nahm an, dass die Passagiere von nationalen Flügen nicht oder kaum kontrolliert wurden und er von einer Touristendestination wie Phuket leichter wegkam.

Der Night Duty Manager war vom vorzeitigen Checkout nicht überrascht gewesen und hatte ihm versichert: »*I completely understand.*« Er war sehr hilfsbereit gewesen und hatte ihn zum Geldautomaten vor dem Hotel begleitet, wo Jonas etwas Geld herausließ. Die Dollar, Schweizerfranken und Baht, die in seinem Portemonnaie gewesen waren, hatten die Polizisten mitgehen lassen.

Aber so liebenswürdig der Night Duty Manager auch war: Als Jonas ihn bat, ein Taxi zu bestellen, hatte er vorsichtshalber doch den Bahnhof Hua Lamphong als Fahrziel angegeben.

Pünktlich um zwanzig vor zehn landete er an diesem Vormittag in Phuket. Bei Qatar Airways kaufte er mit Jeffs Kreditkarte ein Ticket über Kuala Lumpur nach Zürich. Kurz vor elf wartete er mit klopfendem Herzen und klatschnassem Hemd vor dem Immigration-Schalter.

Er hatte wie immer die langsamste Schlange erwischt. Die Grenzpolizistin in ihrem gläsernen Schalter nahm es besonders genau. Jonas war versucht, die Schlange zu wechseln, aber aus Angst aufzufallen entschied er sich dagegen.

Die Frau erwiderte seinen freundlichen Gruß nicht. Sie sah ihn scharf an, verglich sein Gesicht mit dem Passfoto. Das Passfoto mit dem Gesicht. Das Gesicht mit dem Passfoto. Sie legte den Pass auf den Scanner und studierte lange den Bildschirm. Sie blätterte den Pass langsam durch und studierte jede Seite. »*What was the purpose of your visit?*« fragte sie.

»*Tourism.*«

Jetzt studierte sie den Einreisestempel von Thailand. »*Why only three days?*«, wollte sie wissen.

Jonas spürte, wie der Wind ihres Ventilators den Schweiß auf seiner Stirn kühlte. »*Family affairs*«, gab er an.

Wieder studierte sie den Bildschirm.

Es war elf Uhr. Die Polizei konnte seine Abreise aus dem Mandarin Oriental längst bemerkt haben, wenn sie nicht sogar der Night Duty Manager gemeldet hatte. Vielleicht war er bereits zur Fahndung ausgeschrieben.

Die Beamtin lehnte sich zu dem Kollegen hinüber, der die andere Schlange abfertigte, und fragte ihn etwas. Sie drehte den Bildschirm so, dass er daraufsehen konnte.

Das gleiche Gefühl von Übelkeit wie bei der Zimmerdurchsuchung stieg wieder in Jonas auf.

Der Kollege sagte etwas, und beide lachten. Sie drückte ihren Stempel in den Pass, gab ihn zurück und rief: »*Next!*«

Jetzt musste er noch die sechs Stunden im Abflugbereich überstehen, dann hatte er es geschafft.

*

Die Touristen im Abflugbereich waren entweder frustriert, dass der Urlaub zu Ende war, oder bedrückt über den bevorstehenden langen Flug. Andere verlängerten das Feriengefühl mit den Drinks, die sie sich auch in den vergangenen Wochen gegönnt hatten. Viele von ihnen trugen ihre Tattoos zur Schau und die neue Sonnenbräune und waren so hochsommerlich gekleidet, als könnten sie das Wetter nach Birmingham, Frankfurt oder Stockholm mitnehmen.

Aber es war eine harmlose, unverdächtige Gesellschaft, in der Jonas Brand hier untertauchte. Er glaubte nicht, dass ihm hier noch Gefahr drohte. Dennoch wagte er es nicht, Marina oder Max anzurufen. Das würde er erst in Kuala Lumpur tun. Dort hatte er sieben Stunden Aufenthalt bis zu seinem Weiterflug nach Doha.

Er fand einen freien Stuhl neben einer Familie mit zwei kleinen dicken Kindern und einer Gruppe lauter junger Schweden, die Bier tranken und dazu etwas brüllten, das wie Trinksprüche oder Wikinger-Schlachtrufe klang.

Zum ersten Mal seit der Razzia konnte er wieder etwas zu sich kommen. Hatte Max Gantmann recht mit seiner Verschwörungstheorie, wie Marina es nannte? Hatte die GCBS ihn tatsächlich mit dem Fördergeld nach Bangkok gelockt, und reichte ihr Arm so weit, dass sie ihm ein Pfund Heroin ins Gepäck schmuggeln lassen konnte? Besaßen gewisse Elemente aus der Bank oder ihrem Umfeld die Perfidie, ihn ausgerechnet auf die gleiche Art in der Versenkung verschwinden zu lassen wie er den Protagonisten des Filmes, den sie mitfinanzierten?

Er konnte es nicht glauben. Für ihn sah es eher nach einem Zufall aus, nach einem besonders krassen Fall von Ironie des Schicksals.

Dritter Teil

Fast vierzig Stunden, nachdem er im Mandarin Oriental ausgecheckt hatte, steckte er den Schlüssel in das Schloss seiner Wohnungstür. Jonas hatte während der ganzen Reise kaum ein Auge zugetan. Zu aufgewühlt war er von dem Erlebten, und zu unruhig waren die Flüge von Kuala Lumpur nach Doha und von Doha nach Zürich gewesen. Er befand sich in einer Mischung aus Dämmerzustand und Euphorie, und der feste Boden fühlte sich an, als schwanke er.

Er betrat seinen Flur und roch sofort das Sandelholz der Räucherstäbchen. Aus dem Wohnzimmer drang Musik, Marinas Musik: *Flume* von Bon Iver.

Jonas stellte sein Gepäck ab und ging ins Wohnzimmer.

Sie saß auf dem Boden, den Kopf auf den Ledersessel mit der Kanga aus Tansania gelegt, und war eingeschlafen. So still, friedlich und schön war ihr Gesicht, dass ihm die Tränen kamen. Er trocknete sie mit dem Unterarm, und als er wieder sehen konnte, war sie aufgestanden. Sie schlang ihre Arme um ihn und presste ihn an sich.

»Was ist passiert?«, flüsterte sie.

»Später.«

Sie begann, ihn auszuziehen.

»Ich muss zuerst unter die Dusche.«

»Später.«

*

Als er erwachte, war es Nacht geworden. Jonas brauchte einen Moment, um sich zurechtzufinden. Er lag im Dunkel seines eigenen Schlafzimmers, und die Geräusche, die er hörte, kamen aus seiner eigenen Küche. Noch immer spürte er das leichte Schaukeln seiner Langstreckenflüge.

Der Duft der Räucherstäbchen hatte sich verflüchtigt und dem Aroma von Tomatensauce Platz gemacht.

Jonas ging ins Bad und stellte sich mit geschlossenen Augen unter die Dusche. Sofort kamen die Bilder wieder. Bang Kwang, Cameron Busbar, die Gefängnistouristen, die beleuchteten Boote auf dem Fluss, das weiße Pulver in der WC-Schüssel und die Polizisten in seinem Hotelzimmer.

Immer wieder seifte er sich ein und duschte sich ab, bis er das Gefühl hatte, sich das ganze Bangkok-Abenteuer vom Leib gewaschen zu haben. Dann rieb er sich trocken und rasierte sich die Stoppeln von Gesicht und Schädel.

Jetzt erst entdeckte er im Spiegel Marina, die im Türrahmen stand und ihn beobachtete. Sie trug ihre aus zwei Küchentüchern improvisierte Schürze mit ein paar Tomatenflecken.

»Wenn du dir kahl genug bist, können wir essen«, sagte sie. Als sie sich umdrehte und zurück zur Küche ging, sah er, dass die Schürze das Einzige war, was sie trug.

Er schlüpfte in seinen Bademantel und ging zu ihr in die Küche. Zwei Kerzen brannten auf dem Tisch. Es gab grünen Salat und Spaghetti Napoli. Erst jetzt merkte er, was für einen Bärenhunger er hatte. Während der ganzen Reise hatte er kaum etwas gegessen.

Marina sah ihm amüsiert zu, wie er zwei Teller Spaghetti

verschlang. Erst als er den Mund abgewischt und ein Glas Rotwein geleert hatte, fragte sie: »Also, was ist passiert?«

Jonas schilderte ihr, wie knapp er einer Verhaftung, einer jahrzehntelangen Haftstrafe, vielleicht sogar der Giftspritze entgangen war. Marina hörte ihm mit wachsendem Entsetzen zu. Als er geendet hatte, stand sie auf und umarmte ihn. Er fühlte, wie sie zitterte, und als sie sich von ihm löste, sah er ihre Tränen.

»Warum tun die das?«

»Weil sie jemand dafür bezahlt.«

»Wer?«

»Max wird sagen, die Leute, die nicht wollen, dass ich die Contini-Sache verfolge.«

»Max, der Verschwörungstheoretiker.«

»Die GCBS finanziert unter der Hand meinen Film, für den ich laut Produktionsplan als Erstes für Recherchen nach Bangkok fliegen muss. Dort passiert mir das Gleiche wie meinem Titelhelden: Man pflanzt mir Heroin ins Gepäck. Da ist es verdammt schwer, nicht an eine Verschwörung zu glauben.«

Marina schenkte beiden Wein nach. »Und wie, glaubst du, haben die das gemacht?«

»Die GCBS ist ein internationaler Konzern. Die verfügen über ein weltweites Netz. Glaubst du, es ist ein Problem, so etwas zu organisieren? In einem Land, wo die Polizisten dreihundert Franken im Monat verdienen und Uniform und Dienstwaffe selbst bezahlen müssen?«

Marina hielt das Weinglas in beiden Händen und trank nachdenklich daraus. »Aber dass die so weit gehen.«

»Das heißt, dass Max auch darin recht hat: Die Contini-

Sache ist riesengroß. Größer, als wir uns vorstellen können. Viel größer.«

»Und jetzt? Was machst du jetzt?«

Jonas zuckte mit den Schultern.

Marina setzte sich auf Jonas' Schoß und legte den Arm um seine Schultern. So blieb sie eine ganze Weile, stumm. Bis sie sagte: »Jonas, ich habe Angst.«

*

An Max' Bürotür klebte ein neuer Zettel: »Putzequipe: Nichts anrühren!! Nur Papierkorb und Aschenbecher leeren!!«

Drinnen sah es aus, als wäre sein Wunsch erfüllt worden. Die Papierstöße lagen an ihrem alten Ort, sie waren höchstens etwas gewachsen. Noch immer konnte man nur auf einem schmalen Pfad zwischen einem Gemisch aus Abfall und Unterlagen zum Schreibtisch und zum Besucherstuhl gelangen. Die Luft kam ihm noch dicker vor, und Max Gantmann auch.

»Schon zurück?«, wunderte sich Max. »Wolltest du nicht länger bleiben?«

»Um ein Haar wäre ich für immer geblieben.« Jonas erzählte, was vorgefallen war.

Max hörte aufmerksam zu und bewegte sich nur, um seine Zigarette auszudrücken und eine neue anzuzünden. Als Jonas geendet hatte, sagte er: »Ich habe dich gewarnt.«

»Vielleicht war ich deshalb etwas vorsichtiger. Danke für den Anruf.«

»Gern geschehen. Geschah auf Kosten des Fernsehens.«

»Glaubst du, das waren die von der GCBS?«

»Du nicht?«

»Irgendwie kann ich es noch immer nicht glauben, dass die so weit gehen.«

»Wenn das stimmt, was ich herausgefunden habe, gehen die noch weiter.«

»Was hast du herausgefunden?«

»Möglicherweise hat Contini einen bis zu zweistelligen Milliardenbetrag verzockt.«

»Wow! Wie das?«

»Das weiß ich noch nicht genau. Mit irgendwelchen russischen Spekulationen.«

»Und keiner hat es gemerkt?«

»Offenbar hat er den Verlust mit fiktiven Derivaten neutralisiert.«

»Bahnhof.«

»Er machte mit Derivaten fiktive Gewinne, die die effektiven Verluste mit den russischen Papieren wettmachen. Und jetzt kommt's: Die Bank treibt das Spiel weiter. Und warum?«

Jonas hielt die Frage zu Recht für eine rhetorische und antwortete nicht.

Max fuhr fort: »Weil ein Verlust zwischen zehn und zwanzig Milliarden eine Dynamik auslösen würde, die ihr das Genick bräche.«

»Ach was, dann rettet sie der Staat, wie gehabt.«

»Und gerade weil wir es schon mal hatten, wird der Staat sie nicht retten. Kein Politiker wird sich die Finger daran verbrennen wollen. Der Staat würde sie fallenlassen, darauf kannst du Gift nehmen.«

»Ich dachte, die Banken hätten jetzt ein besseres Eigenkapitalpolster. Einen solchen Verlust stecken die doch weg.«

Max' Lachen ging in einen Hustenanfall über, den er, ohne die Zigarette aus dem Mund zu nehmen, überstand. Er klopfte sich pro forma die Asche von der schwarzen Weste und fuhr fort:

»Weißt du, wie viel Prozent der Bilanzsumme die Eigenmittelquote der GCBS bei Ausbruch der Finanzkrise betrug? Eins Komma vier Prozent! Mit so wenig Eigenkapital würde unsereins von keiner Bank eine Hypothek bekommen.«

Max hatte sich jetzt in Feuer geredet.

»Weißt du, dass bei der letzten Finanzkrise ein wesentlicher Teil der risikogewichteten Aktiven gewisser internationaler Großbanken aus sogenannten Subprime-Papieren bestand? Dass diese teilweise sogar die harten Eigenmittel überstiegen? Subprime-Papiere! Eine Art Wertpapiere aus einem Cocktail aus Hypotheken einiger solventer Schuldner und vieler anderer, die ihre Zinsen kaum aufbringen. Und diese Papiere wurden von den internen Risikomodellen gleich hoch eingestuft wie zum Beispiel so sichere Werte wie Staatsanleihen der USA! So haben sie sich und uns an den Rand des Ruins manövriert.«

»Aber heute müssen die Banken doch eine höhere Eigenmittelquote haben«, wandte Jonas ein.

Max grinste. »Vier Prozent. Die GCBS müsste ein Kernkapital von mindestens dreißig Milliarden haben. Stell dir vor, es kommt zu einer Immobilienkrise – keineswegs ein unvorstellbares Szenario – und bei einem Abschreiber von fünfzehn bis zwanzig Prozent ihres Hypothekarportefeuilles wäre schon das gesamte Kernkapital futsch.«

Max blickte Jonas herausfordernd an, als erwarte er Widerspruch. Als dieser ausblieb, fuhr er fort:

»Weißt du, dass es Großbanken gibt, die sich mit der rechten Hand von Investoren Geld zur Aufstockung ihres Eigenkapitals geben lassen, unter der Bedingung, dass sie mit der linken demselben Investor den gleichen Betrag als Kredit zur Verfügung stellen?«

»Wieso erfährt die Öffentlichkeit nichts davon?«

»Weil es die Krise verschärfen würde.«

Max schlug sich mit der Hand gegen die Stirn und brüllte: »Glaubst du das?« Wieder ging der Aufschrei in einen Hustenanfall über.

Als er vorbei war, sagte Max ganz ruhig: »Deshalb ist die GCBS gefährlich wie ein angeschossener Grizzly.« Er steckte sich eine neue Zigarette am Stummel der alten an.

Jonas fragte: »Was rätst du mir: *Montecristo* oder Contini?«

Max stieß einen Rauchstrahl gegen die Decke. »Du meinst: Ob du für oder gegen die GCBS arbeiten sollst? Für mich wäre die Sache klar. Aber du musst dich selbst entscheiden. Vielleicht gehst du zurück ins Leute-Business. Weniger heiß.«

*

Am Abend traf er sich mit Marina in der Losone Bar, einem etwas altmodischen Lokal im Niederdorf mit einer Jukebox voller musikalischer Raritäten und Wänden, die mit Tessiner Szenen bemalt waren.

Die große Zeit des Losone begann kurz vor Mitternacht. Jetzt, vor der Happy Hour kurz vor fünf, war nicht viel Betrieb. Marina hatte einen Event, von dem sie erst spät nach Hause kommen würde. Sie trafen sich hier, bevor es für sie losging. Sie wollte nicht so lange darauf warten zu erfahren, was Max ihm geraten hatte.

Der Event fand am Rande eines Balls statt, und Marina war entsprechend gekleidet: Sie trug ein bodenlanges ausgeschnittenes trägerloses Kleid und reichlich Make-up und erregte bei den wenigen Gästen viel Aufsehen.

»Arbeitskleidung«, sagte sie, als sie sich von ihm aus dem Mantel helfen ließ. Jonas war ein bisschen stolz auf sie.

Er trank ein Bier, Marina Mineralwasser. Bei einem Event, hatte sie gesagt, sollen die Gäste betrunken sein, nicht die Organisatoren.

Jonas hatte ihr erklärt, um wie viel es bei der Bank gehen könnte, und dass Max sie als gefährlich wie ein angeschossener Grizzly bezeichnet hatte.

»Lass die Finger davon, Jonas. Versprich es mir.«

Er nickte. »Wenn es nur nicht so feige wäre.«

»Feige, mutig, das sind diese Männerkategorien, aus denen Witwen und Waisen und weinende Mütter gemacht werden.«

»Von wem ist das?«

»Marina Ruiz.«

Er küsste sie.

»Aber den Film kann ich auch nicht machen.«

»Ein paar der größten Filme sind mit schmutzigem Geld finanziert worden.«

»Ach ja? Welcher zum Beispiel?«

»Ich weiß nicht. Aber so viel sauberes Geld gibt es gar nicht, wie es tolle Filme gibt.«

Jonas lachte. »Auch Marina Ruiz?«

Sie nickte.

»Die würde ich gerne kennenlernen.«

Rebstyns persönliche Assistentin hatte ihn nun schon über eine halbe Stunde warten lassen. Herr Rebstyn sei beschäftigt, hatte sie gesagt, Herr Brand dürfe noch einen Moment Platz nehmen. Dürfe!

Jetzt stand Jonas auf und ging an der überrumpelten Assistentin vorbei in Jeffs Büro.

Der Produzent saß vor seinem Flachbildschirm und schaute einen Film. Wenn Jonas sich nicht täuschte, *Magnolia*.

Rebstyn drehte sich verärgert auf seinem Managersessel um. Er erkannte Jonas, und die Verärgerung wich der Überraschung. »Warum bist du schon zurück?«

»Um mein Leben zu retten.«

Jeff stand auf und bot Jonas einen Stuhl am Sitzungstisch an. »Entschuldige, ich habe gesagt, ich dürfe nicht gestört werden. Dich habe ich natürlich nicht erwartet. Dein Leben retten? – Kaffee?«

Er öffnete die Tür einen Spalt und bestellte zwei Espressi. Dann setzte er sich Jonas gegenüber. »Erzähl, um Himmels willen.«

»Zuerst eine Frage: Hast du gewusst, dass die GCBS hinter *Moviefonds* steckt?«

»Ich habe schon gehört, dass die GCBS eine der anonymen Geldgeberinnen ist. Unter anderen. Warum?«

»Wann hast du von dem *Moviefonds*-Geld erfahren?«

»Das genaue Datum müsste ich nachschauen. Einen Tag, bevor wir uns im Frosch getroffen haben. Warum?«

»Das erkläre ich dir, wenn ich erzählt habe, was in Bangkok passiert ist.«

Jonas schilderte sein Abenteuer. Als er geendet hatte, stieß Rebstyn aus: »Das ist ja wie im Film.«

»Und jetzt die Pointe: Die GCBS will mich aus dem Weg haben.«

Jeff lächelte skeptisch. »Wie kommst du darauf?«

»Ich war an einer Enthüllungsgeschichte, die der Bank sehr, sehr weh tun würde. Ich glaube, die haben sich spontan entschlossen, den Film zu finanzieren, um mich von der anderen Sache wegzulocken. Und als sie erfuhren, dass ich in Bangkok recherchiere, hatten sie die lustige Idee, mich auf die gleiche Art wie meinen Filmhelden aus dem Weg zu räumen.«

Rebstyn schüttelte ungläubig den Kopf. »Nimm es mir nicht übel, Jonas, aber da ist die Phantasie mit dir durchgegangen. Wir sind hier in der Schweiz.«

»Hier schon. Aber sei ehrlich: Warst du nicht überrascht, als *Moviefonds* dir sagte, dass sie einsteigen?«

Es klopfte, und die Assistentin brachte zwei Espressi. Die Unterbrechung gab Rebstyn die Möglichkeit, seine Antwort ohne Verlegenheit vorzubringen. »Schon ein bisschen. Aber ich persönlich habe immer an *Montecristo* geglaubt, Jonas.«

»Hast du schon früher Beiträge von *Moviefonds* bekommen?«

»Zweimal.«

»Und wie viele davon waren Wiedererwägungen?«

»Keine. Aber sie dürfen wiedererwägen. Steht in den Statuten. Wenn sich neue Gesichtspunkte ergeben.«

»Und welches waren die neuen Gesichtspunkte bei *Montecristo*?«

»Vielleicht, dass ich drangeblieben bin. Ich bin ständig

in Kontakt mit Serge Cress, dem Geschäftsführer. Sag mal, denkst du eigentlich daran, den Bettel hinzuschmeißen?«

»Falls es stimmt, was ich vermute – wie kann ich da weitermachen?«

Jeff Rebstyn griff kopfschüttelnd zum Telefon. »Gib mir Cress«, sagte er. Und zu Jonas: »Jetzt werden wir ja sehen.«

Das Telefon klingelte, Jeff hob ab, nickte, warf Jonas einen verschwörerischen Blick zu und sagte laut und aufgeräumt: »Serge! Erwisch ich dich? Wie geht's? – Mir auch, danke. – Duuu, ich habe hier Brand im Büro, den Mann, der *Montecristo* macht, du weißt schon. Er ist grad von Bangkok zurück und kurz im Land...« Er zwinkerte Jonas zu. »... und möchte dich kennenlernen. Frage: Wie flexibel bist du?«

Jeff hielt die Hand über die Sprechmuschel und zischte Jonas zu: »Beamter. Sehr flexibel.« Dann wieder in die Muschel: »Kalender? Nein, nein, ich meine, sehr flexibel. Total. Kann ich im Silbernen Frosch reservieren? Zum Mittagessen? Heute?«

Wieder mit der Hand über der Muschel zu Jonas: »Muss seinen Kalender konsultieren. Wetten, der kann?«

»Geht? Super! Halb eins? In knapp zwei Stunden! Ich freu mich!«

»So. Den kannst du fragen, wie das zustande gekommen ist. Und du wirst sehen: alles im grünen Bereich. Treffen wir uns dort? Ich muss noch ein paar Sachen erledigen.«

Jonas stand auf und ging zur Tür. Bevor er sie öffnete, sagte Rebstyn: »Jonas, du willst einfach den kennenlernen, der dir diesen Traum erfüllt, und wissen, was die zur Wiedererwägung bewogen hat. Deine Räubergeschichte behältst du für dich.«

Cress war ihm auf Anhieb sympathisch. Überhaupt nicht der typische Beamte, wie er ihn sich nach Rebstyns Andeutungen vorgestellt hatte, sondern ein leger gekleideter Enddreißiger mit halblangen Haaren und einer Brille, deren milchig transparentes Gestell ihm etwas von einem Intellektuellen der amerikanischen Ostküste verlieh.

Er saß schon an Jeffs Lieblingstisch, als Jonas den Silbernen Frosch betrat. Der Gastgeber war noch nicht da, vielleicht aus Absicht.

»Sie müssen Herr Cress sein«, sagte Jonas, »ich erkenne Sie am Tisch.« Er setzte sich und bestellte ein Mineralwasser, wie Serge Cress.

»Ich freue mich, Sie persönlich kennenzulernen«, sagte Cress. »Ich bin ein großer Fan von *Montecristo*.«

Jonas musste sich an solchen Beifall für sein Drehbuch erst gewöhnen. In den letzten sechs Jahren hatte er nicht viel davon erhalten. Deshalb reagierte er mit einem misstrauischen »Warum?«.

Er brachte Cress damit nicht in Verlegenheit. »*Der Graf von Monte Christo* war mein Lieblingsbuch als Junge. Und Rache für eine Ungerechtigkeit ist eines der unfehlbarsten dramaturgischen Prinzipien, die es gibt. Kommt die Mischung aus Archaisch und Hightech dazu plus das Alter der Protagonisten: alle in der Generation der Kinohauptzielgruppe. Doch, doch. Ich glaube, die Vorlage hat das Zeug zum Blockbuster. Jetzt muss nur noch die Besetzung stimmen. Und natürlich die Regie.«

»Das macht mir auch am meisten Sorgen.«

Cress lachte. »Das sollten Sie einem Geldgeber nicht sagen.«

»Auch darin habe ich keine Erfahrung.«

Beide lachten. »Wir vertrauen Ihnen«, sagte Cress.

»Das ist der Grund, weshalb ich Sie unbedingt kennenlernen wollte. Ich kenne nicht viele Leute, die mir vertrauen. Jedenfalls auf diesem Gebiet.«

»Hier sitzt einer vor ihnen.«

Jonas musterte ihn nachdenklich. »Darf ich fragen, warum?«

Cress überlegte nur kurz. »Einer, der so lange so hartnäckig eine Idee verfolgt, wird sie nicht in den Sand setzen, wenn er sie endlich verwirklichen kann.«

Die Begründung amüsierte Jonas. Aber er gab zu bedenken: »Für große Filme braucht es Genie, nicht Hartnäckigkeit.«

»Vielleicht haben Sie beides?«

»Störe ich?« Jeff Rebstyn warf seinen langen Schatten auf den Tisch. Serge Cress stand auf zur Begrüßung, Jonas blieb erst sitzen, weil er ihn ja vorhin schon begrüßt hatte, kam sich dann aber seltsam vor, erhob sich halb und wartete zwischen Sitzen und Stehen, bis der Produzent sich niederließ.

»Schon alles besprochen?«, erkundigte sich Rebstyn, als er endlich saß.

Cress lächelte. »Ich weiß es nicht. Haben wir das, Herr Brand?«

»Fast eine Viertelstunde allein und noch immer per Sie?« Er sah die beiden Wassergläser. »Alles klar, falsches Getränk.« Er machte dem Kellner ein Zeichen, und der brachte ohne

Rückfrage eine Flasche Champagner von Rebstyns Marke. Jeff kostete, ließ einschenken und stieß an.

Jetzt, wo Jonas Brand mit dem Chef von *Moviefonds* per du war, fiel es ihm leichter, bei einer Côte de Beouf mit Risotto und Mangold die Fragen zu stellen, die ihn beschäftigten.

»Ich habe gehört, die GCBS sei der Hauptgeldgeber der *Moviefonds*«, begann er beiläufig.

»Künstler!«, lachte Jeff, zu Serge gewandt. »Sie lieben es, geschenkten Gäulen in die Mäuler zu schauen.«

»Das kann ich gut verstehen. Würde ich an ihrer Stelle auch. Nur ist *Moviefonds* ein Gaul mit statutarisch fest zusammengebissenen Zähnen. Ich darf die Frage nicht beantworten.«

»Aber wenigstens diese: Laut Statuten haben die Geldgeber theoretisch kein Mitspracherecht bei der Vergabe von Fördergeldern. Und praktisch?«

»Solange ich dabei bin, lasse ich nicht zu, dass zwischen Theorie und Praxis unterschieden wird.«

Rebstyn spülte einen Bissen Fleisch mit einem Schluck Bordeaux runter, hob das Glas und sagte: »Ein großes Wort.«

Jonas nahm auch einen Bissen und bereitete sich auf den entscheidenden Teil des Gesprächs vor. Das Essen war hervorragend, und Champagner und Wein hatten ihn in eine wohlige Stimmung gebracht, wie sie sich manchmal in angenehmer Gesellschaft einstellte, wenn er wusste: Alles wird gut.

»So eine Wiedererwägung, Serge, wie geht das vor sich?«

Der Kulturbeamte führte das Glas zum Mund, nahm einen Schluck, behielt ihn genüsslich eine ganze Weile darin und sagte dann: »Bei einer der regelmäßigen Kommissionssitzungen bringt einer das Thema auf, erklärt, weshalb er eine Wiedererwägung angebracht findet, und dann wird entschieden.«

»Abgestimmt?«

Serge wiegte den Kopf. »Diskutiert und entschieden.«

»Und der, der den Antrag einbringt, tut das aus eigenen Stücken?«

»Entweder aus eigenen Stücken oder weil ihn jemand davon überzeugt hat.«

»Wie war es im Fall von *Montecristo*?«

Cress wechselte einen Blick mit Rebstyn. »Sowohl als auch.«

»Kann ich davon ausgehen, dass ich beide Initianten kenne, mit beiden per du bin und mit beiden im Silbernen Frosch hervorragend esse und trinke?«

Serge Cress lächelte. »Die Entscheidungsprozesse von *Moviefonds* werden nicht kommuniziert.«

»Wie beim Bundesrat«, warf Jeff Rebstyn dazwischen.

»Nur geheimer«, ergänzte der Beamte.

Jonas schob mit dem Messer etwas Sauce auf eine Gabel Risotto, kaute sorgfältig und nahm einen Schluck Wein, bevor er die alles entscheidende Frage stellte:

»Wie lange dauert es von der Entscheidung bis zur Information der glücklichen Begünstigten?«

»Zwei, drei, vier Wochen, manchmal auch länger. Je nach Bürokratie.«

»Wann war die für *Montecristo* entscheidende Sitzung?«

Cress zog sein Handy aus der Innentasche und konsultierte seinen Kalender.

Jonas musste sein Glas abstellen, weil er befürchtete, seine Hand könnte zittern.

Cress schaltete das Handy aus und steckte es in die Tasche. »Mittwoch, zehnter Dezember.«

Jonas nickte nur und schob einen Bissen in den Mund, um nichts sagen zu müssen.

Mittwoch, zehnter Dezember. Über eine Woche, bevor er in der Contini-Sache zu recherchieren begonnen hatte.

*

Die Büros der Eventagentur, in der Marina arbeitete, lagen in einem umgebauten Industriebau in der zweiten Etage. Über den Fenstern war eine Leuchtschrift angebracht: *Eventissimo!*

Jonas Brand stand unter dem Vordach eines Elektrogeschäftes vor den Schaufenstern mit ihren chaotischen Auslagen. Es war kurz nach sechs, und der leichte Regen, der den ganzen Tag gefallen war, begann, in Schnee überzugehen.

Die Fenster von *Eventissimo!* waren noch alle erleuchtet, und manchmal sah er die hohe Gestalt von Marina vorbeigehen. Sie wusste nicht, dass er sie hier unten erwartete, es sollte eine Überraschung sein. Genau wie das, was er ihr zu sagen hatte. Er stand noch ganz unter der Wirkung der guten Nachricht, des schweren Weines und des Jetlags von sieben Stunden und hätte noch lange hier stehen können.

Wieder sah er Marinas Gestalt am erleuchteten Fenster. Aber diesmal blieb sie stehen und sah hinaus. Sie stützte den Ellbogen in die linke Hand und schien zu telefonieren.

Sein Handy klingelte. Marina.

»Ich mache jetzt Schluss, wollen wir uns treffen?«

»Und wie.«

»Wie ist das Gespräch mit Rebstyn gegangen?«

»Das erzähl ich dir dann.«

»Wo treffen wir uns?«

»Vor deinem Büro.«

»Wann?«

»Jetzt.«

Er sah, wie sie ganz nahe an die Scheibe ging und die Augen gegen das reflektierende Licht abschirmte. Jetzt hob sie den Arm und winkte. Er winkte zurück.

»Was für eine reizende Überraschung«, sagte sie.

»Bring einen Schirm mit, es schneit.«

Drei Minuten später hielt er sie in den Armen.

»Du hast eine Fahne«, sagte sie, als sie sich von ihm löste. »Ist das ein gutes Zeichen?«

»Nicht immer, aber heute schon.« Er nahm ihren Schirm, und sie hängte sich ein. So machten sie sich auf den Weg durch das dichter werdende Schneetreiben. »Erzähl«, bat sie.

»Ich habe mit Jeff und Serge Cress Mittag gegessen.«

»Serge Cress?«

»Der Chef von *Moviefonds*. Er sagte zwar nicht, von wem das Geld stammt und wie entschieden wurde, dass *Montecristo* gefördert wird. Aber er ließ durchblicken, dass er – auch auf Drängen von Rebstyn – die Wiedererwägung vorgeschlagen hat. Und das Wichtigste: Sie wurde am zehnten Dezember beschlossen. Also bevor ich in der Contini-Sache zu recherchieren begann.«

Marina blieb stehen. »Das heißt, dass es tatsächlich um den Film ging und nicht darum, dich abzuschütteln.«

Jonas Brand grinste. »Scheint so.«

Sie fiel ihm so heftig um den Hals, dass der Schirm weggedrückt wurde und sie einen Kuss lang ungeschützt im dichten Schneefall standen.

»Und heißt das nicht auch, dass es nicht die Bank war, die dir in Bangkok die Falle gestellt hat?«

»Nun, inzwischen hatte sie ja einen Grund, mich loswerden zu wollen.«

Sie nahmen ihren Schneespaziergang wieder auf. »Ich habe gegoogelt«, sagte Marina. »Es scheint, dass das eine beliebte Methode der thailändischen Polizei ist, zu Geld zu kommen: Touristen Drogen unterzujubeln und sie dann gegen ein happiges Schmiergeld laufenzulassen.«

»Ich weiß. Aber kaum im Mandarin Oriental.«

»Warum nicht? Dort wohnen die Touristen mit der meisten Kohle.«

»Hat etwas«, räumte Jonas ein, nur zu gerne bereit, seine Financiers zu entlasten.

Ein Streifenwagen mit Blaulicht und Sirene fuhr vorbei. Nicht besonders schnell, denn die Straße wurde schon rutschig.

»Merkst du eigentlich, wohin wir gehen?«, fragte Marina vergnügt. Sie hatten, ohne sich abzusprechen, die Richtung zu ihrer Wohnung eingeschlagen.

»Weil ich nichts im Haus habe«, erklärte Jonas.

»Ich aber auch nicht.«

Er legte den Arm um sie, zog sie zu sich heran und sagte: »Ich finde schon etwas.«

Sie gingen jetzt schneller, denn der Schnee machte ihre Schuhe und Hosenbeine nass. Weiter vorne stand der Streifenwagen mit zuckendem Blaulicht. Der Verkehr begann, sich zu stauen. Vielleicht ein Auffahrunfall.

»Jonas, heißt das alles nicht auch, dass du den Film jetzt doch machen kannst?«

Sein Herz machte einen Sprung. »Genau! Nur vielleicht in Bali statt in Thailand.«

Wieder standen sie eng umschlungen mit gesenktem Schirm im Schneegestöber.

*

Max nahm die Nachricht wie zu erwarten weniger euphorisch auf. Jonas hatte ihn im Schönacker vor einer Schweinshaxe angetroffen, einer der Spezialitäten des Hauses.

Er hatte ihm von der Begegnung mit Cress erzählt, Gantmann hatte ihm mit vollen Backen skeptisch zugehört.

Die kurze Zeit, die Jonas für die Geschichte brauchte, hatte Max genügt, um die ganze Haxe wegzuputzen. Jetzt wischte er den Teller mit einem Stück Brot sauber und hinterließ ihn mit einer für ihn ungewohnten Ordnungsliebe.

»Und jetzt«, mampfte er, »findest du, du kannst reinen Gewissens den Film machen und die Contini-Sache sausenlassen.«

»Und du findest das natürlich nicht.«

Max fischte einen Zahnstocher aus der Menage und begann, in seinem Mund herumzustochern. »Mir würde die Erklärung von Serge Cress nicht genügen. Er hat zwar nicht gesagt, dass die GCBS den Betrag finanziert hat, aber er hat es auch nicht bestritten. Und er hat« – er hielt nun die freie Hand pfleglich über den offenen Mund – »zwar gesagt, dass

189

die Geldgeber kein Mitspracherecht besäßen, aber er hat auch nicht gesagt, wie die Entscheidung zustande gekommen ist. Außer, dass es nicht durch die Mehrheit geschah.«

»Wie und von wem auch immer die Entscheidung zustande kam«, entgegnete Jonas, »sie diente nicht dazu, mich von der Contini-Sache abzubringen. In der habe ich erst zu recherchieren begonnen, als die Förderung schon beschlossen war.«

Gantmann schluckte die Ausbeute seines Gestochers hinunter und nahm einen langen Zug aus seinem Glas Dunkelbier. Er atmete tief aus und sagte: »Aber die Banknotensache war schon vorher.«

»Die Banknotensache war ein Flop, das weißt du.«

»Mir ist sie noch immer nicht ganz geheuer. Vielleicht hat die GCBS sie zum Flop gemacht.«

»Selbst wenn, was hat sie mit Contini zu tun?«

»Ich weiß es nicht. Noch nicht. Aber ich habe so ein Gefühl. Wenn das Loch von Contini wirklich so gewaltig ist, wie ich vermute – und es ist gewaltig –, dann könnten die Banknoten Teil der Vorkehrungen gewesen sein, die die Bank zum Selbstschutz ergriffen hat.«

»Das verstehe ich nicht.«

»Ich verstehe es auch noch nicht. Aber ich werde noch draufkommen. Ich spüre, dass ich nahe dran bin.« Er trank sein Bier aus und winkte mit dem leeren Glas. »Wenn du aufgibst und dich der Kunst zuwendest, erlaubst du mir wenigstens, dass ich dranbleibe?«

»Klar. Gerne.«

»Überlässt du mir das Material, das du bis jetzt beisammenhast?«

»Gerne.«

»Das ganze? Auch das zu den Banknoten?«

»Das ganze.«

*

Die Blauwiesenstraße 122 lag im Seefeldquartier, gar nicht weit von Brands Wohnung an der Rofflerstraße. Es war ein gelbes Backsteingebäude aus den zwanziger Jahren, dessen große Fenster von ockerfarbenen Ziegeln eingefasst waren. Die Nembus Productions befand sich im Erdgeschoss.

Es war ein erhebender Moment, als Rebstyns Assistentin ihn zu einer Tür führte, auf deren Schild »Montecristo« stand. Sie schloss sie auf und überreichte Jonas den Schlüssel. Er betrat einen großen, hohen, hellen Raum, dessen Fenster auf den Hinterhof gingen. Es gab vier Schreibtische, einen Besprechungstisch, Schränke, Gestelle und Korpusse. Etwas abseits beim Fenster war ein größerer Schreibtisch mit einem Besucherstuhl gegenüber dem Bürosessel. Ein Flachbildschirm stand darauf, ein Keyboard und eine Computermaus. »Das ist dein Platz«, erklärte die Assistentin. Sie hatte schon bei der Begrüßung gesagt: »Wir duzen uns hier alle, und du gehörst ja jetzt dazu.«

Jonas setzte sich probeweise auf den Sessel, machte eine halbe Drehung in beide Richtungen, passte die Sitzhöhe seiner Statur an und öffnete die Schubladen. Sie waren leer bis auf einen verschrumpelten Apfel, der ihm von zuhinterst in der Schublade entgegenrollte, als er sie zu heftig herauszog.

»Entschuldige«, sagte die Assistentin und wollte den Apfel nehmen.

»Nein, lass ihn mir, Schiller dienten faule Äpfel zur Inspiration. Vielleicht hilft es mir auch.«

Sie wünschte ihm gute Inspiration und erinnerte ihn an die erste Produktionssitzung mit Jeff, hier, in einer guten Stunde.

Jonas packte seinen Laptop aus, stellte ihn neben das Keyboard und setzte sich davor. Das war jetzt also sein Arbeitsplatz für die nächsten Monate. Nach und nach würden seine Mitarbeiter dazustoßen. Die Produktionsassistentin, der Produktionsleiter, der Location Scout und alle anderen.

Jetzt erst sah er die Klappe, die auf dem Fenstersims an die Scheibe gelehnt war. »Montecristo« stand groß auf der Titelzeile. In die Rubrik »Produktion« hatte jemand in schöner Schrift mit wasserfestem Filzstift »Nembus« geschrieben. Bei »Regie« stand »Jonas Brand«. Bei »Kamera« fehlte der Name noch.

An der Wand hing eine weiße Kunststofftafel mit dem Titel »Produktionsablauf Montecristo«. Oben links stand »Wann«, daneben »Was«, dann »Wer«, dann »Bemerkungen«. Bei »Wann« hatte jemand das heutige Datum geschrieben. Bei »Wer« stand »Brand/Rebstyn«.

Jonas ballte die Fäuste und stieß einen unhörbaren Freudenschrei aus.

*

Auf dem Balkon des Drachenhauses lag Schnee. Am Nachmittag war noch mehr gefallen, bestimmt zwanzig Zentimeter schmückten die Sandsteinbrüstung. Es war dunkel, die Lichter der Stadt spiegelten sich in der Limmat.

William Just stand in der Balkontür und rauchte. Er wollte vermeiden, dass seine gut eingetragenen englischen Maßschuhe nass wurden, sie hatten Ledersohlen. Dazu kam, dass er bei der Kälte froh war um die behagliche Wärme des Zimmers in seinem Rücken.

In der Scheibe des offenen Türflügels sah er sein Spiegelbild vor dem Hintergrund des sogenannten Herrenzimmers. Die braune Hand mit dem blauen Siegelring, mit der er die Zigarette hielt, hob sich von der weißen Manschette ab und der gebräunte Teint vom Weiß seines Kragens. Er hatte zwischen Weihnachten und Neujahr ein paarmal die Gstaader Sonne zu Gesicht bekommen und danach die Bräune auf der Sonnenbank seines Home Gym ein wenig nachhaltiger gemacht.

Just nahm einen letzten Zug und schnippte die halbgerauchte Zigarette über die Brüstung. Die Vorstellung, wie sie die vier Etagen hinunterfiel, ließ ihn ein wenig erschauern.

Er ging zurück ins Herrenzimmer, schloss die Tür und zog die Vorhänge zu. Die Pendeluhr zeigte Viertel vor sechs. Noch eine Viertelstunde, bis sein Gast eintreffen würde.

Er verließ den Raum und ging über das Parkett des Korridors in den Raum, den er als Arbeitszimmer benutzte. Er war, im Gegensatz zu all den anderen Zimmern der Etage, minimalistisch eingerichtet. Wände und Decke weiß, Lichtquellen verborgen und dimmbar, Mobiliar von ausgesuchter Reduktion.

Er stellte sich an ein Stehpult, auf dem ein Flachbildschirm, eine drahtlose Tastatur und eine ebensolche Maus standen, weckte das Bild und gab seinen Code ein. Der Screen füllte sich mit Zahlen. Er studierte sie ein paar Minuten lang und lächelte. Was er sah, machte ihn zufrieden.

Das war nicht immer so gewesen in den vergangenen Monaten. Die GCBS, sein Megatanker, war in dieser Zeit mehr als einmal an der Katastrophe vorbeigeschrammt. Es war, das durfte er sich zugutehalten, nur seiner Flexibilität, Phantasie und Geistesgegenwart zu verdanken, dass er sich immer noch oder wieder auf Kurs befand. Und seiner Bereitschaft zu unkonventionellen Lösungen.

Er hörte das gedämpfte Klingeln aus dem Office von Herrn Schwarz. Das musste sein Besucher sein. Etwas zu früh, typisch Beamter.

Just ging ins Herrenzimmer zurück und stellte sich vor das Kaminfeuer. Er hatte nicht vor, sich lange mit seinem Besucher aufzuhalten, es war ein Premierenabend, *La Sonnambula*.

Herr Schwarz hatte zwei Flaschen Champagner Krug Vintage 1998 kaltgestellt, die zweite als Reserve, falls die erste Korken haben sollte. Dazu würde er etwas Blätterteiggebäck servieren lassen, voilà tout.

Sein Besucher hatte sich zwar als überraschend undogmatisch und anpassungsfähig erwiesen. Aber mit dem erwähnten Aufwand war dem Genüge getan. Übertreiben wollte er es nicht. Das könnte dazu führen, dass er die Bedeutung seiner Gefälligkeit überschätzte.

Es klopfte.

»*Come in!*«, rief William Just.

Herr Schwarz öffnete die Tür. »Herr Serge Cress wäre jetzt da.«

Seit über zwei Wochen lief die Vorproduktion für *Monte-cristo* nun schon. Jonas hatte sich für einen Kameramann entschieden, eine Kostümbildnerin stand unter Vertrag, und zwei Ausstatter waren in der engeren Wahl. Er hatte schon ein Treffen gehabt mit der nach seiner Meinung besten Castingdirektorin des Landes, und der nach Meinung von Jeff Rebstyn beste Script Doctor hatte auch schon ein erstes Feedback geliefert.

Jonas Brand hatte sich in seine Rolle als der Mann, der das Sagen hat, eingelebt und füllte sie mit einem für ihn neuen Selbstbewusstsein aus. Die Momente des Zweifelns waren seltener geworden und jeweils rasch überwunden.

Mit Marina lebte er eine Doppelresidenzbeziehung. Beide hatten beim anderen ein paar Sachen im Schrank, schliefen mal hier und mal da, je nachdem, bei wem es später wurde. Schon zweimal hatten sie – eher scherzhaft – von der Möglichkeit gesprochen zusammenzuziehen.

An einem Abend, an dem sie sich später bei ihr treffen wollten und er auf dem Weg zu ihrer Wohnung noch in seiner vorbeiging, um ein paar Sachen zu holen, klingelte es.

Jonas wollte gerade gehen, er erwartete niemanden, aber da die Wohnung keine Gegensprechanlage besaß, drückte er auf den Türöffner.

Er hörte schwerfällige Schritte im Stiegenhaus und ging

hinaus zum Treppenabsatz, um hinunterzuschauen. Er sah nur eine Männerhand auf dem Geländer, die eine Gestalt im dunklen Mantel heraufhievte. Erst, als diese in der letzten Treppenwendung auftauchte, erkannte sie Jonas: Es war Herr Weber, sein Privatkundenberater bei der GCBS.

Als er es geschafft hatte und vor ihm stand, sah Jonas, dass Herr Weber betrunken war. Er legte den Zeigefinger an die Lippen. Pssst. Dann deutete er auf Jonas' Wohnungstür. Erst als er drin war, sprach er. Aber mit immer noch gedämpfter Stimme. »Störe ich?«

»Ich wollte gerade gehen«, antwortete Jonas und merkte, dass auch er fast flüsterte.

»Ich bleibe nur kurz, aber es ist wichtig.« Damit begann er, sich umständlich seines Mantels zu entledigen. Jonas war ihm behilflich.

Herr Weber stand ihm erwartungsvoll im Korridor gegenüber. Es blieb Jonas nichts anderes übrig, als ihn ins Wohnzimmer zu bitten.

Dort ließ er sich mit einem Seufzer in Jonas' Lieblingssessel fallen und bot ihm mit einer fahrigen Geste den gegenüberliegenden Sessel an. Jonas setzte sich.

»Ich will nicht unverschämt sein, aber hätten Sie vielleicht ein Bier?«

Jonas ging in die Küche und kam mit zwei Dosen Bier zurück. Gläser brachte er keine, um die Zeitknappheit zu unterstreichen, in der er sich befand.

Herr Weber riss die Dose auf und nahm ein paar tiefe Schlucke. Er setzte das Bier mit einem lauten Ausseufzen ab und sagte: »Dabei bin ich schon etwas… ähm… angeheitert. Prost.«

Er prostete Jonas zu und trank wieder. Jonas machte mit. »Ich war schon länger nicht mehr auf der Bank, ich besuche aber öfter Ihren automatischen Kollegen vor dem Eingang.«

»Selbst wenn Sie hineingingen, würden Sie mich nicht antreffen.« Herr Weber bemühte sich vergeblich, sich die schwere Zunge nicht anmerken zu lassen.

»Warum nicht?«

Der Kundenberater fuhr sich mit dem Zeigefinger über die Gurgel.

Jonas verstand nicht.

»Kaputt. *Finito.*«

»Ihnen wurde gekündigt?«

»*Genauo*, wie der Spanier sagt.«

»Das tut mir leid.«

»Mir auch. Und meiner Familie auch. Das ist nicht einfach, ein arbeitsloses Familienoberhaupt.«

»Sie finden bestimmt wieder etwas, bei Ihrer Erfahrung.«

Herr Weber leerte die Dose. »Bestimmt. Zurzeit reißt man sich ja um dreiundfünfzigjährige entlassene Banker.« Er zerdrückte die Dose.

Jonas ging zum Kühlschrank und brachte ihm ein neues Bier. »Ich fürchte, das war mein letztes«, log er.

»Danke. Ich will Sie ohnehin nicht länger aufhalten.« Er begann, sich mit dem Ringzug der Dose abzumühen. »Ich wollte Ihnen nur etwas mitteilen.«

Herr Weber konzentrierte sich wieder auf den Dosenverschluss. Der kleine Mann mit dem tief in die Stirn gezogenen Haaransatz tat Jonas leid. Die bekümmerte Konzentration verstärkte noch das Äffchenhafte seines Gesichts.

Jonas wollte ihm gerade seine Hilfe anbieten, als sich die Dose zischend öffnete und ein wenig Bier verspritzte.

»Der Hunderter war echt«, sagte Herr Weber, bevor er trank. »So echt wie der andere.« Er legte wieder den Zeigefinger an die Lippen. Pssst.

»Weshalb haben Sie dann gesagt, er sei falsch?«, fragte Jonas überrascht.

»Sie meinen, beim zweiten Mal? Beim zweiten Mal war er falsch. Jemand hat ihn vertauscht.«

»Wer?«

Zeigefinger an die Lippen.

»Ich dachte, das Schließfach lasse sich nur mit zwei Schlüsseln öffnen? Dem der Bank und meinem?«

Herr Weber trank einen Schluck, bevor er antwortete. »Außer in Notfällen.«

»Und das war ein Notfall?«

Herr Weber lächelte geheimnisvoll. »Offenbar.«

Jonas war sich nicht sicher, ob Weber die Wahrheit sagte oder ob es sich nur um das Geschwätz eines Besoffenen handelte. »Mir hat man glaubhaft versichert, dass es ausgeschlossen ist, dass zwei Schweizer Banknoten aus Versehen die gleichen Nummern tragen.«

»Stimmt.« Wieder das geheimnisvolle Lächeln.

»Na, also.«

Herr Weber ließ sich Zeit. Trank einen Schluck, rülpste, entschuldigte sich. Erst dann belehrte er Jonas mit erhobenem Zeigefinger: »›Aus Versehen‹ stimmt schon. Aber mit Absicht …«

»Sie glauben, die Coromag hat absichtlich Banknoten mit Seriennummern gedruckt, die es schon gibt?«

»Ich glaube das nicht.« Herr Weber suchte in seinen Innentaschen, fand eine Brieftasche und ließ sie fallen. Ein Teil ihres Inhalts rutschte heraus. Jonas wollte helfen, aber Herr Weber rief: »Stopp! Ich mach das!«

Er erhob sich aus dem Sessel, kauerte sich unsicher nieder, sammelte die Visitenkarten, Notizen, Banknoten und Ausweise zusammen und steckte sie wieder in die Brieftasche. Eine der Notizen behielt er in der Hand.

Er richtete sich auf und reichte sie Jonas.

»Gabor Takacs« stand darauf. Und eine Handynummer.

»Der glaubt das«, sagte Herr Weber und leerte die Dose. »Der hat in der Spedition gearbeitet, dort, wo sie die Banknoten drucken. Aber jetzt ist er auch« – er machte wieder das Halsabschneiderzeichen – »*finito*, kaputt.«

Herr Weber streckte Jonas die Hand entgegen. »So. Ich lasse Sie jetzt. Danke für das Bier.«

Jonas schüttelte die kleine Hand und begleitete ihn zur Wohnungstür. Angesichts von Herrn Webers unsicherem Gang fragte er: »Soll ich Ihnen nicht ein Taxi rufen?«

»Nicht nötig, ich wohne gleich um die Ecke.« Dann fügte er bitter hinzu: »Gehdistanz zum Arbeitsplatz.«

Jonas begleitete ihn die Treppe hinunter.

An der Haustür deutete Herr Weber auf den Zettel, den Jonas noch immer in der Hand hielt. »Ich habe ihm gesagt, dass Sie anrufen werden.«

Am Gartentor wandte er sich noch einmal zu Jonas um, der in der Haustür stehen geblieben war, und legte wieder den Zeigefinger an die Lippen.

Jonas tat das Gleiche.

Der Mann mit dem ungarischen Namen »Gabor Takacs«
sprach breites Zürichdeutsch. Er war 1966 in Schwamen-
dingen geboren, zehn Jahre nach dem Ungarnaufstand, als
drittes Kind ungarischer Flüchtlinge. Das alles hatte er Jonas in den ersten Minuten ihrer Begegnung erzählt.

Jonas war an der Banknotensache nicht mehr interessiert
und voll ausgelastet mit den Vorarbeiten für *Montecristo*.
Dafür hatte er gleich nach Herrn Webers Abgang Max Gantmann angerufen und ihm von dem seltsamen Besuch erzählt. Max war ganz aufgeregt geworden, bestand auf einer
möglichst wörtlichen Wiedergabe des Gesprächs und war
begierig auf die Telefonnummer von Gabor Takacs.

Am nächsten Tag rief er Jonas auf dem Handy an, und
als dieser den Anruf ablehnte, weil er in einer Sitzung war,
bearbeitete er die Assistentin von Rebstyn so lange, bis sie
ihn verband.

»Takacs weigert sich, mit mir zu sprechen, Jonas. Er will
nur mit dir reden. Dein Herr Weber muss ihm das einge-
schärft haben. Du seist der Direktbetroffene, weil du die Noten mit der gleichen Seriennummer entdeckt hättest.«

»Max, ich bin mitten in einer Location-Sitzung. Für mich
ist die Banknotensache gestorben.«

»Dann du für mich aber auch«, hatte Max gesagt und aufgelegt.

Nach einer Trotzphase von knapp zehn Minuten hatte
Jonas zurückgerufen und sich bereit erklärt, Takacs zu treffen.

Der Mann, der ihm die Tür zu dem Reihenhaus aus den

achtziger Jahren öffnete, trug einen zu großen Schlafanzug, aus dessen Halsausschnitt ein kahler Kopf mit tiefliegenden, dunkelgeränderten Augen ragte. »Entschuldigung, ich habe Krebs«, waren seine ersten Worte. Er führte ihn in einen Raum, der früher wohl als Wohnzimmer gedient hatte. Jetzt war die Sitzgruppe zusammengerückt worden, damit das hohe Spitalbett Platz fand, das an dem großen Fenster stand. Es ging auf einen schneebedeckten Hintergarten hinaus, der seinerseits an den Hintergarten eines anderen Reihenhauses grenzte.

Zwei große Flachbildschirme waren eingeschaltet. Auf jedem lief eine andere deutsche Nachmittagsshow. Der Raum roch nach Krankenhaus. Auf einem rollbaren Betttisch standen die Überreste einer Mahlzeit in einem unterteilten Teller mit durchsichtigem Deckel.

Takacs kletterte ins Bett und stellte die Lautstärke der beiden Fernseher leiser. »Entschuldigen Sie, ich schau das immer. Es tut mir gut, wenn ich sehe, dass ich nicht der Einzige bin, dem es dreckig geht. Krank und Frau weg.«

Im nächsten Jahr hätte er das zwanzigste Firmenjubiläum bei der Coromag feiern können. Aber dann war er einer Restrukturierung zum Opfer gefallen.

»Nicht, weil es der Firma schlechtging, einer Firma, die Geld druckt, kann es ja nicht schlechtgehen, oder? Sondern weil gewisse Abläufe dank der technologischen und wirtschaftlichen Entwicklung« – es klang, als zitiere er aus einer Pressemitteilung – »neu überdacht wurden.« Er machte eine Kunstpause. »Wissen Sie, was das heißt? Die gleiche Arbeit, die im Versand früher zwei machten, macht jetzt einer allein. Und der ist fünfzehn Jahre jünger und entsprechend billiger.

Da gab's nicht viel zu überdenken. Und Glück hatten sie auch noch: Die Diagnose kam erst drei Monate nach der Kündigung.«

»Verstehe«, sagte Jonas und verstand vor allem, weshalb Weber und Takacs zusammen redeten und bereit waren, über ihre ehemaligen Arbeitgeber auszupacken.

»Hans – Herr Weber – hat mir erzählt, dass Sie zwei Hunderter mit der gleichen Seriennummer fanden, beide echt. Ich weiß zwar nicht, wie das passieren konnte, aber ich weiß, dass beide bei uns gedruckt wurden. Sehen Sie, ich sage immer noch ›bei uns‹.«

»Haben Sie etwas dagegen, wenn ich das aufzeichne?«, fragte Jonas.

»Nichts, machen Sie nur. Ich habe nichts mehr zu verlieren. Fünfundzwanzig Jahre verheiratet, und jetzt, wo ich krank bin, pflegt mich die Hauspflege.«

Jonas installierte die Kamera und zwei kleine LED-Lampen. Er bat Takacs, die Fernseher ganz auszuschalten und bei der Stelle einzusteigen: Ich weiß, dass beide Banknoten mit der gleichen Seriennummer bei uns gedruckt wurden.

Takacs wiederholte die Aussage.

»Weshalb wissen Sie das? Sie hatten doch in Ihrer Abteilung nichts mit der Herstellung zu tun?«

»Aber ich kenne Leute aus der Produktion.«

»Jemand aus der Produktion hat Ihnen also gesagt, dass Noten mit bereits vorhandenen Seriennummern gedruckt wurden?«

»Das kam so: Wenn eine Lieferung für die Nationalbank bereit ist, wird sie von Panzerfahrzeugen und unter Polizeischutz abgeholt. Aber wir … ähm … die drucken auch für andere Länder – Malaysia, Jordanien und so – und bei denen wird nicht so ein Theater gemacht. Da dockt der LKW an, die Paletten werden aufgeladen, ein Sicherheitsmann fährt im Laderaum mit und ein zweiter vorne beim Fahrer.« Takacs schloss die Augen, als warte er, bis ein Schmerz nachgelassen hatte. Als er sie wieder öffnete, sprach er weiter, als wäre nichts gewesen.

»Diese Transporte gehen alle zum Flughafen. Mein Haus liegt auf dem Weg dorthin, und so kam es schon mal vor, dass einer der Sicherheitsbeifahrer – ich kenne beide schon lange – mir erlaubte mitzufahren. Ich hatte ein Jahr Führerscheinentzug, damit das auch gleich gesagt ist, liebe Zuschauer.«

»Wir können auch schneiden, wenn Sie wollen.«

Er ging nicht darauf ein. »Im Spätsommer gab es häufiger solche Transporte, und als ich einmal den Security-Mann fragte, ob er mich mitfahren lasse, sagte er: ›Gerne, aber wir fahren nicht zum Flughafen, wir fahren nach Nuppingen.‹« Er sah Jonas erwartungsvoll an, aber der reagierte nicht.

»Nuppingen! Bargeldlager GCBS! Mit achtzehn Paletten Banknoten! Wissen Sie, wie viel auf eine Palette passen? Achtundvierzig Kartons à zehntausend eingeschweißten Noten. Wenn es Hunderter sind, ist das eine Million pro Karton oder achtundvierzig Millionen pro Palette. Bei Tausendern reden wir von vierhundertachtzig Millionen. Pro Palette! Acht Komma sechsvier Milliarden in einem einzigen Lastwagen!«

»Und das Geld wurde direkt an die GCBS geliefert? Ist das ungewöhnlich?«

»Ungewöhnlich? Und wie! In meinen neunzehn Jahren

noch nie vorgekommen. Ich habe einen Freund aus der Produktion gefragt, seinen Namen sage ich nicht, was das für eine Lieferung sei. Und der hat gesagt, Doppelzifferungen. Die Nationalbank lasse in letzter Zeit Doppelzifferungen drucken. Für irgendwelche Tests. Ich habe ihm nicht gesagt, dass die Lieferung nach Nuppingen ging.« Wieder schloss Takacs die Augen, und wieder sah es aus, als lasse er eine Schmerzwelle vorbeiziehen.

Er öffnete sie wieder: »So, jetzt wissen Sie, wie es zu Ihren zwei Hundertern mit der Doppelzifferung kam.«

*

Die Wohnung von Max lag in der obersten Etage eines vierstöckigen schmutziggelben Hauses aus den sechziger Jahren. Am Fenster über der Eingangstür bewegte sich der Vorhang, als Jonas klingelte. Ein gemächlicher Lift für vier Personen brachte ihn hinauf.

Max hatte nach einigem Zögern seine Wohnung als Treffpunkt vorgeschlagen. »Aus du weißt schon was für Gründen.« Jonas hatte zwar keine Lust auf einen noch tieferen Einblick in das Privatleben von Max Gantmann, aber er hatte es eilig, diese Banknotensache hinter sich zu bringen, damit er sich wieder den wichtigen Dingen in seinem neuen Leben zuwenden konnte. *Montecristo* und Marina.

Verglichen mit seiner Wohnung war Max' Büro geradezu ordentlich. Die Wohnungstür ließ sich nur zu zwei Dritteln öffnen, weil das Chaos sich bis hinter die Tür vorgefressen hatte.

An den Wänden des Korridors standen Umzugskartons,

Stöße von Zeitungen, Archivschachteln, Müllsäcke, aus denen Frauenkleider quollen, und Bananenschachteln mit Hausrat, Damenschuhen und Kosmetikartikeln. Die Wohnung war überheizt und ungelüftet.

Max empfing ihn mit hochgekrempelten Ärmeln, über dem Hemd trug er seine Weste. Er deutete auf die Unordnung und sagte: »Bin dabei, Effies Sachen …«

Er führte ihn an einer Küche vorbei, in der sich Geschirr stapelte. Auf jeder Abstellfläche lagen leere Pizzaschachteln und Styroporpackungen von Hamburgern und anderem Junkfood.

Auch die Tür des Schlafzimmers ließ sich nicht schließen. Jonas sah ein ungemachtes Bett voller Wäsche- und Kleidungsstücke. Auf dem Boden standen Schachteln mit Textilien, und überall stapelten sich Bücher und Papier.

Sein Arbeitszimmer war früher vermutlich das Wohnzimmer gewesen. Jetzt waren die Sitzmöbel ähnlich wie bei Gabor Takacs zusammengerückt, weil sie zwar keinem Bett, dafür aber zwei Schreibtischen hatten Platz machen müssen. Auf jedem stand ein Computer, halbvergraben in Papieren, Zeitungen und Müll.

»Die Wohnung ist nicht so für Gäste gedacht«, erklärte Max, kippte die Ladung eines Stuhls von der Sitzfläche und zog ihn neben den Bürostuhl, auf dem er wohl gesessen hatte, als es klingelte.

Jonas setzte sich. Er war froh, dass Max ihm nichts anbot. Er übergab ihm die Speicherkarte mit dem Takacs-Interview. Max schob sie hinein und sah es sich wortlos an.

Als der Bildschirm schwarz wurde, pfiff Max tonlos an seiner Zigarette vorbei. »So, so. Die Coromag hat also für die

GCBS Doppelzifferungen gedruckt. Palettenweise! Und die Lieferung als Bestellung für Malaysia getarnt! Das stützt meine Theorie aufs Wunderbarste.«

Jonas fragte: »Welche Theorie?«

»Dass Contini und die Banknoten miteinander zu tun haben. Das Loch, das Continis Spekulationen in die Bilanz gerissen haben, war so existenzbedrohend, dass die GCBS einen Bankrun befürchten musste, falls die Sache ans Licht kam.«

»Was ist ein Bankrun?«

»Wenn die Kunden eine Bank, die in Schwierigkeiten geraten ist, stürmen, um ihr Geld abzuheben. Etwas altmodisch, aber es kommt immer noch vor. Die GCBS hätte nicht genug Cash, um das zu überleben.«

»Und dieses Bargeld kann sich eine Bank einfach drucken lassen?«

»Natürlich nicht. Das muss sie heimlich machen. Und dazu muss sie sehr, sehr gute Beziehungen haben zur Coromag, der einzigen Firma, die Schweizer Franken druckt.« Wieder pfiff Max an seiner Zigarette vorbei. »Kein Wunder, ist Dillier so nervös geworden, als er die beiden Noten sah.«

»Aber warum Doppelzifferungen? Weshalb dieses Risiko?«

Max wollte die Zigarette schwungvoll mit Mittel- und Zeigefinger aus dem Mund nehmen. Aber sie klebte an der Oberlippe fest, und er verbrannte sich die Finger an der Glut. Sie fiel auf den papierübersäten Boden, wo er sie fluchend austrat.

»Warum Doppelzifferungen, fragst du? Ganz einfach, weil es sicherer ist als Seriennummern, die nicht existieren.

Die würden bei einer Überprüfung von der Elektronik erkannt. Doppelzifferungen nicht. Und die Wahrscheinlichkeit, dass jemand zwei gleiche Seriennummern in die Hände bekommt und das auch noch merkt, ist gleich null. Du solltest Lotto spielen, Jonas.«

Max fuhr mit dem Mauspfeil auf »play« und spielte das Gespräch noch einmal ab. Bei »Im Spätsommer gab es häufiger solche Transporte« stoppte er und fragte: »Contini starb im September, nicht?«

»Am neunzehnten.«

Max drückte erneut auf »start«.

Die letzten paar Minuten des Videos waren die einzigen, in denen Max keine Zigarette brennen hatte. So gebannt verfolgte er das Interview.

Am Schluss sagte er: »Jonas, das ist Dynamit!«

*

Jonas hatte sich Lili Eck jünger vorgestellt. Jeff Rebstyn, sein Produzent, hatte in den höchsten Tönen von ihr geschwärmt, so dass er gar nicht auf die Idee gekommen war, nach ihrem Alter zu fragen.

Jetzt saß vor ihm eine Frau von bestimmt fünfzig Jahren, und ihre Haare hatten das leuchtende Rot, das entsteht, wenn man schlohweißes Haar rot färbt. Sie hatte unternehmungslustige schwarze Augen und war klein und drahtig. Ihr schwarzes, gutgeschnittenes Kostüm verlieh ihr etwas Damenhaftes. Vielleicht trug sie es nur für das Vorstellungsgespräch.

Ihre Filmographie war eindrücklich. Sie war seit bald

dreißig Jahren im Geschäft und kannte alles und jeden. Er hatte Rebstyn im Verdacht, dass er sie aus diesem Grund favorisierte. Wenn Jonas Produzent wäre, würde er einem Regisseur für seinen Erstling auch eine möglichst erfahrene Produktionsassistentin an die Seite stellen.

Lili hatte noch einen anderen Vorteil: Sie war bei einem Projekt engagiert, dessen Finanzierung soeben gescheitert war. Sie konnte sofort anfangen.

»›Sofort‹ heißt ›morgen‹?«, fragte Jonas.

»Heute«, erwiderte sie.

Jonas warf Jeff einen fragenden Blick zu. Als der nickte, gab er Lili die Hand. »Jonas. Willkommen. Such dir einen Schreibtisch aus, außer meinem sind noch alle frei.«

*

Schon bei der ersten Besprechung am gleichen Nachmittag bekam Jonas eine Ahnung davon, wie wertvoll Lili für ihn war. Sie gingen zusammen die Liste der Kandidaten für das Team durch. Bei jedem Namen wusste sie, ob und wo derjenige gerade beschäftigt war, und sie hatte auch eine dezidierte Meinung dazu, wer geeignet war, wer ins Team passte und wer mit wem nicht konnte.

»Darf ich?«, fragte sie, bevor sie den ersten Namen strich. Als Jonas nickte, fragte sie nicht mehr. Munter strich sie die Liste zusammen und fügte neue Namen hinzu.

Als sie Rebstyn das Resultat ihrer ersten Sitzung zeigten, runzelte er die Stirn. »Kaspar Eilmann ist gesetzt.«

Eilmann war der Produktionsleiter, den Rebstyn von Anfang an vorgesehen hatte. Lili hatte ihn mit ihrem roten Kugelschreiber schon beim ersten Durchgang kommentarlos gestrichen.

Jeff deutete auf die Stelle und sah sie vorwurfsvoll an.

»Eilmann und ich, das geht nicht. Dann muss ich passen.«

»Wer geht denn mit Lili Eck?«, fragte Rebstyn spöttisch.

Ohne nachzudenken antwortete Lili: »Der Beste. Andy Fastner.«

Rebstyn war überrascht. »Ist der frei?«

Sie nickte. »Wird frei. In einem Monat oder so. Bis dahin können wir alles so weit vorbereiten, dass Andy voll loslegen kann.«

»Aber er ist teuer.«

»Das Geld, das er mehr kostet, spart er zweimal ein.«

Der Produzent tat, als überlege er. Dann nickte er. »Sprich mit ihm.«

»Schon passiert.«

*

Lilis größtes Verdienst aber war es, Tom Wipf zu gewinnen, Tommy, wie ihn alle nannten. Nirgends auf der Kandidatenliste der Regieassistenten war sein Name zu finden gewesen. Nicht, weil er keiner war – in der Branche war er sogar ein klingender –, sondern weil er seit Jahren in Kalifornien arbeitete und nicht für Schweizer Produktionen in Frage kam.

Aber Lili verfügte über Insiderinformationen: Seine Freundin, eine Schweizer Schauspielerin, die in Hollywood ihr Glück versucht hatte, war überraschend für eine Fernsehserie in der Schweiz besetzt worden, und Tommy wollte sie nicht alleine gehen lassen. Sie war fast fünfzehn Jahre jünger und Tommy ein eifersüchtiger Mann.

Er sagte sofort zu und brachte zur ersten Begegnung mit Jonas bereits den Entwurf eines Drehplans mit, den er im Flugzeug nach Zürich gemacht hatte.

Jonas verstand sich auf Anhieb mit ihm. Sie waren etwa gleich alt, lachten über dieselben Dinge, fanden dieselben Filme gut und dieselben Stars. Und sie hatten dieselben Vorstellungen von *Montecristo*.

*

Nun war Dillier wirklich nervös. Jonas Brand hatte ihn zwar auch aus dem Konzept gebracht, als er plötzlich mit den Doppelzifferungen rausrückte, aber Just hatte die Sache rasch im Griff gehabt.

Diesmal war es ernster. Vor allem der Mann, der hinter der Sache stand, machte ihm Sorgen. Ein großer Name im Wirtschaftsjournalismus: Max Gantmann. Bis vor einigen Jahren ein vertrautes Gesicht in allen Wohnzimmern.

Er hatte gleich nach dessen Anruf Just angerufen und auf ein baldiges Treffen gedrängt. Am Telefon wollte er nichts sagen. Just hatte gezögert, bis Dillier das internationale Notsignal bemühte: *Mayday, Mayday, Mayday*.

Sie hatten sich wieder im Drachenhaus verabredet, dem diskretesten Treffpunkt in solchen Situationen. Dillier drückte auf die unbeschriftete oberste Klingel beim Seiteneingang und wurde sofort eingelassen. »Vierte Etage«, sagte die Stimme von Herrn Schwarz. Wo die Kamera versteckt war, mit der er ihn identifizierte, hatte Dillier noch nicht herausgefunden.

Just erwartete ihn nicht wie sonst im Herrenzimmer. Der Raum, in den Herr Schwarz ihn führte, war ein minimalistisch mit Designermöbeln eingerichteter Büroraum. Über einen Flachbildschirm liefen Börsenkurse, auf einem runden Besprechungstisch standen je zwei Mineralwasser, mit und ohne, zwei Kapselöffner, zwei Wassergläser aus Kristall und zwei Schreibunterlagen mit Papier und Kugelschreiber.

Herr Schwarz bot ihm den Platz mit Blick zum Fenster an. Dillier war klar, dass er dies auf Anweisung von Just tat, der das Licht im Rücken haben wollte.

Er ließ ihn zehn Minuten warten, dann betrat Just den Raum, schwungvoll, als befinde er sich zwischen zwei wichtigen Sitzungen. Er kam mit ausgestreckter Hand auf ihn zu und erreichte Dillier, noch ehe er sich ganz vom Stuhl erhoben hatte. »Verzeihen Sie, sechzehn Uhr, da fangen die drüben an zu arbeiten.« Mit »drüben« meinte er New York.

Sie setzten sich, Just öffnete ein Mineralwasser und schenkte sich ein. »Wo brennt's?«

»Sagt Ihnen der Name Max Gantmann etwas?«

»Der ehemalige Wirtschaftsexperte des Staatsfernsehens? Gibt's den noch?«

»Und ob. Der hat mich heute angerufen.« Dillier wartete, bis Just fragte, weshalb. Als die Frage ausblieb, fuhr er fort: »Wegen der Doppelzifferungen.«

»Ach, ich dachte, die Sache sei erledigt. Hat sich nicht eine der Noten als Fälschung erwiesen?«

»Es ging ihm nicht um diesen Geldschein.« Wieder wartete Dillier darauf, dass Just nachhakte.

Und diesmal tat er es: »Worum denn?«

Nach einer Kunstpause sagte Dillier feierlich: »Gantmann

wollte wissen, ob es wahr sei, dass wir im Spätsommer letzten Jahres größere Mengen Doppelzifferungen gedruckt hätten.« Pause. »Und an die GCBS geliefert.«

Was Dillier wie eine kleine Ewigkeit des Schweigens vorkam, waren wohl nicht mehr als ein paar Sekunden.

Endlich sagte Just: »Woher hat er das?«

*

Frau Gabler ging nicht mehr viel aus dem Haus. Sie war vierundachtzig und schlecht zu Fuß. Sie hatte sich vor Jahren einer Hüftoperation unterziehen müssen, und seither war alles schlimmer geworden. Zuerst wollte die Wunde nicht verheilen. Der Arzt sagte, das habe mit ihrer Diabetes zu tun und damit, dass sie rauche. Dabei war er über beides genau informiert gewesen. Man musste ein zweites und drittes Mal operieren, sechs Wochen lag sie im Spital.

Danach kamen die weiteren Komplikationen. Bei den Muskeln in der Nähe der Hüfte entstanden Verknöcherungen, und niemand wusste, warum. Sie konnte sich noch schlechter bewegen als vorher und nicht mehr ohne Schmerzmittel leben.

Daher verbrachte sie die meiste Zeit vor dem Fernseher oder am Fenster. Im Sommer am offenen, im Winter am geschlossenen. Viel gab es zwar nicht zu sehen, aber die Straße war trotzdem abwechslungsreicher als das Tagesfernsehen. Sie wusste bald Bescheid über das Kommen und Gehen ihrer Nachbarschaft, wusste, wer die Nacht zum Tag machte, welche Paare Streit hatten und welche Schlüsselkinder die Schule schwänzten. Sie wohnte in der ersten Etage, und im

Sommer konnte sie sich mit den Nachbarn vom Fenster aus unterhalten. Nicht mit allen, nur mit denen, die sie grüßten.

Max Gantmann hatte zu denen gehört, mit denen sie ein paar Worte wechselte. Obwohl er eine Berühmtheit war, die fast jeden zweiten Tag im Fernsehen kam, war er sich nicht zu fein gewesen, mit einer alten gehbehinderten Frau einen kleinen Schwatz zu halten. Bis seine Frau starb. Seitdem konnte sie froh sein, wenn er auch nur ihren Gruß erwiderte. Sie konnte zuschauen, wie er auseinanderging. Wenn er so weitermachte, würde er bald schlechter zu Fuß sein als sie. Wenn der Lift außer Betrieb war, was öfter vorkam, hörte sie ihn die Treppe hinaufkeuchen wie eine Dampflok. Wenn sie danach die Wohnungstür öffnete, roch es im Treppenhaus wie in einer Kneipe.

An diesem kalten Tag im Februar stand sie mit ihrem Rollator am geschlossenen Fenster hinter der Gardine und blickte auf die trostlose Straße hinunter, als Gantmann angewatschelt kam. Er trug wie immer einen schwarzen Dreiteiler unter seinem Mantel, den er längst nicht mehr zuknöpfen konnte. Und wie immer steckte eine Zigarette in seinem Mund. Schon weit vor der Haustür begann er, in seiner Hosentasche nach dem Schlüsselbund zu graben, schaffte es aber nicht in der Zeit, die ihm blieb. Er musste vor der geschlossenen Tür stehen bleiben und sich weiter verrenken, bis er ihn fand. Herr Gantmann blickte kurz zu ihr herauf und nickte, obwohl sie wusste, dass er sie nicht sehen konnte, nur vermuten.

Kurz nachdem der Liftmotor verstummt war, sah sie einen Mann auf die Haustür zukommen. Er studierte die Klingeln und drückte. Es klingelte bei ihr.

Frau Gabler schob sich mit dem Rollator zum Türöffner, drückte und öffnete die Wohnungstür. Sie hörte die Haustür zuschlagen und dann nichts mehr.

»Hallo?«, rief sie.

Keine Antwort.

»Ist da jemand?«

Jetzt rief eine Stimme: »*Sorry, wrong house!*«

Sie ging zum Treppengeländer und sah unten gerade noch einen Mann verschwinden. Kurz drauf hörte sie wieder die Haustür.

Sie ging, so schnell sie konnte, zum Fenster, aber von dem Mann war nichts zu sehen.

Kurz darauf hörte sie wieder den Liftmotor.

Als sie viele aufregende Stunden später einem Brandspezialisten der Kantonspolizei davon erzählte, konnte sie den Mann nicht einmal beschreiben. Außer, dass er rote Haare hatte.

*

Das Produktionsbüro von *Montecristo* hatte sich in einen Bienenstock verwandelt. Lili, Tommy und Jonas arbeiteten zehn, manchmal zwölf Stunden, nur unterbrochen von Sandwich- und Pizza-Pausen.

Kamera- und Beleuchtungsteams, Ausstatter und Requisiteure stellten sich vor, die Wände waren tapeziert mit Fotos von Schauspielern und Drehorten.

Zusätzliche Tische waren aufgestellt worden für die Modelle der Studiokulissen, zum Beispiel für die Gefängniszelle und den Besucherraum von Bang Kwang.

Die Nervosität der ersten Tage war verschwunden, Lili und Tommy gaben Jonas die Sicherheit, die er brauchte, um die Autorität auszustrahlen, die für einen Regisseur erforderlich war.

Er war glücklich und ausgefüllt wie noch nie. Einziger Wermutstropfen: Er sah Marina zu selten. Entweder zusammen mit seinem Team oder nachts.

Aber es waren wundervolle Nächte. Marina sagte: »Die besten Liebhaber sind glückliche Männer.«

Nur ein einziges Mal hatte er in dieser Zeit kurz mit den Recherchen von Max zu tun. Barbara Contini, die Witwe des Traders, rief ihn an und sagte, dass sie jetzt bereit sei, über die neuen Erkenntnisse zum Tod ihres Mannes zu sprechen. Er erklärte ihr, dass er nichts mehr mit dem Thema zu tun habe, und gab ihr Max' Nummer.

Dann rückten Max, Contini und die doppelten Banknoten wieder in weite Ferne.

Bis sie mit einem Schlag wieder in sein Bewusstsein traten.

*

Wie heutzutage das meiste erfuhr Jonas auch dies aus dem Internet. Er saß im Produktionsbüro vor dem Bildschirm und ließ sich durch seine Online-Zeitung von der Arbeit ablenken. Ganz zuoberst, noch vor den Internationalen Meldungen, stand die Schlagzeile »Brand im Kreis 4«. Die Meldung lautete: »Im Kreis 4 steht ein Wohnhaus in Flammen. Zwei Löschzüge im Einsatz. Update folgt.« Das Bild zeigte eine Rauchwolke über den Dächern.

Er wurde von Jeff Rebstyns Assistentin zu einer Ausstattungssitzung gerufen und kam erst nach einer Stunde an seinen Platz zurück. Die Meldung war jetzt ausführlicher. Der Brand sei unter Kontrolle. Die Bewohner hätten evakuiert werden können. Ein Bewohner werde noch vermisst. Eine Bildstrecke war jetzt angehängt. Bewohner mit Wolldecken über den Schultern, Feuerwehrleitern vor dem brennenden Gebäude.

Jonas erkannte es. Es war das Haus, in dem Max Gantmann wohnte. Eine Person wurde noch vermisst.

Es dauerte fast eine halbe Stunde, bis er die Brandstelle endlich erreichte. Er hatte ein Taxi genommen, das nach kurzer Zeit im Feierabendverkehr steckengeblieben war. Nach zu langem Zögern hatte er bezahlt und war zu Fuß weitergegangen.

Max' Straße war abgesperrt. Dem Beamten, der ihn aufhielt, zeigte er seinen Presseausweis und wurde durchgelassen. Von dem Haus stieg immer noch Rauch auf, aber einer der Löschzüge war bereits losgefahren.

Zwei Streifenwagen der Polizei standen davor, sowie ein Einsatzwagen der Feuerwehr und ein schwarzer Kastenwagen. Ein Krankenwagen fuhr gerade weg.

Jonas blickte zur vierten Etage hinauf. Die Fenster von Max' Wohnung waren schwarze Löcher, die Fassade darüber bis zum Flachdach rußgeschwärzt.

In der Gruppe von Reportern und Schaulustigen entstand Unruhe. Aus dem Eingang kamen Feuerwehrmänner mit einer Rollbahre, auf der ein schwarzer Leichensack lag. Zwei Männer in dunklen Overalls fuhren einen Sarg herbei und betteten den Körper um. Sie benötigten die Hilfe der beiden Feuerwehrleute, so schwer war er.

Er rief Marina noch von der Brandstelle aus an. Sie sagte: »Nimm ein Taxi zu dir, ich komme.«

Eine halbe Stunde später war sie in seiner Wohnung und schloss ihn in ihre Arme wie ein Kind, das Trost brauchte.

Sie führte ihn ins Wohnzimmer, brachte ihm ein Bier und fragte: »Willst du darüber reden?«

Er schüttelte den Kopf.

»Willst du allein sein?«

»Vielleicht ein bisschen.«

Sie küsste ihn auf die Wange. »In zehn Minuten schau ich wieder rein. Wenn du mich früher brauchst, ruf einfach.«

Er hörte sie in der Küche hantieren und dachte, wie einsam Max doch gewesen sein musste in dieser vermüllten Wohnung, in der die einzigen Geräusche die waren, die er selbst erzeugte.

Vielleicht hätte er sich mehr um ihn kümmern sollen. Er wusste ja, dass dessen barsche Art den Leuten nur einen Vorwand geben wollte, sich von ihm zurückzuziehen, weil er – da war sich Jonas fast sicher – sich selbst für eine Zumutung hielt. Und er, Jonas, hatte viel zu oft von diesem Angebot Gebrauch gemacht.

Marina brachte ihm ein frisches Bier und blieb unschlüssig stehen.

Er nahm ihre Hand und zog sie zu sich heran. »Bleib, bitte.«

Sie holte sich auch ein Bier und setzte sich zu ihm. »Wie ist das wohl passiert?«

»Wenn du seine Wohnung gesehen hättest, würdest du dich nicht wundern. Max war ein Messie. Er konnte nichts wegwerfen. Kein Buch, keine Zeitung, keinen Fetzen Papier, keine kaputte Socke, nichts. Dazu kam alles, was seiner Frau gehört hatte. Keine Pille, keine Salbe, keine Frauenzeitschrift. Und er war die halbe Zeit angetrunken und rauchte ununterbrochen. Max Gantmanns Wohnung wäre das ideale Beispiel für eine Brandverhütungskampagne gewesen.«

*

Jonas hatte eine schlechte Nacht hinter sich. Immer wieder schreckten ihn die Bilder auf: Max' vermüllte Wohnung. Die Fenster, die wie schwarze Löcher in der Fassade klafften. Die weit sichtbare Rauchwolke. Max, wie er die Glut zertrat, an der er sich die Finger verbrannt hatte. Der unförmige Leichensack, den nur vier Männer heben konnten.

Marina lag ruhig neben ihm und schien immer schon wach gewesen zu sein, wenn er erwachte. Sie hielt seine Hand und streichelte seinen Kopf, bis er wieder in einen oberflächlichen Schlaf fiel.

Am nächsten Tag fanden sich in den Medien ein paar Meldungen zum Wohnungsbrand. Die meisten bestanden fast wörtlich aus der amtlichen Pressemitteilung: Ein Opfer zu beklagen. Übrige Bewohner evakuiert. Sachschaden mehrere hunderttausend Franken. Ab neunzehn Uhr Straße wieder normal befahrbar. Brandherd in der Wohnung des Opfers. Brandursache in Abklärung.

Am Tag darauf erschien in der größten Tageszeitung ein kurzer Nachruf. Es zeigte ein Bild von dem noch schlanken Max Gantmann und bestand aus einem kurzen Lebenslauf und einer nach Jonas' Meinung viel zu knappen Würdigung seiner Verdienste als Wirtschaftsanalytiker des Fernsehens. »Hatte sich einen gewissen Namen als TV-Wirtschaftsexperte gemacht.« Der Text endete mit dem Satz: »Vorgestern ist Max Gantmann beim Brand seiner Wohnung umgekommen.«

»Arschlöcher«, zischte Jonas und warf die Zeitung in den Papierkorb.

In der Hauptausgabe der *Tagesschau* kam unter der Rubrik »Weitere Meldungen« ein kurzer Hinweis mit einem Standbild aus dem früheren *Tagesschau*-Studio.

»Die tun so, als ob er seit Jahren nicht mehr dabei gewesen wäre, dabei saß er jeden Tag ein paar Stockwerke höher und machte die Recherchen und Analysen, für die sie selbst zu blöd waren«, schimpfte er.

Marina sagte nichts.

Einen Tag später nahm sich das Boulevardblatt der Sache an.

»Fernsehstar verbrennt als Messie!« lautete die Schlagzeile. Eingeklinkt in das Foto von Max Gantmanns chaotischem Büro mit der Legende: »Wie wohnt einer, dessen Büro so aussieht?« waren zwei Porträts von Max. Eines davor, als Fernsehexperte, wie ihn die Zuschauer kannten. Und eines danach, verfettet und verwahrlost, wie er es am Schluss gewesen war. Das Foto sah aus wie ein Ausweisbild. Jonas fragte sich, wie es in die Hände der Reporter geraten war.

Der kurze Text erinnerte an Gantmanns Allgegenwart auf dem Bildschirm während seiner besten Zeiten, erwähnte den Tod seiner Frau und die anschließende Verwahrlosung, die dazu geführt habe, dass der Exstar Bildschirmverbot erhielt.

In einem Textkästchen mit dem Porträt einer alten Frau stand fett: »Seine Wohnung sah aus wie eine Müllhalde. Man brachte die Tür kaum auf.« Darunter war zu lesen, dass die Nachbarin, Frau G., einmal ein Paket, das bei ihr abgegeben worden war, zu Gantmann hinaufbrachte und dabei einen Blick in die Wohnung werfen konnte.

Armer Max. Ausgerechnet er, der Boulevard-Hasser, bekommt seinen größten Nachruf vom Boulevard.

*

Die Trauerfeier fand in einer kleinen Friedhofskapelle statt. Jonas sah ein paar Gesichter, die er vom Bildschirm kannte, ein paar, mit denen er in den Fernsehredaktionen zu tun hatte und ein paar Kantinenbekanntschaften.

Ein Pfarrer hielt die Abdankung, eine schlanke Ausgabe von Max, die sich als sein Bruder herausstellte, sprach ein paar unbeholfene Worte, und ein Jazzgitarrist spielte etwas sehr Freies. Es war die traurigste Trauerfeier, die Jonas je erlebt hatte. Er war froh, dass Marina ihn begleitete und während der Feier seine Hand hielt.

Vor der Kapelle wartete eine Videojournalistin, die er kannte. Sie stellte sich ihm in den Weg und reichte ihm die Hand.

»Ich weiß, das ist ziemlich schräg, aber würdest du ein kurzes Statement machen für … dreimal darfst du raten?«

Jonas zögerte. Zwar wusste er, was Max von *Highlife* gehalten hatte. Andererseits bot sich ihm hier die vielleicht letzte Gelegenheit, seinem Freund wenigstens ein bisschen Ehre zu erweisen.

Jonas nickte also, Marina ging aus dem Bild, die VJ sagte: »Läuft«, und stellte ihre Frage: »Herr Brand, Sie waren einer der letzten Freunde von Max Gantmann. Können Sie uns etwas über sein Problem sagen?«

»Welches Problem?«

»Max Gantmann war ein Messie.«

»Und du bist eine dumme Kuh!« Jonas hatte es so laut geschrien, dass sich ein paar der Trauergäste umwandten.

Er nahm Marinas Hand und zog sie davon.

Auf dem schmalen Weg zum Friedhofsausgang wurden sie von einer Frau in mittleren Jahren aufgehalten, die den Rollstuhl einer alten Frau schob. Jonas war sie schon in der Kapelle aufgefallen. Sie kam ihm bekannt vor.

An einer Wegkreuzung fuhr die Jüngere den Rollstuhl zur Seite, Jonas und Marina bedankten sich und gingen vorbei.

»Herr Brand!«, rief da die Frau im Rollstuhl.

Jonas wandte sich um.

»Ich kenne Sie.«

Jonas nickte. »Ich war früher manchmal im Fernsehen.«

»Aber Sie haben auch Herrn Gantmann besucht. Ich habe Sie gesehen. Ich bin seine Nachbarin. Gabler.«

Jetzt erinnerte sich Jonas. Das war die Alte, die dem Boulevardblatt von Max' Unordnung erzählt hatte. Er ging näher und fuhr sie, immer noch wütend vom Eklat mit *Highlife*, an: »Das war sehr indiskret, dass Sie diesem Blatt von Max' Unordnung erzählt haben. Er war ein einsamer Witwer, dem der Haushalt über den Kopf gewachsen ist. Jetzt bleibt er den Leuten als Messie in Erinnerung. Anstatt als der große Wirtschaftsjournalist, der er war.«

Die Frau, die den Rollstuhl schob, fuhr ihn an: »Was fällt Ihnen ein, so mit meiner Mutter zu reden. Sie ist den Umgang mit Journalisten nicht gewohnt. Die haben sie reingelegt.«

Frau Gabler nickte. »Die haben mir nicht gesagt, dass sie von der Zeitung sind. Ich dachte, die seien von der Polizei. Ich wollte ihnen sagen, dass ich glaube, dass kurz vor dem Brand ein Mann zu ihm ging. Aber das hat sie nicht interessiert.«

»Was für ein Mann?«

»Er hat bei mir geklingelt, und als ich ihm aufdrückte, hat er so getan, als hätte er sich im Haus geirrt und würde wieder gehen. Aber dann habe ich gehört, wie der Lift in den Vierten fuhr.«

»Konnten Sie ihn der Polizei beschreiben?«

»Nur, dass er Englisch sprach und so eine moderne Frisur hatte. Aber das hat sie nicht interessiert.«

*

Schon als er die Polizeiwache betrat, wusste er, dass er nur seine Zeit verschwendete. Ein paar Leute warteten im Korridor, und hinter dem Empfangsschalter unterhielten sich drei Uniformierte im witzelnden Jargon langjähriger Arbeitskollegen, ohne sich um Jonas zu kümmern. Er wartete und versuchte, nicht daran zu denken, was im Produktionsbüro alles liegenblieb.

Endlich bequemte sich einer der Beamten, kontrollierte seinen Ausweis, nahm seine Personalien auf und notierte sich sein Anliegen.

Dann ließ er ihn über eine halbe Stunde warten, nur um

ihm mitzuteilen, dass die Untersuchung von Brandfällen in die Kompetenz der Kantonspolizei falle.

Jonas konnte sich nicht zurückhalten und fragte: »Und das haben Sie erst jetzt herausgefunden?«

Bei der Kantonspolizei hatte man ihn offenbar bereits angekündigt. Man ließ ihn noch länger warten und führte ihn schließlich in einen Raum, der aussah wie ein Verhörzimmer in einem Fernsehkrimi.

Nach einer weiteren halben Stunde betrat ein Beamter das Zimmer, begrüßte ihn mit Handschlag und setzte sich ihm gegenüber. Er hatte ein dünnes blaues Dossier mitgebracht, das er jetzt exakt an der Tischkante ausrichtete.

Jonas erzählte ihm von dem Mann, der Englisch sprach und sich kurz vor dem Brand Zugang zu dem Haus verschafft hatte. »Frau Gabler, die Nachbarin in der ersten Etage, hat es Ihrem Kollegen erzählt. Aber er habe sich nicht dafür interessiert, sagt sie.«

Der Beamte sah ihm in die Augen, als wollte er Jonas' Gewissen prüfen. Er war ein stiernackiger, kurzgeschorener blonder Mann um die vierzig und roch nach kaltem Rauch und altem Frittieröl. Jonas hielt dem Blick stand.

»Und jetzt sind Sie gekommen, Herr Brand, um uns zu erklären, wie wir unsere Arbeit zu tun haben?« Er nahm das blaue Mäppchen vom Tisch und schlug es auf. Jonas konnte jetzt auf dem Umschlag eine Aktennummer sehen.

»Nein, ich will Ihnen nicht sagen, wie Sie Ihre Arbeit zu tun haben, ich habe volles Vertrauen in unsere Polizei. Ich wollte nur sagen: Es ist nicht ganz ausgeschlossen, dass es sich um Brandstiftung handelt. Max Gantmann war an einer sehr brisanten Sache dran.«

»Nämlich?«

»Es handelt sich um einen Bankenskandal.«

»Ja? Weiter.« Der Beamte starrte ihm wieder prüfend in die Augen. Er hatte kurze blonde Wimpern, wie kleine gelbe Bürsten.

»Ich befürchte, die Beweise sind dem Feuer zum Opfer gefallen. Er hatte sie in seiner Wohnung. Aus Sicherheitsgründen.«

Der Beamte blätterte in dem dünnen Mäppchen. Er seufzte. »Herr Brand. Am dritten Dezember melden Sie unseren Kollegen von der Stadt einen Einbruch ohne Einbruchsspuren. Am nächsten Tag einen Überfall ohne Zeugen und Personenbeschreibung. Am neunzehnten Dezember wollen Sie unseren Kollegen in Basel-Land weismachen, ein eindeutiger Selbstmord sei ein Mord gewesen. Und heute kommen Sie zu uns und erklären uns, der Wohnungsbrand eines kettenrauchenden Messies sei in Wahrheit ein Mord mit Brandstiftung gewesen.«

»Aber das hängt alles miteinander zusammen«, protestierte Jonas.

»Ja, ja, Herr Brand, alles hängt miteinander zusammen. Alles eine einzige riesige Verschwörung.« Der Beamte sprach mit ihm wie ein Psychiatriepfleger mit einem Patienten. »Wenn Sie wollen, nehme ich jetzt ein Protokoll auf, und Sie können auch gerne eine Anzeige gegen Unbekannt erstatten.«

Er hielt das blaue Mäppchen mit zwei Fingern in die Höhe. »Wenn ich allerdings Sie wäre, hätte ich nicht gerne ein solches Mäppchen bei der Polizei. Und ich hätte es auch nicht gerne, wenn es immer dicker würde. Wissen Sie, was sonst passiert? Wenn Sie einmal etwas Richtiges haben, einen Notfall, und Sie brauchen uns? Dann nimmt man Sie nicht mehr ernst. Okay?«

Er starrte Jonas wieder tief in die Augen.

»Also, Herr Brand: Wollen wir jetzt ein Protokoll aufnehmen oder lieber nicht?«

*

Sie stand vor dem Ganzkörperspiegel im Schlafzimmer, vor dem sie kürzlich zusammen mit Jonas in einer ganz anderen Situation gestanden hatte, und prüfte ihr Profil. Sie drehte sich ein bisschen nach links und nach rechts, stellte sich frontal davor und beugte sich ein wenig vor.

Nein. Der Ausschnitt könnte missverstanden werden.

Sie zog das Kleid wieder aus und legte es aufs Bett zu den anderen abgelehnten: einem Hosenanzug – zu business –, einem Kostüm – zu damenhaft –, einem Cocktailkleid – zu festlich.

Das kleine Schwarze war die nächste Option. Sie tauschte den Push-up für das dekolletierte Kleid gegen einen normalen BH, zog es vorsichtig über die Frisur und machte ihre Verrenkungen für den Rückenreißverschluss.

Es sah gut aus. Schwarzer Chiffon, runder Ausschnitt, Saum knapp über den Knien. Dazu die Perlenkette, die sie von ihrer Mutter zur Matura geschenkt bekommen hatte.

In der kleinen Flasche Champagner im Kühlschrank war noch etwas drin. Sie kühlte damit den Rest im Glas, nahm es mit ins Bad und widmete sich dem Make-up.

Es brauchte nicht viel. Einen Hauch Fond de Teint an den

Stellen, die zum Glänzen neigten, einen winzigen Lidstrich und ein bisschen Wimperntusche. Die Lippen würde sie nachziehen, wenn sie das Glas leer hatte und der Fahrer klingelte.

Sie tupfte etwas Chanel N° 19 hinter die Ohren und auf die Handgelenke, weil es so gut zum kleinen Schwarzen passte, und war bereit.

War sie nervös? Nein. Etwas gespannt vielleicht. Aber nervös?

Als es klingelte, zuckte sie doch zusammen und kippte ihr Glas so heftig, dass ihr ein wenig Champagner am Mundwinkel vorbeilief. Sie tupfte ihn mit einem Kleenex ab und sagte in die Gegensprechanlage: »Bin gleich so weit.« Sie ging zurück ins Bad, zog sich die Lippen nach und holte ihren Mantel an der Garderobe. Marina legte ihn über den Arm mit der Handtasche, warf einen letzten Blick in den Spiegel, schloss die Wohnung ab und drückte auf den Liftknopf.

Der schwarze Audi stand mit blinkenden Warnlichtern halb auf dem Trottoir. Ein Mann im dunklen Anzug hielt ihr die Tür zum Fond auf. Sie stieg ein und genoss den Duft nach neu, der sie sofort umgab.

Kaum waren sie ein paar hundert Meter gefahren, klingelte ihr Handy. Sie nahm es aus der Tasche. »Jonas« stand auf dem erleuchteten Display. Sie drückte auf »ablehnen«, stellte das Handy auf Flugmodus und schob es zurück in die Handtasche.

Keine zehn Minuten später fuhr der Fahrer wieder mit zwei Rädern auf ein Trottoir und schaltete die Warnblinklichter ein. Er öffnete die Tür, brachte Marina zum Hauseingang und drückte auf die unbeschriftete oberste Klingel beim Seiteneingang. »Ja?«, sagte die Stimme von Herrn Schwarz.

»Lilien«, antwortete Marina.

Der Türöffner surrte.

*

Es war weit nach Mitternacht, aber im Produktionsbüro an der Blauwiesenstraße 122 brannte noch Licht. Marina hatte sich abgemeldet, sie war mit den Vorbereitungen für irgendeinen Event in Bern beschäftigt, er hatte vergessen, für was für einen. Sie würde dort übernachten, und sie würden sich erst am nächsten Abend wiedersehen.

Jonas konnte es nur recht sein. Der Drehplan machte ihm Sorgen. Er sprengte das Budget, und wenn sie ihn anpassen wollten, mussten sie über das Drehbuch gehen. Drehorte ändern, Szenen zusammenziehen oder sogar streichen.

Es war eine Arbeit, an der man dranbleiben musste und für die er die Hilfe von Tommy brauchte. Der war an diesem Abend verfügbar, denn seine Freundin hatte einen Nachtdreh.

Sie waren beide in der Stimmung, in die man gerät, wenn man ein gewisses Stadium der Müdigkeit überschritten hat und alles leicht und logisch erscheint. Das zurechtgetrimmte Buch erschien ihnen kompakter und stringenter. Sie fragten sich, warum sie nicht schon früher zum Rotstift gegriffen hatten, und freuten sich auf die Gesichter von Jeff und Lili am nächsten Tag.

Zur Feier dieses Durchbruchs gingen sie nicht direkt nach Hause, sondern noch auf einen Absacker ins Cesare, das in Gehdistanz zur Nembus lag.

Es war nicht mehr viel los dort, die langsamen Lokalschlussstücke liefen, und man sah dem Personal an, dass es auf die neuen Gäste lieber verzichtet hätte.

Sie setzten sich in die ruhigste Ecke, und Jonas fand, dass der Moment gekommen sei, Tommy von Bangkok zu erzählen.

»Willst du hören, weshalb ich fast ausgestiegen wäre, bevor es richtig losging?«

Tommy wollte.

»Und wenn du recht gehabt hättest«, fragte er, als Jonas geendet hatte, »wärst du dann wirklich ausgestiegen?«

»Selbstverständlich.«

»Die Bank hätte das Geld behalten dürfen, und du hättest deinen Film nicht machen können. Und alle zukünftigen wohl auch nicht.«

Jonas nickte bewegt. Ja, ja, so hoch war der Preis für das Gewissen.

»Ich weiß nicht«, sagte Tommy, »wenn ich eine solche Chance bekäme, wäre es mir scheißegal, weshalb. Aber vielleicht lebe ich schon zu lange in Kalifornien.«

»Und ich vielleicht zu lange in der Schweiz.«

*

In einer eigenartigen Mischung aus Euphorie und Nachdenklichkeit schlenderte Jonas durch das nächtliche Quartier nach Hause. Die Wohnhäuser säumten dunkel die Straße, nur hie und da sah man einen Spalt Licht zwischen den Vorhängen oder das bläuliche Flackern eines Fernsehers an einer Zimmerdecke.

Am Straßenrand waren noch Überreste von schmutzigem

Schnee und Split zu sehen, und in den Vorgärten lagen Schnee-flecken wie kleine Kontinente.

Es fiel ihm ein, dass er den ganzen Abend, seit sie seinen Anruf abgelehnt hatte, nicht an Marina gedacht hatte. Er nahm sein Handy. Auf dem Display stand: »ich stelle jetzt auf schlafmodus. gute nacht. xxx m.« Die Meldung trug das gestrige Datum und als Zeit 23:12. Jetzt war es fast zwei Uhr früh.

Frau Knezevic hatte das Schulheft wieder einmal unüber-sehbar auf die Espressomaschine gelegt. Jonas sah nach, wie viel er im Rückstand war und legte die Differenz plus etwas Haushaltsgeld zwischen die Seiten. Die Abrechnung hakte er gegen seine Gewohnheit einfach ab, ohne nachzurechnen.

Noch immer spürte er die Beklemmung, die ihn seit dem Einbruch befiel, wenn er alleine in seiner Wohnung war. Jo-nas machte Licht im Schlafzimmer, ging ins Bad und drückte etwas Zahnpasta aus der Tube auf die Zahnbürste. Doch er legte sie auf den Rand des Waschbeckens. Er war zu unruhig, um schlafen zu gehen.

Er machte Licht im Studio und schaltete den Computer ein.

Seit Jonas seinen Arbeitsplatz bei Nembus hatte, wickelte er seinen Mailverkehr auch über deren Server ab. Hier in sei-nem Studio erhielt er nur die Post von denen, die noch seine private Adresse benutzten.

Er hatte ein paar neue Nachrichten. Bei einer lief es ihm kalt den Rücken hinunter. Sie kam von Dropbox und lautete:

Hallo Jonas, Max Gantmann hat dich mit der folgenden Nachricht zum freigegebenen Dropbox-Ordner »DYNA-MIT« eingeladen:

»Lieber Jonas, lade das sofort auf eine externe Hard-disk herunter, mach dir zwei Kopien, und bewahre sie an zwei verschiedenen sicheren Orten auf. Nicht in deinem Bankschließfach! Max«

Darunter ein Link mit dem Namen: Schau dir »DYNAMIT« an. Jonas spürte, wie sein Herz bis zum Hals klopfte. Er holte sich ein Bier aus dem Kühlschrank, setzte sich vor den Bildschirm, trank einen Schluck, klickte den Link an und gab seine Zugangsdaten ein.

Ein Ordner namens DYNAMIT erschien. Er öffnete ihn. Es befanden sich eine Reihe kleiner Word-Dokumente darin und ein großes Video. Dieses öffnete Jonas als Erstes.

Der Bildschirm füllte sich mit einem Brustbild von Max Gantmann, das wohl von der Kamera seines Monitors auf-genommen war. Er saß an seinem überladenen Schreibtisch vor seiner überquellenden Bücherwand. Das Licht stammte offenbar von seiner Schreibtischlampe, die er auf sich gerich-tet hatte, und warf harte Schlagschatten.

Er hatte eine frisch angezündete Zigarette im Mundwinkel und trug seine Lesebrille tief auf der Nase.

»Jonas«, begann er, »vielleicht hast du recht, und ich leide unter Verfolgungswahn und bin ein Verschwörungstheore-tiker. In dem Fall kannst du das alles löschen, und wir treffen uns im Schönacker zu ein paar Bierchen.« Er machte eine Pause, um an seiner Zigarette ziehen zu können.

»Aber vielleicht habe *ich* recht. Und für den Fall, dass das zutrifft, muss ich dich leider involvieren. Du bist der Ein-zige, dem ich in dieser Sache trauen kann.« Er nahm die Zigarette aus dem Mund und schnippte die Asche ab. Dann steckte er sie wieder zwischen die Lippen.

»Und da wären wir bereits beim ersten Problem: *Vertrauen*. Traue niemandem. Die Sache ist so groß, dass sie nur bei dir selbst sicher aufgehoben ist. Wenn ich sie veröffentliche, werde ich das bei mindestens drei verschiedenen Medien tun, und jedes wird wissen, dass es die anderen zwei haben. Sprich mit niemandem darüber, bevor es veröffentlicht ist. Und wenn ich sage *niemandem*, dann schließe ich auch deine Neue ein, wie heißt sie? Ina?« Er zwinkerte in die Kamera, ohne den Mund zu einem Lächeln zu verziehen. »Auch Ina nicht.

Also, der Reihe nach: Deine erste Vermutung war richtig, Contini hat sich verspekuliert und zwar mit russischen Papieren, Immobilien und Energiespekulationen. Zwischen zehn und zwanzig Milliarden soll er in den Sand gesetzt haben. Er hat diesen Verlust mit fiktiven Gewinnen aus fiktiven Derivaten neutralisiert. Ich weiß, kein Mensch versteht Derivate, nicht einmal die Banker, die sie verkaufen. Aber wenn du es trotzdem versuchen willst, findest du alles darüber in ›Doc 1‹. Wenn herauskommt, dass es die Gewinne, die den Verlust ausgleichen, nicht gibt, dann gute Nacht.«

Max steckte an der Glut der fast aufgerauchten eine neue Zigarette an und fuhr fort:

»Eines Tages hat Contini dem Chief Risk Officer alles gebeichtet. Aber anstatt die Sache dem Risk Committee zu melden, wie es seine Pflicht gewesen wäre, ist dieser zu seinem CEO, William Just gegangen. Dieser gigantische Verlust hätte die chronisch unterkapitalisierte GCBS an den Rand des Abgrunds gebracht. Wenn er nämlich ruchbar geworden wäre, hätte sie einen Sturm auf ihre Schalter riskiert.

Nach den Erfahrungen der letzten Finanzkrise war die staatliche Rettung einer Bank, und sei sie noch so systemrelevant, politisch ausgeschlossen. Deshalb haben die beiden beschlossen, die Sache unter dem Deckel zu halten.« Max machte eine Pause, wie um Jonas Zeit zu geben, alles erfassen zu können.

»Contini – und jetzt kommt's – hat das Gewissen geplagt, und er hat beschlossen, die Schweizerische Bankenaufsicht, SBA, direkt zu informieren, beziehungsweise deren Präsidenten Konrad Stimmler.«

Jonas erinnerte sich an den Mann in der Lobby des Palace in Gstaad in trauter Zweisamkeit mit William Just, dem CEO der GCBS.

»Ob er es getan hat, weiß ich noch nicht. Auf jeden Fall fällt diese Phase der Geschichte mit Continis Stimmungswandel zusammen, den seine Frau und sein Kollege, Jack Heinzmann, geschildert haben.«

Max pausierte effektvoll. »Und sie fällt auch zusammen – mit seinem Tod.«

Jonas stoppte die Aufzeichnung. Bis jetzt war ihm alles mehr oder weniger bekannt gewesen. Aber das war ein neuer Aspekt: Paolos Ankündigung, die Sache der Bankenaufsicht zu melden, wäre ein starkes Motiv, ihn umzubringen. Er setzte das Video fort.

»Jetzt willst du sicher wissen, woher ich das alles weiß. Dank dir, mein Lieber. Dank der Tatsache, dass du Continis Witwe meine Telefonnummer gegeben hast. Sie hat mich angerufen, und ich bin nach Basel gefahren, stell dir vor: Ich! Mit dem Zug nach Basel! In ›Doc 2‹ findest du alles dazu. Vor allem den Entwurf eines Briefes, den Contini an Konrad Stimmler schreiben wollte. Falls er ihn tatsächlich abgeschickt hat, Jonas, und der Präsident der SBA hat die Geschichte vertuscht, dann, mein Lieber, haben wir es mit einer Sache zu tun, die uns allen und dem ganzen Finanzplatz jederzeit um die Ohren fliegen kö ...«

Wieder stoppte Jonas das Video. Das Gesicht von Max gefror mit halboffenem Mund und einem gegen den Zigarettenrauch zugekniffenen Auge.

Jonas führte die Bierdose an die Lippen und merkte, dass seine Hand zitterte. »Max, Max«, sagte er zu dem Bild aus dem Jenseits, »ich will das alles nicht wissen. Warum hast du es nicht für dich behalten? Ich bin Regisseur, nicht Enthüllungsjournalist! Lass mich doch meinen Film machen.«

Er klickte auf »play«, Max geriet wieder in Bewegung.

»...önnte. Wenn die Bankenaufsicht eingeweiht wäre, dann wüsste sie wahrscheinlich auch von deinen Banknoten. Und dann: gute Nacht.«

Max brauchte noch eine Zigarette, bevor er weiterfahren konnte. »Jonas, ich will nicht melodramatisch sein und dich auch nicht unnötig mit dieser Sache belasten. Du sollst dich auf deinen Film konzentrieren, und ich wünsche dir von Herzen viel Erfolg damit. Ich möchte einfach, dass du dieses ganze Material an einem sicheren Ort, nein, an mehreren sicheren Orten aufbewahrst. Du musst nichts weiter damit anfangen.«

Max machte noch einmal eine Kunstpause.

»Es sei denn, mir stößt etwas zu.«

Jonas sah, wie Max die Computermaus fasste und seine Augen den Bildschirm nach dem Abschaltsymbol absuchten. Dann fiel ihm noch etwas ein.

»Und falls«, sagte er, »versuch herauszufinden, was ›Lilien‹ bedeutet. Mir ist es bisher nicht gelungen.«

Er suchte wieder den Bildschirm ab, und plötzlich war das Bild weg.

*

Im Ordner DYNAMIT befand sich auch ein Dokument mit dem Namen »JB«, Jonas' Initialen. Darauf waren Links zum Videoportal Vimeo und die Zugangscodes zu zwei Filmen. Es handelte sich um das Material, das er zum Thema Banknoten und zum Thema Personenschaden gedreht und mit so großer Erleichterung Max überlassen hatte.

Jonas öffnete das File mit dem Namen »Doc 1«. Es trug den Titel »Fiktive Derivate« und war gespickt mit Fachausdrücken, die Jonas nicht verstand.

»Doc 2« war der Ordner, der ihn mehr interessierte. Er enthielt ein mp3 file mit dem Titel »Gespr. BC«.

Jonas startete es.

Max Gantmanns tiefe Raucherstimme fragte: »Stört es Sie, wenn ich rauche?«

Eine leise Frauenstimme antwortete: »Ja. Nicht meinetwegen, wegen der Kinder. Man bringt den Geruch nicht mehr raus. Aber im Garten ...«

Max unterbrach sie: »Nein, nein, so süchtig bin ich denn doch nicht.« Jonas musste schmunzeln. Max und nicht süchtig!

Seine Stimme sagte: »Gespräch mit Frau Barbara Contini« und nannte Datum und Uhrzeit.

Danach fing er an: »Frau Contini, erlauben Sie mir, dass ich kurz unser bisheriges Gespräch zusammenfasse. Bitte unterbrechen Sie mich, wenn Sie etwas korrigieren möchten.«

Er räusperte sich. »Sie haben mir gesagt, dass Sie nach wie vor der Meinung sind, dass Ihr Mann nicht Selbstmord begangen hat, sondern Opfer eines Verbrechens geworden ist. Diese Meinung hatten Sie bereits im…«, man hörte Papierrascheln, »…im Dezember gegenüber meinem Kollegen Jonas Brand vertreten. Haben sich in der Zwischenzeit neue Hinweise ergeben, die Ihre These untermauern?«

»Eben dieser Brief.«

Max erläuterte die Antwort allfälligen Zuhörern des Gesprächs: »Frau Contini hat mir den Entwurf eines Briefes gezeigt, der nach ihrer Meinung im Zusammenhang stehen könnte mit der Krise, in der sich ihr Mann in den letzten Monaten seines Lebens befunden hatte. Er ist adressiert an Konrad Stimmler, den Präsidenten der Schweizerischen Bankenaufsicht, SBA. Darin ist die Rede von einem großen Handelsverlust, den er, Paolo Contini, verursacht und mit fiktiven Derivaten neutralisiert habe. Und davon, dass er diesen dem Chief Risk Officer gemeldet habe, welcher aber die Sache seines Wissens nicht weitergemeldet habe.«

Die leise Stimme von Barbara Contini sagte: »Wenn Sie rauchen wollen, würde ich Sie bitten, in den Garten zu gehen.«

»Ach, verzeihen Sie, das war jetzt ganz automatisch, nein, nein, ich will nicht rauchen, verzeihen Sie. Zurück zum Brief: Haben Sie mit Ihrem Mann je über diese Sache gesprochen?«

»Wir haben nie über seinen Beruf gesprochen. Ich verstehe nichts davon.«

»Dann wissen Sie also auch nicht, ob er eine Endfassung dieses Schreibens jemals abgeschickt hat?«

»Keine Ahnung. Aber es ist von einem großen Verlust die Rede. Vielleicht war er deshalb so gestresst und bedrückt.«

»Aber dass diese Situation der Grund für einen Selbstmord gewesen sein könnte, das glauben Sie nicht?«

Es entstand eine Pause.

»Sie schütteln den Kopf. Weshalb sind Sie sich da so sicher?«

»Das habe ich schon Ihrem Kollegen gesagt: Paolo war glücklich und entspannt in den letzten paar Tagen. Als hätte man ihm eine schwere Last abgenommen.«

»Das könnte aber auch die Entscheidung zum Selbstmord gewesen sein.«

Sie sagte etwas lauter als zuvor: »Oder die Entscheidung, diesen Brief zu schreiben.«

»Oder«, ergänzte Max Gantmann, »die Entscheidung, ihn abzuschicken.«

Das andere Dokument in diesem Ordner war ein PDF des Briefentwurfs. Contini hatte von Hand Striche und Korrekturen gemacht. An einer Stelle war ein weinroter Halbkreis, als hätte der Verfasser ein Glas Wein zur Hand gehabt.

*

Als Primarschüler hatte Jonas eine Zeit erlebt, in der er öfter mal einen Brief der Lehrerin an seine Eltern übergeben sollte. Er wusste nicht, was drinstand, aber er konnte es sich gut vorstellen.

Er brachte den Brief zwar nach Hause und legte ihn auf den Schuhkasten zur anderen Post. Aber er schob den ganzen Stapel so weit nach hinten, dass es nur noch eines winzigen Stupses bedurfte, bis ein Teil davon zwischen Möbel und Wand hinunterfiel. Jonas achtete stets darauf, dass neben dem ominösen Brief auch noch andere Post verschwand, das machte die Aktion unverdächtiger.

Die Elternbriefe kamen zwar wieder zum Vorschein, aber erst im nächsten Frühling, wenn sie ihre Aktualität und damit ihre verheerende Wirkung verloren hatten.

Jonas gedachte, es mit dem brisanten Material von Max genauso zu machen. Deswegen kam ihm dessen Bitte sehr gelegen, alles zu kopieren und an verschiedenen Orten aufzubewahren.

Er lud das Dossier DYNAMIT und die Vimeo-Filme auf einen USB-Stick und machte zwei Kopien davon. Eine rollte er in ein Plastiksäckchen und vergrub sie in einer Dose Farfalle. Die andere steckte er in sein Schlüsseletui, um sie irgendwo im Produktionsbüro zu verstecken. Die dritte verstaute er in seinem Tresor, der vietnamesischen Muttergottheit, wo noch immer die beiden gleichen Hunderter lagen, der echte und der falsche.

Als Jonas mit alldem fertig war und sich endlich schlafen legen wollte, hörte er ein schürfendes Geräusch auf der Straße. Er ging ans Fenster und sah hinaus.

Draußen zuckte das orangene Licht eines Schneepfluges. Während er mit Max Gantmanns bedrohlichem Nachlass beschäftigt gewesen war, hatte es die ganze Zeit geschneit.

*

Es lohnte sich nicht mehr, ins Bett zu gehen. In gut zwei Stunden hatten sie die Sitzung, bei der Tommy und er Jeff Rebstyn und Lili das überarbeitete Drehbuch und den gekürzten Drehplan präsentieren würden. Er wollte früh genug

im Büro sein, um die überarbeiteten Seiten noch zu fotoko-
pieren.

Jonas stellte sich unter die Dusche und ließ den schärfsten
Strahl lange über Kopf und Nacken laufen. Dann zog er sich
an, ging in die Küche und machte sich Kaffee und Spiegel-
eier.

Kurz bevor er aus dem Haus gehen wollte, rief Marina an.
Es war zwanzig nach sieben und noch fast dunkel.

Als er ihren Namen auf dem Display sah, fiel ihm Max'
Geheimhaltungsanweisung ein. *Auch Ina nicht.*

»Hast du mich auch so vermisst wie ich dich?«, war ihre
erste Frage.

»Wahrscheinlich mehr«, gab er zur Antwort. »Ich war nicht
auf Schlafmodus wie du.«

Sie lachte. »Wenn ich um sechs aufstehen muss, brauche ich
meinen Schlaf. Habt ihr auch so viel Schnee?«

»Ein Wintermärchen.«

»Was hast du gemacht?«

»Gearbeitet. Und du?«

»Gearbeitet.«

»Wann kommst du zurück?«

»Mit dem nächsten Zug.«

»Wann sehen wir uns?«

»Heute Abend. Bei dir.«

Jonas sah auf den dunklen Bildschirm, auf dem ihm Max
Gantmann erschienen war. Die Wohnung war ihm in der
letzten Nacht noch unheimlicher geworden. »Nein, lieber
bei dir.«

Er war der Erste, der aus dem Haus ging. Seine Winterstiefel hinterließen tiefe Spuren im Neuschnee auf dem kurzen Weg zum Gartentor. Es schneite noch immer.

Die Flocken hatten die schmutzigen Schneehaufen, die der Pflug hinterlassen hatte, weiß zugedeckt. Die wenigen Autos, die schon unterwegs waren, fuhren langsam und mit emsigen Scheibenwischern. Jonas ging mit gesenktem Kopf durch die stillen Straßen. Seine schwarze Wollmütze war schneebedeckt.

Er versuchte, sich auf *Montecristo* zu konzentrieren, aber immer wieder tauchte das aufgeschwemmte Gesicht mit den Schlagschatten vor ihm auf und der Mund mit der Zigarette, der auf ihn einsprach.

Du musst nichts weiter damit anfangen, sagte der Mund. Es sei denn, mir stößt etwas zu.

Und jetzt war ihm etwas zugestoßen. Wie Paolo Contini. Und wie auch ihm beinahe. Allen aus dem gleichen Grund.

Die Erkenntnis ließ ihn schaudern. Er vergrub die Fäuste tiefer in den Manteltaschen und beschleunigte seinen Schritt.

Das Backsteinhaus war dunkel, nur die Lampe über dem Eingang warf einen Lichtkreis in das Flockengewimmel. Auch hier war der kurze Weg vom Trottoir zum Hauseingang noch von unberührtem Schnee bedeckt.

Jonas schloss die Haustür auf und die Tür zu Nembus Productions und machte Licht im Flur. Er betrat das Produktionsbüro, schaltete den Computer ein, schob den Stick in den USB-Stecker und kopierte seinen Inhalt auf die Harddisk von Nembus Productions.

Während der Vorgang lief, ging er in den Kopierraum und machte Kopien von den überarbeiteten Seiten des Drehbuchs und des Drehplans.

Als er zurückkam, lief der Kopiervorgang noch immer. Und Tommy stand vor dem Bildschirm.

»Dynamit?«, fragte er.

»Ein altes Projekt, das ich beim Aufräumen gefunden habe. Wollte es mir gelegentlich wieder mal anschauen.«

Als er allein im Büro war, druckte er ein Standbild des rothaarigen Bahnfahrers aus. Dieser Mann war im Zug gewesen, als Contini ums Leben kam. Und als er ihm zum zweiten Mal begegnete, hatte es den Anschein, als beschatte der ihn. Und »so eine moderne Frisur«, wie die alte Frau Gabler es nannte, hatte er auch. Jonas verschlüsselte den Ordner DYNAMIT. Den USB-Stick klebte er an die Unterseite seiner mittleren Schreibtischschublade.

*

Auf dem Weg zu Marina ging er bei Frau Gabler vorbei, der gehbehinderten Nachbarin. Er hatte herausgefunden, dass sie in einem Altersheim untergebracht worden war, und meldete sich dort beim Empfang mit einem Tulpenstrauß.

Frau Gabler saß in einem kleinen Zimmer vor dem Fernseher. Sie trug einen gesteppten Hausmantel und ein Kopftuch. Ihre Perücke war über eine Büste aus Styropor gestülpt, die auf einer Kommode stand.

Sie hatte auf sein Klopfen mit einem missmutigen »Herein!« reagiert und sah ihren unerwarteten Besucher überrascht an. »Das ist aber nett!«, rief sie aus, als sie ihn erkannte.

Jonas überreichte ihr den Strauß.

»Tulpen im Februar! Verrückte Welt! Drücken Sie auf die Klingel beim Bett, dann kommt jemand, um sie in eine Vase zu stellen. Oder auch nicht. Setzen Sie sich, dort steht ein Stuhl, die Sachen darauf können Sie einfach aufs Bett legen.«

Jonas gehorchte und setzte sich ihr gegenüber.

»Die anderen essen jetzt. Aber ich esse nicht mit all diesen Alten. Ich bin hier nur vorübergehend. Bis die Wohnung wieder bewohnbar ist. Ich kann Ihnen nichts anbieten, ich habe nichts.«

Sie musterte ihn lächelnd. »Das ist aber nett.«

Frau Gablers Freude über seinen Besuch zwang Jonas, mit seinem eigentlichen Anliegen noch zu warten. Er ließ sich ausfragen über Max, wie sie sich kennengelernt hätten, ob er seine Frau gekannt habe, musste sich anhören, wie aufopfernd dieser sie gepflegt und wie sehr er sich seit ihrem Tod verändert habe. Dann verließ sie das Thema Max und wandte sich den übrigen Mitbewohnern zu.

Es dauerte fast eine Stunde, bis Jonas sich verabschieden und wie Columbo in der Tür sagen konnte: »Ach ja, der Besucher, von dem Sie mir erzählt hatten, der, der bei Ihnen geklingelt hat und dann vermutlich zu Max hinaufgefahren ist…« Er griff in die Jacketttasche und faltete das Standbild auf. »Könnte es dieser Mann gewesen sein?«

Er ging zurück zu ihrem Sessel und reichte ihr das Foto. Sie bat ihn um die Brille, die auf dem Bett lag, und studierte es genau. Dann schüttelte sie den Kopf. »Ich habe ihn nur von oben gesehen. Aber die Frisur könnte stimmen. Und die Haarfarbe auch.«

Marina hatte wieder Adobo gekocht, zum zweiten Mal, seit sie sich kannten. »Erstens ist es das philippinische National-gericht, und zweitens ist es fast das Einzige, was ich kann«, hatte sie erklärt.

»Und drittens wird es, wie wir wissen, besser, je länger es auf dem Herd steht«, hatte er hinzugefügt und sie ins Schlaf-zimmer entführt.

Jetzt lagen sie nebeneinander auf dem Bett, still und zu-frieden.

»Hältst du das aus?«, fragte er und deutete mit dem Kinn auf den Strauß weißer Lilien in einer Bodenvase beim Fens-ter.

»Den Duft? Fast nicht.«

»Weshalb kaufst du dann Lilien?«

»Ich habe sie geschenkt bekommen.«

»Von wem?«

Marina lachte. »Geht dich das etwas an?«

»Nicht?«

Sie gab ihm einen Kuss. »Von einem Kunden.«

»Warum?«

»Er fand, ich hätte einen guten Job gemacht. Aber wenn sie dich stören, schmeiß sie weg.«

»Man kann auch die Staubgefäße entfernen.«

»Oder die Nase zuhalten.«

Sie schwiegen.

»Wie war Bern?«, fragte Jonas.

»Anstrengend. Und Zürich?«

»Ermüdend.«

»Aber erfolgreich?«

»Wir haben gekürzt und gestrafft und gespart. Aber ja, ich glaube erfolgreich. Und ihr? Was habt ihr gemacht in Bern?«

»Ach, das willst du nicht wissen. Keine besonderen Vorkommnisse. Was habt ihr denn gestrichen?«

Jonas erzählte ihr von den Änderungen bis tief in die Nacht und von der Euphorie, in die Tommy und er geraten waren. Er erwähnte auch den Absacker im Cesare. Den Wiedergänger Max verschwieg er.

»Und sonst?«, fragte Marina.

»Sonst nichts.«

»Sicher?«

»Sicher. Warum?«

Sie zuckte mit den Schultern. »Einfach so. Du bist etwas seltsam. Als bedrücke dich etwas.«

»Das mit Max sitzt mir noch in den Knochen.«

»Das verstehe ich. Versuch, es zu vergessen. Konzentriere dich auf den Film.«

»Ich versuch's ja.«

»Auch den Scoop mit der Bank, vergiss ihn. Lass ihn bei der Asche von Max und seinem Müll.«

Jonas stützte sich auf den Ellbogen und musterte sie. Ihre Augen waren geschlossen, ihr Gesicht schimmerte wie poliertes Elfenbein in dem schwachen Licht, das durch die halboffene Tür drang. »Wie kommst du darauf, dass ich noch einen einzigen Gedanken an die Sache verschwenden könnte?«

Sie hielt die Augen geschlossen. »Nicht?«

»Null.«

Sie schlug die Augen auf, setzte sich rittlings auf seine

Brust, drückte seine Handgelenke auf die Matratze und sagte: »Schwör's.«

»Keine Hand frei.«

*

Der Anruf erreichte ihn am nächsten Vormittag über die Festleitung der Nembus Productions.

»Eine Frau Kleinert will dich sprechen«, sagte Rebstyns Assistentin.

»Kenne ich nicht. Hat sie gesagt, worum es geht?«

»Es sei privat.« Sie stellte sie durch.

Die Frau hatte eine tiefe Stimme. Sie sagte: »Sie kennen mich nicht, aber ich soll Ihnen einen Gruß ausrichten von einem gemeinsamen Bekannten. Max Gantmann.«

Jonas verstummte für einen Moment. Dann sagte er: »Max ist tot.«

»Ich weiß. Sonst würde ich Sie nicht anrufen.«

»Verstehe ich nicht.«

Die Frau klang wie jemand, der eine unangenehme Pflicht erledigen muss, unwirsch und in Eile. »Max hat geschrieben, mit der Bitte, dass ich mich mit Ihnen in Verbindung setze, falls ihm etwas zustößt.«

»Und das tun Sie erst jetzt?«

»Es war ein normaler Brief, ich maile nicht. Und ich bin erst heute aus dem Urlaub zurückgekommen. Wo können wir uns treffen?«

»Geht das nicht am Telefon?«

»Nein. Im Rabeneck? Fünfzehn Uhr. Dann ist es dort schön ruhig.«

Das Rabeneck war ein etwas alternatives Restaurant, das von einer Genossenschaft betrieben wurde. Sandra Kleinert passte gut dorthin. Sie war wohl etwas über fünfzig, und alles an ihr war rund. Sie trug das graue Haar kurzgeschnitten, war ungeschminkt, und ihre grauen Augen blickten gelassen in die von Jonas.

Außer zwei Müttern, deren Kinder neben dem Tisch in dick ausgepolsterten Kinderwagen schliefen, waren sie die einzigen Gäste im Rabeneck. Es roch noch nach den Mittagsmenüs, Kohl war die Hauptnote. Sandra Kleinert war schon da, als Jonas eintraf. Es sah aus, als hätte sie hier gegessen. Auf dem Tisch stand ein Halbliterkrug mit einem Rest Rotwein.

Kaum hatte Jonas sich gesetzt, überreichte sie ihm einen Brief. Er war kurz und unverkennbar in Max Gantmanns Handschrift geschrieben.

»Liebe Sandi,

Falls mir etwas zustoßen sollte (was wir nicht hoffen wollen, wie der Versicherungsagent sagt), bitte ich Dich, Jonas Brand über besagten Sachverhalt zu informieren. Du erreichst ihn über die Nembus Productions.

In der Hoffnung, dass das nie nötig sein wird, grüße ich Dich herzlich

Mäge«

»Mäge?«

»So nannten wir ihn früher. Ich kannte ihn über Effie. Wir waren Freundinnen. Seit sie gestorben ist, hatte ich keinen Kontakt mehr mit ihm.«

»Was meinte er mit ›besagtem Sachverhalt‹?«

Der Kellner war an den Tisch getreten und fragte ihn: »Was willst du? Es gibt nur noch kalt.«

Jonas bestellte ein Mineralwasser. Der Kellner schenkte Sandra den Rest des Weines ein und nahm den Weinkrug mit.

»Zwischen Weihnachten und Neujahr rief er mich plötzlich an und wollte mich treffen. Wir verabredeten uns im Schönacker. Mein Gott, war Max auseinandergegangen! Er wollte von mir eine Indiskretion aus der Kommission.«

»Welche Kommission?«

»*Moviefonds*. Ich sitze dort in der Kommission. Das weißt du nicht?«

»Ich hatte keine Ahnung.«

»Jetzt weißt du's. Er wollte wissen, wie die anderthalb Millionen Förderung plötzlich zustande gekommen waren.«

»Ach, du warst das.«

»Ich habe ihm erzählt, dass die Entscheidung über unsere Köpfe hinweg getroffen wurde. Wir hatten das Projekt ja abgelehnt, damals. Wie du sicher weißt.«

»Das weiß ich. Warum eigentlich?«

»Wir alle fanden das Buch scheiße.«

Jonas schwieg betroffen.

»Serge Cress übrigens auch.«

Der Kellner brachte Jonas das Mineralwasser. Als er gegangen war, hatte sich Jonas so weit erholt, dass er fragen konnte: »Und woher kam das Geld?«

»Aus dem Fonds. Und der wird hauptsächlich aus dem Kulturbudget der GCBS gespeist.«

»Aber die hat keinen Einfluss auf die Vergaben, sagt Cress.«

Sandra lächelte. »Theoretisch nicht.«

»Aber praktisch?«

»Wer zahlt, befiehlt. Das gilt auch in der Kulturförderung.«

Jonas deutete auf Sandras Glas. »Nimmst du auch noch etwas Wein?«

»Aber nur ein Glas.«

Er winkte den Kellner heran und bestellte.

Sandra Kleinert fuhr fort: »Kurz vor seinem Tod rief mich Max nochmals an. Wegen der gleichen Sache. Er wollte wissen, ob es stimme, dass die Förderentscheidung am zehnten Dezember gefallen sei. Ich konnte es nicht aus dem Stand beantworten und musste nachschauen.«

»Und?«

»Es war natürlich später. Kurz vor Weihnachten.«

*

»Ist dir nicht gut?«

Lili Eck saß vor ihrem Bildschirm und hatte sich zur Tür gewandt, als Jonas das Produktionsbüro betrat.

»Ich bin okay, warum?«

»Du bist bleich wie ein Gespenst.«

»Bisschen wenig geschlafen in den letzten Tagen.«

»Dann geh nach Hause, und komm morgen ausgeschlafen wieder. So taugst du zu nichts.«

Jonas hätte ihren Rat gerne befolgt, aber der Gedanke an seine leere Wohnung war ihm unheimlich. Er wollte nach dem Treffen mit Sandra Kleinert zwar dorthin gehen, aber er war auf halbem Weg umgekehrt und ins Cesare gegangen. Jonas musste für sich sein und seine Gedanken ordnen.

Das Cesare war fast so leer gewesen wie zuvor das Raben-eck. Jonas hatte sich an einen Tisch in der dunkelsten Ecke verzogen, einen Dreier Barolo bestellt und seinen Notizblock und Kugelschreiber vor sich hingelegt. Nicht, weil er sich Notizen machen wollte. Er wollte einfach nicht vom Kellner gestört werden, der die Angewohnheit hatte, sich zu einem Gast zu setzen, wenn er sich langweilte.

Die Sache war klar: Man hatte ihn gekauft. Die GCBS hatte es sich anderthalb Millionen kosten lassen, ihn von ihrem Skandal abzulenken. Sie hatte, so gut wie sicher, ihren Trader umbringen lassen. Hatte, ebenfalls so gut wie sicher, Max umbringen lassen. Hatte mit der gleichen Wahrscheinlichkeit versucht, ihn in Bangkok loszuwerden. Und würde ihn ebenfalls beseitigen lassen, wenn sie erfuhr, wie viel er wusste und dass er die Angelegenheit weiterverfolgte. Die Sache war zu groß. »Dynamit« hatte Max sie genannt. Und die Bank so gefährlich wie einen angeschossenen Grizzly.

Was sollte er tun? Jetzt, wo er nicht mehr den Ahnungslosen spielen konnte? Tommy hatte gesagt: Wenn ich eine solche Chance bekäme, wäre es mir scheißegal, weshalb. Aber das war Tommy. Wie korrupt war er selbst, Jonas?

Konnte er überhaupt noch aussteigen? Unter welchem Vorwand könnte er den Bettel hinschmeißen?

Er merkte, dass er den Wein noch nicht angerührt hatte, und wollte einen Schluck nehmen. Aber der Geruch war ihm so zuwider, dass er das Glas wieder abstellte.

Ihm war schlagartig klargeworden: Wenn er aus *Montecristo* ausstieg, wusste die GCBS, warum. Und das bedeutete: Lebensgefahr. Er hatte gar keine andere Möglichkeit, als weiterzumachen.

»Ist etwas mit dem Wein?«, fragte der Kellner, als Jonas bezahlte.

»Nein, er ist okay.«

»Warum trinkst du ihn dann nicht?«

»Ich habe keine Lust auf Wein.«

»Warum hast du ihn dann bestellt?«

»Bin ich Psychiater?«

Jonas verließ den ratlosen Kellner und ging zu Nembus Productions in der Blauwiesenstraße. Es hatte wieder zu schneien begonnen.

Lilis mütterliche Fürsorge ging ihm auf die Nerven. Er schnauzte sie an: »Ich kann mich nicht mitten am Tag ins Bett legen, ich habe einen Film zu machen, erinnerst du dich?«

»Eben«, sagte sie leise und ging zur Tür hinaus.

»Was eben?«, schrie er ihr nach.

*

Aber am nächsten Tag hielt er nicht mehr durch. Er hatte die Nacht bei Marina verbracht und wenig geschlafen. Am Tag war er mehrmals vor dem Bildschirm kurz eingenickt. Beide Male hatte Lili es mitbekommen, aber nichts gesagt.

Beim dritten Mal hatte er gereizt zu ihr gesagt: »Ja, ja, ich gehe ja schon.«

Sie verkniff sich jeden Kommentar und antwortete nur: »Falls etwas sehr Dringendes ist, störe ich dich. Sonst bis morgen.«

Als sie »bis morgen« sagte, kam Tommy zur Tür herein. »Was, bis morgen?«, fragte er überrascht. »Wir wollten doch das Casting anschauen.«

»Lass uns das morgen machen, ich kann nicht mehr.«

»Eine Stunde, anderthalb. Länger dauert das nicht.«

»Lass ihn schlafen gehen, Tommy, der kippt uns sonst um.«

Jonas ging durch das verschneite Quartier zu seiner Straße. Mit schlechtem Gewissen, aber leichten Herzens, wie früher, wenn er die Schule schwänzte.

Es war erst drei Uhr nachmittags, als er in der Rofflerstraße ankam. Die Wohnungstür war offen, und er hörte Frau Knezevic vor sich hin singen.

»Nicht erschrecken, ich bin's, Jonas!«, rief er.

Sie kam aus dem Bad. »So früh? Jetzt haben Sie ihn gerade verpasst.«

»Wen?«

»Den Computermann.«

»Ich erwarte keinen Computermann. Was wollte er?«

»Sie haben ihm doch den Wohnungsschlüssel gegeben. Er war schon hier, als ich kam. Hat etwas am Computer repariert. Ich weiß nicht, was. Ich spreche kein Englisch.«

Jonas spürte, dass er weiche Knie bekam. Er ging in sein Studio. Frau Knezevic folgte ihm.

»Ist Ihnen nicht gut?«

»Wie sah er aus?«

»Elegant. Kleiner als Sie. So kurze rote Haare. Er ist knapp vor Ihnen gegangen. Bekam einen Anruf und musste ganz schnell weg.«

Jonas setzte sich vor den Bildschirm, schaltete den Computer ein, ging auf die Vimeo-Website und gab den Code des Filmmaterials ein. Eine Fehlermeldung kam, der Film existierte nicht.

Er ging in die Dropbox. Max' Ordner DYNAMIT war gelöscht.

Jetzt geriet er in Panik. Er rannte in die Küche, dicht gefolgt von Frau Knezevic. Und schüttete die Farfalle auf den Küchentisch. Kein USB-Stick.

Er eilte ins Schlafzimmer. An der Tür wandte er sich zur Hausbesorgerin um. »Können Sie bitte einen Moment warten?« Er machte ihr die Tür vor der Nase zu und öffnete das Geheimfach im Rücken der vietnamesischen Statue.

Die beiden Scheine waren noch da, etwas Bargeld und – der USB-Stick. Er hatte ihn nicht gefunden.

Jonas ging damit zu seinem Computer und steckte ihn ein. Frau Knezevic war ihm wieder gefolgt.

»War in der Frau, nicht?«, sagte sie.

Jonas sah sie überrascht an. »Welcher Frau?«

Die Daten auf dem Stick waren vollständig. Jonas spulte das Filmmaterial von »Personenschaden« vor, bis er den schlafenden Fahrgast mit den roten Haaren fand. Noch ehe er das Bild einfror, sagte Frau Knezevic: »Der Computermann.«

*

Zwanzig Minuten später war er zurück im Produktionsbüro von *Montecristo* und überraschte Tommy an seinem Schreibtisch vor seinem Bildschirm.

»Dein großer Bildschirm ist übersichtlicher für den Drehplan«, entschuldigte er sich. »Musst du hier hin?«

»Ja«, antwortete Jonas, »ich muss da hin.«

Tommy schloss das Programm und überließ ihm den Platz. »Das war aber höchstens ein Power Nap«, bemerkte er.

»Zu nervös zum Schlafen. Ist Lili schon gegangen?«

»Nein, sie muss noch irgendwo im Haus sein.«

»Kannst du sie bitte suchen?«

Tommy war überrascht. Er war solche Aufträge von Jonas nicht gewohnt. Aber er ging, ohne zu murren.

Sobald er draußen war, öffnete Jonas die mittlere Schreibtischschublade und tastete ihre Unterseite ab. Der USB-Stick war weg.

Er öffnete die Harddisk der Nembus und suchte nach dem verschlüsselten DYNAMIT-Ordner. Er fehlte.

Und wieder stellte sich eine für ihn neue Kaltblütigkeit ein. Ähnlich wie im Mandarin Oriental, als er auf den Beutel Kokain gestoßen war, blieb die Panik aus, und seine Gedanken wurden glasklar.

In der Nembus gab es Komplizen. Jemand von hier hatte den Rothaarigen angerufen und ihn gewarnt, Jonas komme früher als erwartet. Vielleicht Lili. Oder Tommy? Der hatte ihn dabei beobachtet, wie er das File DYNAMIT auf die Festplatte geladen hatte. Und er kannte sich aus mit Computern.

Auf jeden Fall waren die anderen nun im Bilde, wie viel er wusste. Das konnte ihn das Leben kosten.

Was tun? Sich nichts anmerken lassen. Sich voll auf *Montecristo* konzentrieren. Aber damit war er nicht außer Gefahr.

Das war er erst, wenn der Skandal öffentlich wurde. Das hieß: Er musste beides unter einen Hut bringen: an *Montecristo* weiterarbeiten, aber heimlich den Bankenskandal so rasch wie möglich in eine publizierbare Form bringen.

Als Tommy mit Lili zurückkam, hatte er eine Idee.

»Viel ausgeschlafener siehst du nicht aus«, sagte Lili zur Begrüßung.

»Schlafen kann ich dann nach der Premiere«, antwortete Jonas. »Kannst du mir einen Flug nach Abu Dhabi buchen? Ich will die Szenen in den Arabischen Emiraten scouten.«

»Jetzt?«, fragte sie überrascht.

»Nein, morgen.«

»Morgen haben wir den ganzen Tag Ausstattung«, wandte Tommy ein.

»Das schafft ihr ohne mich. Ich habe für diesen ganzen arabischen Teil einfach kein Gefühl. Ich war noch nie dort. Im Buch liest es sich wie ein Reiseprospekt.«

»Wie lange?«

»Drei, vier Tage, höchstens fünf. Lass einfach den Rückflug offen.«

Lili ging an ihren Schreibtisch, schulterzuckend wie eine Angestellte, die sich in die Launen ihres Chefs fügt.

Tommy besann sich auf seinen Sinn fürs Praktische: »Wollen wir die Szenen in den Arabischen Emiraten auf dem Drehplan durchsehen?«

*

Diesmal war das Treffen etwas formeller und die Runde etwas größer. Herr Schwarz hatte das Catering bei »Chez Chez« bestellt, einem Gourmet-Caterer mit Erfahrung in diskreten Aufträgen. Die Teller wurden fertig angerichtet geliefert, eine Art kaltes Büffet in Gängen. Die Caterer bekamen nur Herrn Schwarz zu Gesicht, und dieser brauchte nur noch die Cloches zu entfernen.

Es war für vier Gäste im kleinen Saal angerichtet, einem hübschen Biedermeierzimmer mit einer Tafel für acht. William Just, der Gastgeber, hatte die Gäste nach einem kurzen Stehempfang vor dem Kaminfeuer des kleinen Saals – ein Glas Champagner und etwas Blätterteiggebäck – zu Tisch gebeten.

Die Tischordnung war von der Konstellation diktiert: Auf der einen Seite saßen Adam Dillier, CEO der Notendruckerei, und Konrad Stimmler, Präsident der Schweizerischen Bankenaufsicht, nebeneinander, weil die CEOs der beiden größten Banken anwesend waren und aus strategischen Gründen nebeneinander sitzen mussten.

Der zweite Bankenvertreter war Jean Seibler, Chief Executive Officer der Swiss International Bank, SIB.

Seibler war etwa im gleichen Alter wie sein Gegenspieler Just, um die sechzig, aber etwas rundlich, mit schütterem Haar und nicht weniger maßgeschneidert. Das Militärische der drei anderen Herren ging ihm ab, er sprach bedächtig und bewegte sich gemächlich. Aber wer ihn besser kannte, wusste, wie scharfzüngig und bissig er werden konnte.

Herr Schwarz schob den Servierwagen ins Zimmer und verteilte die vier Teller. Er nahm die Cloches ab. Zuerst die der beiden Banker, dann die des Bankenkontrollers und des Notendruckers.

Herr Schwarz sagte den Text, den er im Office auswendig gelernt hatte: »Bauernterrine aus Geflügelleber und gepfeffertem Schweinebauch mit Geflügelgelee und gerösteten Landbrotscheiben.« Dann schenkte er jedem etwas Weißwein ein, Riesling-Sylvaner von Thomas Marugg, und zog sich zurück.

»Meine Herren«, begann William Just, der Gastgeber, »eine Krise will ich es nicht nennen, aber mit einer Vorstufe dazu haben wir es schon zu tun. Ich will Sie nicht mit Details lang-weilen, sie sind mir selbst nicht geläufig, aber die allgemeine Sachlage kann ich uns nicht ersparen. Doch zuerst einmal: *A votre santé et bon appétit!*« Er hob das Glas, und die Runde stieß an.

Just stellte das Glas ab und fuhr fort: »Die Lunte ist leider doch nicht ganz ausgetreten. Unsere Spezialisten haben Hin-weise darauf, dass sie immer noch am Schwelen ist. Mögli-cherweise sind nach wie vor Kopien des bewussten Mate-rials vorhanden, und damit besteht die Gefahr, dass es früher oder später an die Öffentlichkeit gelangt. Ich brauche Ihnen nicht zu sagen, mit welchen Konsequenzen.«

Und sie aßen die Terrinen mit sehr sorgenvollen Mienen.

Dillier, der Mann von der Banknotendruckerei, fragte: »Stimmen meine Informationen, dass sich das Material in den Händen des besagten Journalisten befindet?«

»*Befand*, soviel ich weiß. Und dieser sei derzeit außer Lan-des und anderweitig beschäftigt. Die Spezialisten meinen, er würde es nicht verwenden, sollte er noch über Kopien ver-fügen.«

Zum ersten Mal ließ sich Jean Seibler vernehmen: »Etwas viel Konjunktiv für meinen Geschmack.«

Und Konrad Stimmler fügte hinzu: »Die Sache ist und bleibt eine Zeitbombe.«

Dillier nickte. »Ich hoffe, Ihre Spezialisten können sie ent-schärfen.«

»Davon gehe ich aus«, stellte Just fest, als Herr Schwarz mit einem neuen Gang den kleinen Saal betrat.

Er räumte ab und hob die Cloches. »Gekühlter bretoni-scher Hummer in Gelée mit frischen Mandeln«, verkündete er.

Die Runde wartete, bis sie wieder ungestört war. »Ich soll euch von Hanspeter grüßen«, sagte Stimmler, »er wäre gerne dabei gewesen, aber er ist drüben. Könnt euch denken, warum.«

Die drei nickten bedeutungsvoll.

Wieder die bedächtige Stimme von Seibler: »Solange sich die Contini-Position nicht erholt, stehen wir alle am Abgrund. Und dass sie sich erholt bei der Lage in Russland, ist mehr als unwahrscheinlich, oder bist du anderer Meinung, William?«

Just gab ihm recht: »Das Geld ist futsch. Aber darum geht es nicht, wie wir alle wissen, meine Herren. Wir haben ja dafür gesorgt« – er fasste Konrad Stimmler ins Auge – »sorgen *dürfen,* dass der Verlust nicht in den Büchern auftaucht. Das Thema wäre abgehakt, wenn besagter Journalist… Ich fürchte, da ist etwas viel Pech zusammengekommen.«

»Und etwas wenig Risk Management«, gab Seibler zurück. »Ist dein Chief Risk noch immer in Amt und Würden?«

»Ich kann ihn schlecht rausschmeißen. Sonst kann ich gleich an die Öffentlichkeit gehen.«

Der CEO der SIB hatte jetzt alles Gemütliche verloren. »Das hättest du von Anfang an tun sollen, darüber sind wir uns einig, nicht wahr, Konrad?«

»Natürlich«, räumte der Präsident der Schweizerischen Bankenaufsicht ein. »Jedenfalls, als ich es erfuhr, war die Sache gelaufen. Was hätte ich tun sollen?«

Alle wussten, was er hätte tun sollen. Und alle wussten, dass die GCBS es nicht überlebt hätte. Es hatte keinen Sinn, das Thema wieder auf den Tisch zu bringen.

William Just brachte es auf den Punkt: »Wir haben es mit einer Situation zu tun, in der der Plan B identisch ist mit dem Worst-Case-Szenario. Deswegen müssen wir mit allen Mitteln an Plan A festhalten.«

»Soweit dies in unserer Macht steht«, schränkte Stimmler ein.

»Es *steht* in unserer Macht«, wandte Just ein. »Wir bekämpfen die Krise mit einer Doppelstrategie wie eine Epidemie: Viren vernichten und Immunkräfte stärken. Wir haben alles im Griff. Deswegen habe ich Sie zu diesem – beinahe hätte ich gesagt, Rapport – gebeten: um mich Ihrer Unterstützung zu versichern. Sie alle wissen, was auf dem Spiel steht. Ich verpflichte mich, weiterhin alle Maßnahmen zu ergreifen, die nötig sind, um zu verhindern, dass die Sache aus dem Ruder läuft. Ich werde Sie nicht mit den Details belasten, aber ich will, dass Sie sie mittragen. Nicht mehr, aber auch nicht weniger.«

Nach diesem etwas pathetischen Votum drückte er auf den kleinen Sender in seiner Außentasche, und Herr Schwarz schob den nächsten Gang herein und räumte die Teller ab.

*

Jonas hielt die Schmalseite des senfgelben Leintuchs an beiden Ecken straff und spannte es über das Fußende der Matratze. Frau Gerwiler tat das Gleiche am Kopfende.

»Normalerweise ist das Bett gemacht, wenn die Gäste kommen, aber Sie haben mir ja keine Zeit gelassen, Herr Hofer.«

Frau Gerwiler war eine blonde stämmige Bäuerin von etwa vierzig mit schwieligen Händen und einem herzlichen

Lachen. Sie war die Vermieterin der Ferienwohnung Bütsch in Feldwil im Zürcher Oberland, eine knappe Autostunde von Zürich. Die Wohnung bestand aus zwei Zimmern in einem alten geschindelten Häuschen, einen knappen Kilometer entfernt vom Bauernhaus, in dem Frau Gerwiler mit ihrem Mann und drei halbwüchsigen Kindern wohnte.

Jonas hatte die Wohnung im Internet gefunden, sie erfüllte alle seine Kriterien: WLAN, abgelegen, Garage. Das Häuschen besaß zwei Stockwerke. Jonas hatte sich für das Erdgeschoss entschieden. Die erste Etage war unvermietet.

»Das Haus wurde neunzehnhundertzwanzig gebaut. Mein Mann und ich haben es vor zwei Jahren eigenhändig renoviert.«

»Alle Achtung«, murmelte Jonas etwas gezwungen. Man sah der Wohnung das Eigenhändige an. Das Wohnzimmer war mit Fertigtäfelung verschalt, die Ungenauigkeiten an Ecken, Tür- und Fensterrahmen mit Leisten abgedeckt. Die Böden waren mit Parkettimitat aus Kunststoff ausgelegt.

An den Wänden hingen, alle ein wenig zu hoch, gerahmte Landschaftsfotos. Die vorherrschenden Farben der Heimtextilien – Sofakissen, Tischdecken, Badetücher – waren Orange, Ocker und Gelb.

»Was schreiben Sie denn so«, fragte Frau Gerwiler, während sie die frischgeschüttelte Federdecke über das Bett breitete. »Kann man mal etwas lesen?«

»Mehr so fachliche Sachen«, antwortete Jonas. »Kommunikation, Publizistik, so in der Richtung. Ich fürchte, nicht sehr spannend.«

»Nichts Bekanntes? Sie kommen mir nämlich irgendwie bekannt vor.«

Jonas hatte gehofft, dass *Highlife* in Bauernfamilien keine oft gesehene Sendung wäre, und sich auf seinen Decknamen Hans Hofer und seinen Dreitagebart verlassen. »Das höre ich oft«, antwortete er, »ich habe ein Allerweltsgesicht.«

Frau Gerwiler gab sich damit zufrieden. Sie verabschiedete sich und wünschte Jonas viele gute Ideen. »Ungestört sind Sie hier ja«, fügte sie noch hinzu.

Er bezahlte ihr die fünfhundertdreißig Franken für die Woche plus die Kaution von zweihundert Franken, begleitete Frau Gerwiler zum Gartentor und sah ihrem alten Mitsubishi nach, der auf dem schmalen Sträßchen rasch kleiner wurde.

Vor dem Haus gab es eine kleine Veranda, an deren Brüstung aus alten Wagenrädern die leeren Halterungen der Geranienkästen hingen. Neben dem steilen Giebel des Häuschens ragte ein Mast mit einer schlaffen Schweizerfahne in einen Himmel, der schon wieder schwarz wurde für den nächsten Schneefall.

Langsam ging er auf den Eingang des Hauses zu, das er erst wieder verlassen konnte, wenn die Bombe geplatzt war.

*

Es war ihm schwergefallen, Marina nicht einzuweihen. Und schon jetzt, keine fünf Stunden nach seinem angeblichen Abflug, tat es ihm leid, dass er es nicht getan hatte. Wenn er *ihr* kein Vertrauen schenken konnte, wem dann?

»Ziehst du bei mir ein?«, hatte sie amüsiert gefragt, als sie nach Hause kam und sein Gepäck neben ihrer Eingangstür sah.

»Das würde ich gerne. Aber ich muss vorher noch nach Abu Dhabi.«

»Wann?«

»Morgen. Elf Uhr null fünf.«

»So plötzlich?«

»Etwas spontan, ich weiß. Aber ich tappe im Dunkeln, was die ganzen arabischen Szenen angeht.«

»Streich sie doch.«

»Vielleicht mache ich das auch. Aber dann weiß ich wenigstens, was ich gestrichen habe.«

Es war ein seltsamer letzter Abend geworden. Jonas war bedrückt wie vor einem Abschied für sehr lange Zeit. Und Marina war übermütig, als freue sie sich über seine Abreise.

Sie wollte auswärts essen gehen, aber Jonas war dagegen. Er werde jetzt lange genug in Restaurants essen, war das Argument, mit dem er sie schließlich überzeugte. Damit und mit ein bisschen Erotik.

Als sie sich später über den Kühlschrank hermachten – Joghurt, Salzgurken, Mozzarella, ein halbvertrockneter Salamirest – und sie immer noch aufgekratzt war, musste er sie doch fragen: »Freust du dich eigentlich, dass ich gehe?«

»Ich freue mich, dass du dein Versprechen hältst und das Erbe von Max ausschlägst.«

Am nächsten Morgen hatte sie zum Glück einen frühen Termin und kam nicht in Versuchung, ihn zum Flughafen zu fahren. Jonas hatte seine Reisetasche voller Sommersachen in seinem Passat verstaut, sich ein paar Lebensmittel und ein billiges Handy mit einer Prepaid-Karte gekauft und sich auf den Weg gemacht.

Im Wohnzimmerchen stand ein Tisch mit zwei Stühlen.

Jonas machte ihn zu seinem Schreibtisch. Er stellte seinen Laptop darauf und steckte dessen Netzkabel anstelle der Stehlampe in die einzige Steckdose des Raumes.

Die Internetverbindung war langsam, Jonas machte sich auf lange Übertragungszeiten gefasst.

Als Erstes kopierte er seinen letzten USB-Stick. Während der Zeitbalken des Downloads kaum merklich vorankroch, öffnete er das Fenster.

Draußen war es dunkel, und in dem Licht, das aus dem Zimmer drang, fielen die Schneeflocken dicht wie ein Tüllvorhang. Die Schubkarren, Wagenräder, schmiedeeisernen Lampen und der ganze Kitsch vor dem Haus waren schon aufs Lieblichste überzuckert.

Es kam ihm vor, als mache der stete Schneefall die Stille noch stiller, das Häuschen noch einsamer. Nirgends ein Licht außer seinem. Nirgends ein Geräusch außer seinen.

Jonas schloss das Fenster. Der Balken auf dem Bildschirm war noch nicht einmal in der Hälfte angelangt.

Plötzlich sah er nicht mehr den Teil, der wuchs, sondern nur noch den Teil, der kleiner wurde.

Wie die Zeit, dachte er, die mir bleibt, um zu überleben.

*

Es fand sich kein anderer Hintergrund als das senfgelbe Leintuch. Jonas entfernte es vom Bett und hängte es über die Landschaftsfotos an der Zimmerwand. Davor stellte er den zweiten Stuhl und machte mit seinen zwei LED-Leuchten Licht.

Danach montierte er die Kamera aufs Stativ und richtete sie auf den Mann ein, der dort sitzen würde: Jonas Brand.

Er musste nur fünf Texte im Bild sprechen, aber er war nicht gut vor der Kamera und musste immer wieder zwischen Stuhl und Kamera hin- und herlaufen, um zu schneiden und zu löschen. Es wurde fast Mitternacht, bis er mit dem Resultat halbwegs zufrieden war.

Jonas machte sich Kaffee und aß etwas Brot und Käse. Dann begann er das Material, das er selbst gedreht oder von Max erhalten hatte, zu bearbeiten.

Den Rest der Nacht verbrachte er mit den Aufnahmen der Off-Kommentare. Einmal passte die Länge nicht, dann wieder die Sprache, und wenn beides passte, verhaspelte er sich.

Es war schon hell, als er den Beitrag endlich fertig hatte. Er reckte sich und trat vor die Tür.

Das Schindelhäuschen war tief eingeschneit, und noch immer fielen dicht die leichten Flocken.

Jonas ging zurück zum Bildschirm und sah sich den Sprengsatz noch einmal an.

Er trug den Titel »Personenschaden«.

PERSONENSCHADEN
INT. SPEISEWAGEN INTERCITY - ABEND

Ein Mann im Businessanzug kommt auf die
Kamera zu, wird bildfüllend und geht vorbei.

       DER MANN (off)
     Hast du Paolo gesehen?

    DICKER MANN AM TISCH VOR LAPTOP
     Sitzt er nicht bei euch?

DER MANN
Er hat einen Anruf bekommen und
ist rausgegangen zum Sprechen.
Und nicht mehr zurückgekommen.

DICKER MANN
Vielleicht ist er der Personenschaden.

SCHNITT AUF: EXT. TUNNEL – NACHT
IN DER DISTANZ EIN BÜNDEL NEBEN DEM ZUG

KOMMENTAR: Am neunzehnten September des vergangenen Jahres wurde der Intercity 584 durch
eine Notbremsung gestoppt. Der Zug kam in
einem Tunnel zum Stehen. Die Leiche eines
Passagiers lag neben den Gleisen.

SCHNITT AUF: INSERT FACEBOOK FOTO PAOLO
CONTINI

KOMMENTAR: Es handelte sich um Paolo Contini,
neununddreißig, verheiratet und Vater von
zwei kleinen Kindern. Er lebte in Basel und
arbeitete in Zürich bei der GCBS als Börsen-
händler.

SCHNITT AUF: INT. SPEISEWAGEN INTERCITY –
ABEND
Schwenk durch den vollbesetzten Speisewagen

KOMMENTAR: Contini war einer der vielen
Pendler im Speisewagen des Intercity 584.
Die Polizei ging von Selbstmord aus.
Aber niemand konnte sich erklären, warum
er es tat. Er hat keinen Abschiedsbrief
hinterlassen.

SCHNITT AUF: INT. WOHNZIMMER JACK HEINZMANN –
ABEND

      JACK HEINZMANN
(Einblender: Jack Heinzmann,
Arbeitskollege)
Nichts. Es gibt auch keinen
Grund, weshalb er sich das Leben
hätte nehmen sollen. Aber jede
Menge Gründe, weshalb nicht. Paolo
war der Star des Trading Floors.
Er war glücklich verheiratet und
hatte zwei Kinder, in die er
vernarrt war, fünf und sieben.
Da bringt man sich nicht um.

     JONAS BRAND (off)
Könnte es ein Unfall gewesen sein?

      JACK HEINZMANN
Was für ein Unfall? Dass er sich
in der Tür geirrt hat? Um die
Eingangstür während der Fahrt zu
öffnen, muss man einen Notriegel
ziehen.

     JONAS BRAND (off)
Ein Verbrechen?

      JACK HEINZMANN
Paolo war beliebt. Er hatte keine
Feinde.

     JONAS BRAND (off)
Also doch Selbstmord.

                    JACK HEINZMANN
        Anscheinend müssen wir uns an den
        Gedanken gewöhnen.

                JONAS BRAND (off)
            Was sagt seine Witwe?

SCHNITT AUF: INT. WOHNZIMMER BARBARA CONTINI –
ABEND

                JONAS BRAND (off)
            Frau Contini, glauben Sie, dass
            Ihr Mann Selbstmord begangen hat?

                BARBARA CONTINI
        Nein.

                JONAS BRAND (off)
            Warum nicht?

                BARBARA CONTINI
            Er war glücklich.

                JONAS BRAND (off)
            Wie ist er dann aus dem Zug ge-
            stürzt?

                BARBARA CONTINI
            Jemand hat ihn hinausgestoßen.

                JONAS BRAND (off)
            Weshalb?

                BARBARA CONTINI
            Ich weiß es nicht.

SCHNITT AUF: EXT. BÜROTRAKT COROMAG – TAG
Langsamer Schwenk über das Areal der Coromag,
Zoom auf den Bürotrakt.

> JONAS BRAND (off)
> Eine auf den ersten Blick ganz an-
> dere Geschichte bringt uns der
> Antwort auf diese Frage näher.
> Wir befinden uns bei der Coromag,
> der Sicherheitsdruckerei, die die
> Schweizer Banknoten druckt. Ende
> des vergangenen Jahres spielt
> sich dort im Büro des CEOS, Adam
> Dillier, die folgende Szene ab.

SCHNITT AUF: INT. BÜRO DILLIER COROMAG – TAG
Dillier sitzt in einem Sessel und erklärt
eine Hunderternote. (Einblender: Adam Dillier,
CEO Coromag)

> JONAS BRAND (off)
> Ist es möglich, dass zwei Noten
> die gleiche Nummer tragen?

> DILLIER
> Absolut ausgeschlossen.

Dillier erhält aus der Hand des unsicht-
baren Interviewers eine weitere Hunderternote.

> JONAS BRAND (off)
> Und wie erklären Sie unseren Zu-
> schauern das?

Dillier vergleicht die Seriennummern. Wird
nervös. Lächelt in die Kamera.

                    DILLIER
          Geben Sie mir einen Moment Zeit,
          ich muss mir das genauer ansehen.

Dillier steht auf, geht zu seinem Schreibtisch, kommt mit einer Lupe zurück, vergleicht die Merkmale der ersten Note mit der
zweiten und dann wieder die der zweiten
mit den ersten. Plötzlich sieht er auf und
hält die flache Hand gegen die Kamera.

                    DILLIER
          Schalten Sie das einen Moment ab.

SCHNITT AUF: INT. JONAS BRAND VOR GELBEM
HINTERGRUND MIT ZWEI HUNDERTERNOTEN.

SCHNITT AUF: FINGER, DER AUF DIE SERIENNUMMERN
DEUTET

               JONAS BRAND (off)
          Dass diese beiden vom Chef der
          Sicherheitsdruckerei Coromag als
          echt bezeichneten Hundert-Fran-
          ken-Scheine die gleichen Serien-
          nummern trugen, war kein Zufall.
          Einer davon stammt aus einer Se-
          rie, die inoffiziell im Auftrag
          der Bank GCBS produziert und
          in ihr Bargeldlager in Nuppingen
          geliefert wurde.

SCHNITT AUF: INT. KRANKENZIMMER GABOR
TAKACS – TAG
Gabor Takacs liegt auf dem Spitalbett in
seinem Wohnzimmer und erzählt.

GABOR TAKACS
Nuppingen! Bargeldlager GCBS!
Mit achtzehn Paletten Banknoten!
Wissen Sie, wie viel auf eine
Palette passen? Achtundvierzig
Kartons à zehntausend einge-
schweißten Noten. Wenn es Hunder-
ter sind, ist das eine Million
pro Karton oder achtundvierzig
Millionen pro Palette. Bei Tausen-
dern reden wir von vierhundert-
achtzig Millionen. Pro Palette!

JONAS BRAND (off)
Und das Geld wurde direkt an die
GCBS geliefert? Ist das ungewöhn-
lich?

GABOR TAKACS
Ungewöhnlich? Und wie! In meinen
neunzehn Jahren noch nie vorgekommen. Ich habe dann einen Freund
aus der Produktion gefragt, seinen Namen sage ich nicht, was das
für eine Lieferung war. Und der
hat gesagt, Doppelzifferungen.
Die Nationalbank lasse in letzter
Zeit Doppelzifferungen drucken.
Für irgendwelche Tests. Ich habe
ihm nicht gesagt, dass die Lieferung nach Nuppingen ging.

SCHNITT AUF: INT. JONAS BRAND VOR GELBEM
HINTERGRUND

JONAS BRAND
Und hier schließt sich der Kreis
wieder. Weshalb wurden paletten-

weise unregistrierte Banknoten an
die GCBS geliefert? Hören Sie dazu
den kürzlich unter unaufgeklärten
Umständen beim Brand seiner Wohnung
ums Leben gekommenen bekannten Wirt-
schaftsjournalisten Max Gantmann.

SCHNITT AUF: INT. WOHNUNG GANTMANN - TAG

> MAX GANTMANN
> Contini hat sich verspekuliert
> und zwar mit russischen Papieren,
> Immobilien und Energiespekulatio-
> nen. Zwischen zehn und zwanzig
> Milliarden soll er in den Sand
> gesetzt haben. Er hat diesen Ver-
> lust mit fiktiven Gewinnen aus
> fiktiven Derivaten neutralisiert.

(Schnitt)

> Eines Tages hat Contini dem Chief
> Risk Officer alles gebeichtet.
> Aber anstatt die Sache dem Risk
> Committee zu melden, wie es seine
> Pflicht gewesen wäre, ist dieser
> zu seinem CEO, William Just, ge-
> gangen. Dieser gigantische Ver-
> lust hätte die chronisch unter-
> kapitalisierte GCBS an den Rand
> des Abgrundes gebracht. Wenn er
> nämlich ruchbar geworden wäre,
> hätte sie einen Sturm auf ihre
> Schalter riskiert.

SCHNITT AUF: INT. JONAS BRAND VOR GELBEM
HINTERGRUND

                    JONAS BRAND
          Die Bank traf auch weitere Vor-
          kehrungen. Eine davon war wohl
          der Druck dieser Banknoten. Sie
          mussten die strategischen Bar-
          geldreserven erhöhen, um, falls
          die Sache doch auffliegen sollte,
          einen Bankrun bewältigen zu kön-
          nen. Also den Kunden, die die
          Schalter stürmen, ihre Guthaben
          auszuhändigen.
(Pause)
          Und hiermit sind wir wieder bei
          Paolo Contini.

SCHNITT AUF: INT. WOHNUNG GANTMANN – TAG

                    MAX GANTMANN
          Contini – und jetzt kommt's – hat
          das Gewissen geplagt, und er hat
          beschlossen, die Schweizerische
          Bankenaufsicht, SBA, direkt zu
          informieren, beziehungsweise de-
          ren Präsidenten Konrad Stimmler.
          Ob er es getan hat, weiß ich noch
          nicht.

SCHNITT AUF: INT. JONAS BRAND VOR GELBEM
HINTERGRUND
Jonas Brand hält ein Papier in die Kamera.

                    JONAS BRAND
          Das ist der Entwurf des Briefes
          an den Präsidenten der Schweize-
          rischen Bankenaufsicht.
(liest vom Papier)
          Sehr geehrter Herr Stimmler,
          Ich wende mich heute an Sie in

                            270

einer Sache, die mein Gewissen
seit einiger Zeit sehr belastet.

SCHNITT AUF: CLOSE-UP BRIEF

    JONAS BRAND (off)
Ich arbeite als Trader bei der
GCBS und habe in dieser Funktion
einen Handelsverlust von einem
zweistelligen Milliardenbetrag
geschrieben und verheimlicht. Ich
habe diese Position mit fiktiven
Gewinnen fiktiver Derivate neutralisiert. Meine Vorgesetzten sind
informiert, aber so, wie es aus-
sicht, haben sie die Sache nicht
ordnungsgemäß gemeldet. Ich bin
mir der Tragweite der Angelegenheit bewusst und bereit, die Konsequenzen zu tragen.
Für alle weiteren Auskünfte stehe
ich zur Verfügung.
Mit freundlichen Grüßen
Paolo Contini

SCHNITT AUF: INT. JONAS BRAND VOR GELBEM
HINTERGRUND

    JONAS BRAND
Ist es der GCBS gelungen, Contini
daran zu hindern, diesen Brief ab-
zuschicken?
Und falls ja, mit welchen Mitteln?
Und falls nein: Warum hat die
Öffentlichkeit nichts von diesem
Skandal erfahren? Weiß die Schwei-
zerische Bankenaufsicht davon?

SCHNITT AUF: INT. LOBBY PALACE GSTAAD - TAG
William Just, CEO der GCBS, sitzt mit Konrad
Stimmler, Schweizerische Bankenaufsicht, SBA,
an einem der Tischchen. Sie prosten der Kamera
zu.
(Einblender: William Just, CEO GCBS, mit
Konrad Stimmler, Präsident Schweizerische
Bankenaufsicht, SBA)

     JONAS BRAND (off)
     Und wer steckt sonst noch alles
     mit drin?

                *

Der Inhalt von Max Gantmanns Büro war in einen Container verfrachtet und abtransportiert worden, die fleckige Auslegeware ersetzt, und die Wände waren frischgestrichen.

Die Tür des Büros stand offen, als Heiner Stepler, der Fernsehchefredakteur, daran vorbeiging. Er glaubte, durch den Geruch der frischen Farbe noch immer Max' Mief nach ungelüftet und Zigaretten riechen zu können.

Er war auf dem Weg zum Generaldirektor, denn der Fall war eingetreten, in dem er sich sofort an ihn zu wenden hatte, egal, wie beschäftigt dieser gerade war.

Die persönliche Assistentin erwartete ihn schon und führte ihn durchs Vorzimmer ins Eckbüro. Der Generaldirektor stand am Fenster, die Hände auf dem Rücken, und starrte auf die verschneiten Dächer der Vorstadt.

Ohne sich umzuwenden, fragte er: »Hat er sich gemeldet?«

»Ja. Aus Abu Dhabi.«

»Und? Ist es so brisant?«

»Ich habe das Material nicht gesehen. Er hat es per File-mail geschickt, über ein Mega groß, und er will mir den Zugangscode nur unter bestimmten Bedingungen geben.«

»Welchen?«

»Er will die feste Zusage, dass wir es heute ab der Achtzehn-Uhr-Ausgabe senden.«

»Katze im Sack?«

»Nicht ganz. Wenn wir interessiert sind, gibt er uns den Code für das gleiche File, aber in einer nicht sendbaren Auflösung. Danach müssen wir uns entscheiden.«

Jetzt wandte sich der Generaldirektor um. Stepler sah ihm an, dass ihm die Situation zuwider war. Was er zu tun gezwungen war, ließ sich schlecht mit seiner politischen Einstellung und dem Bild, das er von sich hatte, vereinbaren.

»Das können wir tun, oder?«

»Es bleibt uns nicht viel anderes übrig. Er hat *TVch* das gleiche Angebot gemacht.«

Die Erwähnung des Senders ließ die beiden senkrechten Falten neben der Nasenwurzel des Generaldirektors noch etwas tiefer werden. *TVch* war die größte private Konkurrenz des Senders. »Wenn wir es nicht bringen, bringen die es?«

»Nein, die bringen es auf jeden Fall. Ob wir es bringen oder nicht.«

»Okay. Sag zu und zeig mir den Bericht, sobald du ihn hast.«

Heiner Stepler ging zurück in sein Büro. Wieder hatte er

bei Max' früherem Büro das Gefühl, durch die Farbschicht dessen Mief zu riechen.

Er schrieb einen Satz an die Adresse dynnammit@hotmail.com: »Bitte um kleines File, dann entscheiden wir.«

Ein paar Minuten später traf eine Nachricht von Filemail ein mit dem Betreff »Dynamit«. Es enthielt einen Link zu einem File und das dazugehörige Passwort. Stepler lud es auf einen USB-Stick und ging zurück zum Generaldirektor.

Stumm betrachteten sie das Video. Als es zu Ende war, sagte der Generaldirektor: »Dynamit. Der Titel passt. Wir akzeptieren die Bedingungen.«

»Wir bringen es ab der Achtzehn-Uhr-Ausgabe? So, wie es ist?«, fragte der Chefredakteur ungläubig.

»Bring das Material, sobald du es hast. Und zeig es niemandem.«

Eine halbe Stunde später begutachteten die beiden den Beitrag ein zweites Mal, diesmal in Sendequalität. Heiner Stepler machte sich Notizen im Hinblick auf den Kommentar, mit dem er ihn begleiten wollte.

Als er am Schluss des Videos aufstand, befahl ihm der Generaldirektor: »Bleib!«, und ließ sich mit dem CEO des Konkurrenzsenders *TVch* verbinden.

Sie führten ein kurzes Gespräch, dessen Resultat dem Journalisten in Heiner Stepler widerstrebte.

*

»Unbekannt« stand auf dem Display von Marinas Handy. Sie meldete sich mit einem kühlen »Hallo«.

»Ich bin's, Jonas.«

»Jonas! Ich versuche die ganze Zeit, dich zu erreichen, was ist passiert?«

»Nichts. Mein Handy ist in den Pool gefallen. Es liegt in einem Kilo Reis zum Trocknen.«

»Und ich dachte, dass weiß Gott was passiert ist. Geht es dir gut?«

»Ja. Und dir?«

»Ich vermisse dich.«

»Ich dich auch. Aber nicht mehr lange.«

»Wann kommst du?«

»Vielleicht schon morgen. Kommt darauf an.«

»Worauf?«

»Schau dir die *Tagesschau* an. Ab achtzehn Uhr.«

»Warum?«

»Wirst schon sehen. Wo bist du?«

»Zu Hause.«

»Was machst du?«

»Was man so macht, an einem Sonntag zu Hause. Sich langweilen. Wie kann ich dich erreichen?«

»Auf dieser Nummer.«

»Sie ist unterdrückt.«

»Warte, ich gebe sie dir.«

Sie hörte, wie er auf Tasten drückte. Dann verstummte die Linie und das Besetztzeichen ertönte.

»Er sagt, ich soll die *Tagesschau* anschauen«, sagte sie.

»Das werden wir«, antwortete Tommy, Jonas' Regieassistent, der an der Theke stand, die die Küche vom Wohnesszimmer trennte.

Sacha Duval, der erste Botschaftssekretär der Schweizer Botschaft, stand am Fenster seines Büros im siebzehnten Stock des Centro Capital Center Building in Abu Dhabi. Von hier aus konnte er die amerikanische Botschaft sehen, die in weniger als einem Kilometer Luftlinie nordwestlich lag.

Dort arbeitete Donald Tryst, der Chef des U.S. Liaison Office, den er gerade am Draht hatte. Sie hatten sich ein paarmal bei gesellschaftlichen Anlässen getroffen und sprachen sich mit Vornamen an, Sacha und Donald.

Das Gespräch war kurz und informell und hatte nie stattgefunden.

Donald sagte: »*Immigration* bestätigt mir, das Subjekt ist nie eingereist.«

Sacha antwortete: »*Thanks. Hope to see you soon.*« Er legte auf und rief Bern an.

*

Dem Ofen war das Heizöl ausgegangen. Jonas holte den Kanister aus dem Schuppen, der auch als Garage diente, und füllte den Tank. Er faltete eines der Blättchen, das zum Anzünden diente, so, wie es ihm die Vermieterin gezeigt hatte, zündete es an, warf es in den Ofen und schaute zu, wie es vom hereindringenden Öl ertränkt wurde.

Eine halbe Stunde lang versuchte er, den Ofen in Gang zu bringen, dann gab er es auf. Jonas holte das Leintuch herunter, das immer noch als Filmhintergrund an der Wand hing, bezog das Bett, stellte den Wecker seines Handys und schlüpfte unter das Federbett. Er fühlte sich zerschlagen und ausgehöhlt, aber dennoch dauerte es eine ganze Weile, bis er einschlafen konnte.

Jonas erwachte von einem lauten Rasseln und dem Motorengeräusch eines schweren Fahrzeugs. Er sprang aus dem Bett und ging ans Fenster.

Draußen wendete ein Traktor mit einem vorgespannten Pflug. Er hatte den Schnee zu einer Mauer zusammengeschoben, die den Zaun überragte.

Der vermummte Fahrer sah ihn am Fenster stehen und winkte ihm zu. Jonas winkte zurück und blickte dem Fahrzeug nach, das auf dem frischgepflügten Landweg zurückfuhr.

Es schneite noch immer in ergiebigen Flocken. Die Gartendekorationen waren nur noch als sanfte Erhebungen in der dicken Schneedecke erkennbar. Es dämmerte.

Die Wohnung war kalt und roch nach Heizöl. Es war erst kurz vor vier, noch zwei Stunden bis zur *Tagesschau*.

Jonas fand in der Küche eine Rolle Haushaltspapier und begann, Blätter davon zu dicken Dochten zu drehen und damit die Ölüberschwemmung im Ofen aufzutunken. Als er die Rolle aufgebraucht hatte, machte er mit Toilettenpapier weiter. Es war fast fünf, als es ihm gelang, den Ofen wieder in Gang zu setzen. Alles stank nach Heizöl.

Die nächste halbe Stunde verbrachte er damit, die Schneeketten zu montieren. Sie lagen noch unbenutzt in ihrer Originalverpackung, zusammen mit riesigen Plastikhandschuhen und einer unverständlichen Gebrauchsanweisung. Nach kurzer Zeit hatte Jonas es geschafft, die erste Kette in einen unentwirrbaren Knäuel aus Eisen zu verwandeln. Die zweite

Kette montierte er ohne Probleme und beschloss, es dabei bewenden zu lassen.

In der Wohnung war es inzwischen warm geworden. Er wusch sich die Hände, kochte eine Fertigsuppe und setzte sich vor den Fernseher.

Dass das Thema nicht in der Inhaltsübersicht vorkam, hätte ihn eigentlich warnen sollen. Aber er sah sich die ganze Sendung an, bis er begriff. Nichts.

Das dominierende Thema der Nachrichtensendung waren die gewaltigen Schneefälle der letzten Stunden und das Chaos, das sie angerichtet hatten. Von Jonas' Bericht keine Spur.

Während der ganzen Nachrichten schaltete er immer wieder auf *TVch*. Auch dort kein Ton über den GCBS-Skandal.

Ganz zum Schluss sagte die Moderatorin: »Und jetzt noch eine Vermisstenmeldung der Polizei…«

Bildfüllend erschien sein Foto, das Nembus Productions als offizielles Pressebild für *Montecristo* hatte machen lassen. Jonas sah darauf aus wie jetzt: Schädel und Gesicht voller Dreitagestoppeln. Die Sprecherin gab seine Personenbeschreibung durch und Farbe und Kennzeichen seines VW Passat. Die Polizei bat um sachdienliche Hinweise.

Jonas schaltete um auf *TVch*. Er konnte gerade noch das Bild des vermissten Jonas Brand sehen.

Er begann, hastig zu packen.

Er musste zweimal durch den tiefen Schnee stapfen, der den Weg zwischen Haustür und Schuppen bedeckte, um Gepäck, Computer und Kameraausrüstung ins Auto zu bringen. Und dann noch ein drittes Mal, um Frau Gerwiler ein Grußwort neben dem Schlüssel zu hinterlassen und alle Lichter zu löschen.

Dunkel lag das tiefverschneite Häuschen da, als er langsam daran vorbeifuhr. Er war froh um die eine Kette, deren loses Ende rhythmisch gegen das Schutzblech schlug.

Er steuerte vorsichtig durch den Tunnel aus leuchtenden Schneeflocken, den die Scheinwerfer vor ihm öffneten. Als er sich dem Bauernhaus der Familie Gerwiler näherte, schaltete er die Standlichter ein und reduzierte die Geschwindigkeit auf Schritttempo.

Hinter den trüben Stallfenstern glimmte gelbes Licht, aber die Küche war so hell erleuchtet, dass er die Familie am Esstisch versammelt sah. Ein Fernseher lief, und der Bauer stand bei dem Wandtelefon neben der Tür und sprach.

Eines der Kinder rannte ans Fenster. Es musste das Klopfen der Kette gehört haben.

Er wusste nicht, wie lange er so unterwegs gewesen war, bis er auf die Hauptstraße stieß. Sie war frisch gepflügt. Er hielt an und machte das lose Kettenende fest. Dann fuhr er etwas schneller in der frischen Spur des Pfluges. Sie führte nach Westen, Richtung Stadt.

Erst jetzt kam er dazu, einen vernünftigen Gedanken zu fassen. Die beiden Fernsehsender mussten sich abgesprochen und gemeinsam beschlossen haben, die Sache nicht zu bringen. Auf Druck von wem? Wer hatte so viel Macht, dass er zwei Redaktionen dazu bringen konnte, eine Story von diesem Kaliber zu vertuschen? Die Bank? Oder die weiteren Kreise, die Jonas am Schluss seines Beitrags erwähnt hatte?

Noch mehr Sorgen machte ihm die Vermisstenanzeige. Sie bedeutete nicht nur, dass die Gegenseite wusste, dass er nicht in Abu Dhabi war, sie machte ihn auch zum Gejagten.

Die Hälfte der Deutschschweizer kannte nun sein Bild und seine Autonummer und würde mit einem sachdienlichen Hinweis an die Polizei keine Sekunde zögern.

Wenn der Beitrag gesendet worden wäre, hätten zwar auch alle sein Gesicht gekannt, aber dann wäre die Bombe geplatzt und er somit in Sicherheit gewesen.

Weit vorne flackerte es orange im Schneegestöber. Es sah aus, als würde er bald den Schneepflug einholen.

Seine letzte Rettung war sein Plan B. Er musste den Report ins Internet stellen. In möglichst viele Videoportale. Da konnte die Gegenseite noch so mächtig sein, das Internet ließ sich nicht kontrollieren.

Aber dazu brauchte er Zeit und einen Ort mit einer akzeptablen Internetverbindung.

Das hieß, er brauchte die Hilfe eines Menschen, dem er vertrauen konnte.

Und davon gab es inzwischen nur noch einen Einzigen.

*

In das orangene Blinken des Schneepfluges mischte sich jetzt das Flackern eines Blaulichts.

Jonas hatte Glück. An der rechten Straßenseite befand sich die Einfahrt zu Müller Agro, einer Reparaturwerkstatt für Landwirtschaftsmaschinen. Das Sträßchen war gepflügt.

Jonas schaltete das Licht aus und folgte der Pflugspur. Sie führte hinter die Werkstatt und endete auf einem überdachten Parkplatz voller Landwirtschaftsfahrzeuge und Gebrauchtwagen. Vielleicht war dies der Ausgangspunkt des Schneepflugs, hinter dem er die ganze Zeit gefahren war.

Jonas sah das Blaulicht vorbeizucken und in der Richtung verschwinden, aus der er gekommen war. Er parkte seinen Passat zwischen den Personenwagen, nahm das Handy hervor, das angeblich im Pool gelandet war, und schaltete es ein.

Das Signal war sehr schwach, und es dauerte lange, bis die Koordinaten-App seine Position gefunden hatte. Er notierte sie sich und schaltete das Handy wieder aus.

Er holte sein Prepaid-Handy aus der Tasche und gab die Nummer ein.

»Marina, ich brauche deine Hilfe«, sagte er zur Begrüßung.

»Wo bist du?«

»Hast du etwas zum Schreiben?«

»Weißt du, dass du per Vermisstenanzeige gesucht wirst?«

»Deshalb brauche ich deine Hilfe. Du musst mich abholen. Hast du was zum Schreiben?«

Nach einem Augenblick sagte sie: »Jetzt.«

Er gab ihr die Koordinaten. »Weißt du, wie man sie ins GPS eingibt?«

»Natürlich. Du warst gar nie in Abu Dhabi, oder?«

»Nein. Ich erzähle dir alles. Aber du musst mich holen, bevor es die anderen tun. Ich bin bei einer Werkstatt für Landwirtschaftsmaschinen. Sie heißt Müller Agro. Dahinter habe ich geparkt. Ich muss den Passat hier stehenlassen, die Nummer war in der Vermisstenanzeige.«

»Es wäre gescheiter, wenn du dich auf dem nächsten Polizeiposten meldest.«

»Das werde ich. Aber vorher muss ich noch etwas erledigen. Etwas Wichtiges. Etwas Lebenswichtiges. Dazu brauche ich deine Hilfe. Bitte, Marina.«

»Okay, Jonas. Ich bin schon unterwegs.«

Eine halbe Stunde später näherten sich Scheinwerfer.

Jonas duckte sich hinter das Armaturenbrett. So schnell konnte Marina nicht hergefahren sein.

Lautes Motorengeräusch kam näher. Die Lichter bogen um die Ecke der Werkstatt und fuhren direkt auf Jonas zu.

Es war der Pflug, der zurückkam. Er wendete und fuhr rückwärts in den Unterstand, bereit für den nächsten Einsatz.

Die Lichter gingen aus, der Motor erstarb. Der Fahrer in orangefarbener Schutzkleidung kletterte herunter, reckte sich und kam auf den Passat zu.

Jonas verkroch sich noch tiefer.

Er hörte die Schritte des Fahrers und seine Stimme, die unverständliche Schimpfwörter ausstieß. Dann wurde die Tür des Autos neben Jonas geöffnet und zugeschlagen. Der Motor sprang an, und der Wagen entfernte sich.

Jonas brauchte ein paar Minuten, um den Mut zu fassen, sich wieder aufzurichten.

Er zitterte, nicht nur vor Kälte. Er startete den Motor, um das Auto wieder aufzuheizen, wie er es seit seinem Anruf immer wieder getan hatte, und wartete.

Wenn das alles hinter ihm lag, was dann? Die Filmkarriere würde er sich wohl aus dem Kopf schlagen müssen. Und vom Job als People-VJ würde er sich endgültig verabschieden. Vielleicht würde ihm die Enthüllung des GCBS-Skandals ein paar Türen öffnen, und er kam irgendwo unter als seriöser Videojournalist.

Und privat? Vielleicht war es an der Zeit, auch privat seriös zu werden. Nochmals das zu versuchen, was ihm einmal misslungen war. Eine feste Beziehung. Vielleicht sogar eine Ehe. Wie wohl Marina dazu stand? In knapp zwei Jahren war er vierzig. Vielleicht war es schon zu spät. Andererseits, zehn Jahre Altersunterschied, vielleicht ging das gerade noch.

Ein Motorengeräusch näherte sich, aber Scheinwerfer waren nicht zu sehen.

Jonas duckte sich wieder hinter das Armaturenbrett.

Nichts geschah.

Wahrscheinlich Marina, die seinen Wagen nicht gleich sah und zu vorsichtig war, die Scheinwerfer einzuschalten.

Langsam hob er den Kopf. Neben dem Pflug glaubte er, die Umrisse eines Autos zu erkennen. Er öffnete die Tür und stieg langsam aus. Noch immer fiel der Schnee.

»Marina?«, rief er halblaut.

Plötzlich stand er im gleißenden Scheinwerferlicht. Gestalten rannten auf ihn zu, Männerstimmen riefen durcheinander.

Sekunden später lag er auf dem Boden, den Arm auf den Rücken gedreht, ein hartes Knie im Rücken.

Jemand hielt ihm grob beide Hände zusammen, er hörte, wie die Öse des Kabelbinders über die Verzahnung sirrte und seine Handgelenke eng zusammenband.

Er wurde auf die Beine gestellt und, halb gezerrt, halb gestoßen, zu einem dunklen Lieferwagen gebracht.

Die Männer waren ganz in Schwarz gekleidet: Cargo-Hose, Springerstiefel, Bomberjacken und Sturmhauben, die nur die Augen freiließen.

Einer von ihnen stieß ihn auf die Sitzbank und legte ihm den Sicherheitsgurt an.

Dann setzte er sich Jonas gegenüber, schnallte sich ebenfalls an und zog die Sturmhaube vom Kopf.

Der Lieferwagen fuhr los. Im Licht des Scheinwerfers des ihnen folgenden Wagens, das kurz durch das kleine vergitterte Heckfenster fiel, erkannte Jonas den Rothaarigen mit der Igelfrisur.

*

Jonas war wie gelähmt vor Angst vor dem, was ihm bevorstand, und vor Verzweiflung über Marinas Verrat.

Der Lieferwagen war hart gefedert, und der Fahrer fuhr die kurvenreiche Strecke ruppig und trotz Schnee am Limit. Jonas konnte sich mit den Händen nicht abstützen und wurde immer wieder erst im letzten Moment vom Mechanismus der Sicherheitsgurte aufgefangen.

Die Handgelenke, die am Anfang von den engen Kabelbindern geschmerzt hatten, waren gefühllos geworden. Es war, als hätte er keine Hände mehr.

»Marina hat mich verraten!«, war der einzige Gedanke, den er fassen konnte. »Marina hat mich verraten!«

Der Rothaarige sagte kein Wort. Er griff auch nicht ein, wenn Jonas beinahe von der Sitzbank kippte. Der Mann saß nur da und rauchte eine elektronische Zigarette, die einen seltsamen Duft verströmte.

Plötzlich wurde die Fahrt ruhiger und der Motor lauter. Sie mussten auf einer Autobahn sein.

Was hatte sein schweigender Bewacher vor? Als sie sich noch auf der Landstraße befanden, rechnete Jonas damit, dass sie irgendwo anhalten, ihn aus dem Wagen zerren und einfach abknallen würden. Aber jetzt hatte er das Gefühl, dass sie ein Ziel hatten. Jonas entspannte sich.

»Wohin fahren wir?«, fragte er. Und als er keine Antwort bekam: *»Where are we going?«*

Er sah nur die schwachen Umrisse des Gesichts und das Leuchten des Glutlämpchens der lächerlichen E-Zigarette. Ein Auftragskiller, der auf seine Gesundheit achtete. Wie andere Bankangestellte auch.

Wie rekrutiert eine Großbank solche Leute? Gab es dafür auch Headhunter? Durchliefen sie ebenfalls ein Assessment? Er sprach Englisch, hatte Frau Gabler gesagt. War er Amerikaner oder Engländer? Oder vielleicht Australier oder Südafrikaner? War er vielleicht ein Angestellter einer PMC, einer dieser *Private Military Companies,* die sich in der Schweiz niedergelassen hatten? Was kostete so einer? Und wie verbuchte man sein Gehalt?

Der Wagen wurde langsamer, sie hatten die Autobahn verlassen und fuhren auf Straßen mit Ampeln, Kreuzungen und Abzweigungen. Jonas kämpfte wieder um sein Gleichgewicht.

Plötzlich hielten sie an und fuhren kurz darauf langsam steil bergab und in einer Spirale immer tiefer. Sie stoppten, und die Schiebetür wurde aufgestoßen. Grelles Neonlicht blendete ihn.

Sein Bewacher hatte die Sturmhaube wieder übergezogen. Er öffnete Jonas' Sicherheitsgurt und zerrte ihn heraus. Draußen wartete ein zweiter Vermummter.

Sie führten ihn durch einen Korridor voller Luftschutztüren zu einem Warenlift. Während der Lift sie in ein höheres Stockwerk fuhr, schnitt einer der Vermummten – dem

Geruch nach E-Zigaretten nach war es der Rothaarige – den Kabelbinder durch.

Die Tür öffnete sich, sie stießen ihn hinaus, und die Lifttür schloss sich vor seinen beiden Entführern.

*

Jonas Brand befand sich alleine in der Mitte eines langen Korridors. Auf beiden Seiten befanden sich Türen, die meisten geschlossen. Der Geruch kam ihm bekannt vor, aber er konnte ihn nicht zuordnen.

Er begann, die gefühllosen Hände zu massieren und langsam in die Richtung zu gehen, aus der er Stimmen zu vernehmen glaubte.

Die fünfte Tür stand offen. Zwei Männer saßen an Schreibtischen, einer telefonierte. Keiner der beiden bemerkte Jonas.

Er klopfte mit einem gefühllosen Knöchel an den Türrahmen. Der Mann, der nicht telefonierte, sah auf. »Ja?«, sagte er. Dann schien er Jonas zu erkennen, stand auf und kam auf ihn zu. Er trug ein Schulterhalfter mit einer Pistole. Jetzt konnte Jonas den Geruch zuordnen. Polizei.

»Mein Name ist Jonas Brand. Ich wurde entführt.«

Der Mann am Telefon unterbrach das Gespräch und wählte eine Nummer. »Er ist da«, sagte er und legte auf.

*

Zehn Minuten später saß Jonas wieder in einem fast fensterlosen Kastenwagen. Diesmal war er nicht gefesselt, und seine beiden Begleiter trugen dunkelblaue Polizeiuniformen mit dem Berner Wappen. Sie waren gleich wortkarg wie seine Entführer, aber höflicher. Sie sagten »bitte«, wenn sie ihn aufforderten, sich zu setzen. Und als sie ihr Ziel erreichten und er das Fahrzeug verlassen musste, sagten sie es auch.

Ihr Ziel war die Tiefgarage eines neueren Gebäudes. Und wieder wurde er zu einem Lift geführt.

Sie brachten ihn in einen kleinen Raum. An den Wänden hingen ein paar Stiche der Stadt Bern, und ein paar Stilmöbel bildeten eine Sitzgruppe.

Die Polizisten forderten ihn auf, Platz zu nehmen. Er setzte sich auf einen Biedermeiersessel. Die Beamten blieben stehen und warteten.

Sein Blick fiel auf die Armbanduhr. Er hatte das Gefühl, eine halbe Ewigkeit unterwegs gewesen zu sein, aber es war erst nach halb zehn.

Die Wut auf Marina und die Angst vor dem Bevorstehenden hatten einer großen Leere Platz gemacht. Es war ihm gleichgültig, wie es weiterging.

*

Der Raum besaß eine zweite Tür. Diese ging nun auf, und ein älterer Herr trat ein. Er trug einen grauen Anzug, der ein wenig wie eine Uniform aussah, und zog das rechte Bein etwas nach.

»Herr Brand, darf ich bitten.«

Jonas stand auf. Seine Hände waren noch immer fast gefühllos, und er war ein wenig unsicher auf den Beinen. Er nickte den Beamten zu und folgte dem Mann. Der führte ihn einen Korridor entlang und blieb vor einer Tür stehen.

»Wenn Sie sich noch etwas frischmachen möchten ...«

Jonas betrat ein Badezimmer mit einer Toilette. Er benutzte sie, ging zum Waschbecken und erschrak über sein Aussehen. Bleich und übernächtigt, rote Augen über schwarzen Ringen, stoppeliger Kopf mit mehr grauen Haaren, als er in Erinnerung hatte.

Er wusch sich Hände und Gesicht und putzte die Zähne mit einer der Einwegzahnbürsten, die auflagen. Auch vom Eau de Toilette auf der Spiegelablage benutzte er ein wenig.

Der Mann führte ihn zu einer Nussbaumtür mit Messingbeschlägen und klopfte.

»Ja!«, rief eine Männerstimme.

Der Tiefgarage und den Hinterräumen nach zu schließen befanden sie sich in einem neueren Gebäude, aber der Raum, den sie jetzt betraten, musste en bloc aus einem neoklassizistischen Landgut aus- und hier wieder eingebaut worden sein. Er war vollständig mit Nussbaumholz getäfelt und mit Möbeln aus der Zeit ausgestattet. Im Raum befand sich ein Schiefertisch, der Platz für zwei Dutzend Gäste bot. An die eine Schmalseite der Tafel schloss sich ein großer Parkettboden an, wie eine Tanzfläche, locker bestuhlt mit ebenfalls neoklassizistischen Fauteuils.

An der anderen Schmalseite ging es zu einem behaglich möblierten Rauchsalon mit einem Marmorkamin, der aus dem gleichen Schlösschen stammen musste. Ein Feuer knisterte darin. Dieser Teil des Saales konnte mit Schiebetüren abgetrennt werden, die jetzt offenstanden. Sein Herzstück war ein riesiger Schreibtisch, von dem sich bei ihrem Eintreten ein kleiner rundlicher Mann erhob. Er kam ihm bekannt vor.

»Hier kommt der Staatsfeind Nummer eins«, lächelte er und gab ihm die Hand. »Gobler, Finanzverwaltung. Verzeihen Sie die Umstände, die Sie hierhergeführt haben. Darf ich Ihnen etwas anbieten? Ein Bier? Man sagt mir, Sie seien Biertrinker. Erste Gemeinsamkeit.«

Der ältere Herr hatte während der Begrüßung die Schiebetüren zugezogen und wartete nun auf weitere Anweisungen.

»Zwei Stangen, bitte, Herr Rontaler«, warf Gobler ihm zu. Der Rauchsalon besaß eine eigene Tür. Durch diese verließ der Hinkende langsam den Raum.

Gobler! Deswegen kam ihm der Mann bekannt vor. Er war der Direktor der Eidgenössischen Finanzverwaltung. Der Chefbeamte unter – oder über, wie viele sagten – dem Bundesrat, der dem Finanzdepartement vorstand.

Er bot Jonas einen Stuhl an dem großen Schreibtisch an und begab sich auf den weiten Weg zur anderen Seite. Dort setzte er sich in einen Sessel, der Jonas wie ein Thron vorkam.

»Aber so legen Sie doch Ihre Windjacke ab, Sie müssen vor Hitze ersticken!«

Jonas erhob sich, hängte seine Jacke über die Rückenlehne und nahm wieder Platz. Erst jetzt bemerkte er vor ihm den Laptop mit einem Sticker, auf dem »Montecristo« stand. Es war sein Laptop. Daneben ein USB-Stick. Das gleiche Modell, wie Jonas es benutzte.

»Der Saal da drüben heißt Liliensaal. Er stammt aus dem ehemaligen Landsitz Lilienrain, der in den achtziger Jahren der Autobahn weichen musste. Das Departement benutzt ihn für besonders wichtige Anlässe.« Gobler machte eine Pause. »Anlässe wie diesen hier.«

Es klopfte, und der Chefbeamte rief: »Ja!«

Der hinkende Diener trat ein. Er trug ein Tablett mit zwei schön eingeschenkten Stangen Bier. Es dauerte ein wenig, bis er beide serviert und den Saal wieder verlassen hatte.

»Danke, Herr Rontaler«, rief Gobler ihm nach. Dann nahm er den USB-Stick vom Tisch, hielt ihn in die Luft und sagte: »Zuerst einmal herzlichen Glückwunsch dazu.« Er schüttelte den Stick anerkennend. »Ein reifes Stück Recherchenjournalismus, Herr Brand.«

»Danke«, sagte Jonas, nur halb ironisch.

»Nur schade, dass es nicht veröffentlicht werden kann.«

»Auf besonderen Wunsch der GCBS, nehme ich an.«

Gobler legte den Stick wieder auf die Tischplatte und winkte ab. »Ach, die GCBS! Die ist unsere geringste Sorge. Auf besonderen Wunsch des Landes, Herr Brand. Auf besonderen Wunsch der Industrienationen. Auf besonderen Wunsch der Entwicklungsnationen. Auf besonderen Wunsch der Welt.«

Er hob das Bierglas, prostete Jonas andeutungsweise zu und leerte es zur Hälfte. »Wissen Sie, was passiert, wenn das öffentlich wird?«

Jonas hatte auch einen Schluck getrunken und wischte sich den Schaum von den Lippen. Seine Hand duftete nach der Designerseife im Waschraum. »Ich kann es mir ungefähr vorstellen.«

»Sehen Sie, Herr Brand, genau das bezweifle ich. Sonst hätten Sie schon lange die Finger davon gelassen. Sie können sich vielleicht vorstellen, was passiert, wenn bekannt wird, dass die GCBS inoffiziell hat Geld drucken lassen. Sie können sich wahrscheinlich ausmalen, was mit unserer wichtigsten systemrelevanten Bank geschieht, wenn die Öffentlichkeit erfährt, dass sie einen zweistelligen Milliardenverlust vertuscht, weil sie wie alle unsere Banken unterkapitalisiert ist.«

Er machte eine Pause, als erwarte er eine Bestätigung, fuhr aber fort: »Der Staat wird nicht einmal versuchen, ihr unter die Arme zu greifen. Denn jeder Politiker, der dies auch nur in Erwägung ziehen würde, würde mit ihr untergehen. So weit, so schlecht.«

Gobler holte Luft und sprach jetzt ein wenig lauter: »Aber haben Sie eine Ahnung, was passiert, wenn unsere größte Bank untergeht, weil sie unterkapitalisiert ist? Man wird sich fragen, wie gut die zweitgrößte Bank kapitalisiert ist. Und wissen Sie, was dann passiert? Ja, genau.«

Gobler trank die zweite Hälfte des Biers.

»Selbst wenn die SIB die direkten Auswirkungen der durch die Konkurrentin ausgelösten Krise aus eigenen Mitteln abfangen könnte, würde sie mitgerissen werden, so verbandelt sind unsere Großbanken.«

Er stellte das Glas so laut ab, dass Jonas zusammenzuckte.

»Aber das ist noch gar nichts. Stellen Sie sich vor, was los ist, wenn ruchbar wird, dass die Kontrollbehörde, die eigentlich unseren Finanzplatz beaufsichtigen sollte, davon gewusst hat. Und es vertuschte?«

Er machte eine Pause, und Jonas nutzte die Gelegenheit,

zu Wort zu kommen: »Sie sind also der Meinung, dass es eine kritische Größe gibt, ab der man einen Skandal nicht mehr aufdecken darf?«

Gobler nickte heftig. »Und dieser Punkt ist dann erreicht, wenn dessen Enthüllung der Allgemeinheit mehr schadet als nützt. Und in unserem Fall ist er mehr als erreicht. Er ist weit überschritten. Haben Sie das noch nie erlebt, Herr Brand, dass die Wahrheit mehr schadet als die Lüge?«

Jonas antwortete nicht. Natürlich hatte er das schon erlebt.

Der Chefbeamte griff nach dem Telefon. Sofort meldete sich jemand.

»Herr Rontaler, bringen Sie uns noch zwei Stangen. Und bitten Sie Herrn Anderfeld, sich zu uns zu gesellen. Und fragen Sie ihn, was er trinken möchte.«

Er legte auf und murmelte spöttisch vor sich hin: »Ob mit oder ohne Kohlensäure.« Dann wandte er sich wieder an Jonas, dessen Glas praktisch noch voll war: »Wir haben noch einen Gast, der Ihnen die Sache aus seiner Perspektive erläutern wird.«

Kurz darauf kam Herr Rontaler wieder und brachte zwei frische Stangen und ein Glas Wasser. Er räumte das leere und das fast volle Glas weg und verzog sich wieder mit der gleichen aufreizenden Langsamkeit.

Gobler fuhr fort: »Und glauben Sie, dass die Bankenaufsicht eine solche Bombe unter dem Deckel halten konnte ohne die Mithilfe der Nationalbank?«

Jonas zuckte mit den Schultern.

»Und falls nicht, was glauben Sie, würde mit dem Finanzplatz passieren, wenn bekannt wird, dass die Schweizerische

Nationalbank in die Sache verwickelt ist? Es wäre sein Ende. Wir würden in den Augen der Welt zur Bananenrepublik.« Gobler schüttelte alle zehn Finger aus, als hätte er sie sich verbrannt.

Die Tür ging auf, und ein weiteres bekanntes Gesicht erschien.

*

Gobler stand auf, und Jonas Brand tat es ihm nach. »Hanspeter«, sagte Gobler, »darf ich dir Jonas Brand vorstellen.«

Jonas hatte den Mann auf Anhieb erkannt. Es war Hanspeter Anderfeld, der Präsident der Schweizerischen Nationalbank. Eine asketische Erscheinung mit dichtem, schlohweißem Haar und einer randlosen Brille mit goldenem Steg und goldenen Bügeln. Er gab Jonas seine harte, trockene Hand. »Sie machen uns Sorgen, Herr Brand.«

»Sie mir auch«, antwortete Jonas.

»Das können wir hier und jetzt lösen und sorgenfrei nach Hause gehen.«

Sie setzten sich wieder, Anderfeld neben Gobler, Jonas an seinen alten Platz gegenüber.

»Wir waren gerade bei der Frage, ob die Nationalbank von der Sache wusste, Hanspeter. Und falls ja, was das bedeuten würde.«

Anderfeld nahm einen Schluck Mineralwasser, stützte sich auf die Unterarme, faltete die Hände und fasste Jonas ins Auge. »Die Nationalbank, Herr Brand, hat nichts gewusst und wird nie etwas gewusst haben. Und wissen Sie, weshalb?

Weil es die Sache nie gegeben hat. Es gibt Dinge, die nicht geschehen, weil sie einfach nicht geschehen dürfen. Und wenn sie trotzdem« – seine knochigen Zeige- und Mittelfinger häkelten zwei Gänsefüßchen in die Luft – »geschehen sollten, ist es die verdammte Pflicht und Schuldigkeit von Leuten wie uns, sie ungeschehen zu machen. An dieser Aufgabe sind wir beide und eine ganze Menge anderer verantwortungsbewusster Leute beteiligt. Mehr, als Sie vermuten, Herr Brand.«

Lukas Gobler, der Chefbeamte, trank von seinem Bier und nickte abwesend, wie der Zuhörer eines langweiligen Vortrags.

Anderfeld fuhr fort: »Wissen Sie, wer Rederick Corncrake ist?«

»Der Präsident der FED«, antwortete Jonas brav.

»Können Sie sich vorstellen, dass er mich drei-, viermal die Woche anruft?«

»Wie hat er denn von der Sache erfahren?«, wunderte sich Jonas.

»Die Amerikaner« – Anderfeld machte eine vage Handbewegung – »haben so ihre Quellen, das weiß man ja.«

Jonas antwortete nicht.

»Und wissen Sie, warum Corncrake anruft? Weil er sich Sorgen macht. Um uns. Um Sie, Herr Brand.«

Jonas hörte dem Monolog zu, als ginge er ihn nichts an.

»Und nicht nur die FED macht sich Sorgen. Glauben Sie nicht, dass ich keine Anrufe der Bank of England bekomme, der Deutschen Bundesbank, des Internationalen Währungsfonds, der Europäischen Zentralbank. Die wissen zwar nichts, aber es gibt Gerüchte. Das Gerücht, Herr Brand, ist der Todesengel der Finanzwirtschaft. Wissen Sie, was die letzte Finanzkrise so richtig in Gang gesetzt hat?«

»Lehman Brothers?«

»Der Zusammenbruch von Lehman Brothers, richtig. Dieser war im Vergleich zu dem, was uns bevorstehen würde, ein Klacks. Wir sprechen hier nicht vom Zusammenbruch einer Großbank. Wir haben es mit dem Einsturz eines der wichtigsten Finanzplätze der Welt zu tun. Vielleicht mit dem Ende unseres Finanzsystems. Mit der Implosion des Wirtschaftssystems. Sie können sich nicht vorstellen, was die Veröffentlichung von dem hier …« – er suchte nach dem USB-Stick, Gobler reichte ihn ihm, und Anderfeld hielt ihn anklagend in die Höhe – »… was das für Kreise ziehen würde. Wir hätten es mit einer Weltwirtschaftskrise zu tun, wie sie der Planet noch nie gesehen hat. Arbeitslosigkeit, Nahrungskrisen, Hungersnöte, Kriege.«

Alle schwiegen und ließen die Rede einwirken.

Jonas war beeindruckt. Aber wie immer, wenn ihn etwas beeindruckte, regte sich auch sein Widerspruchsgeist. Er sagte: »Das klingt nach einem großen Zweck. Aber heiligt er wirklich alle Mittel? Die Bemühungen von Ihnen und allen anderen sogenannt Verantwortungsbewussten, das Geschehene ungeschehen zu machen, haben Menschenleben gekostet.«

Jetzt schaltete sich Gobler wieder ein. »Davon weiß ich nichts. Und wenn ich es wüsste, würde ich es nicht glauben. Und wenn ich es glauben würde: Haben Sie eine Ahnung, wie viele Menschenleben die Krise kosten würde, die dadurch eventuell verhindert wird?«

Die beiden Herren sahen Jonas Brand an, als erwarteten sie eine halbwegs annähernde Schätzung.

Jonas schwieg.

Gobler schubste den USB-Stick über den Tisch. Jonas fing ihn.

»Was soll ich damit?«

»Sie entscheiden.«

»Ob ich es vernichten will?« Er sah die Männer an. Beide schüttelten den Kopf.

»Wie?«

Beide nickten.

Jonas drehte den kleinen Datenträger in den Fingern hin und her.

»Wer ist der Wohltäter?«, fragte Gobler. »Der, der das Streichholz, das die Welt in Brand setzt, anzündet? Oder der, der es austritt?«

Wieder regte sich in Jonas der Widerspruch: »Und wenn die Welt nichts davon erfährt, ist sie dadurch gerettet? Auch wenn ich mich Ihrer Verschwörung anschließe, irgendwann wird jemand anders uns verraten, und dann bricht das System mit umso größerem Krachen auseinander.«

Gobler und Anderfeld tauschten einen Blick, als wollten sie sich stumm absprechen, wer darauf die richtige Antwort parat habe.

Es war Gobler, der sagte: »Aber so lange schweben wir alle weiter in der großen Seifenblase. Und wir werden uns darin so behutsam wie möglich bewegen, denn niemand will, dass sie platzt.«

Jonas warf den Stick auf den Boden, stand auf und zertrat ihn mit dem Absatz. Er hob die Überreste auf, ging zum Kamin und warf sie in die Glut.

Gobler und Anderfeld hatten sich beide von ihren Stühlen erhoben und gratulierten Jonas wie dem Sieger einer wichtigen Wahl.

»Herr Brand«, sagte Lukas Gobler mit bewegter Stimme, »Sie wissen gar nicht, wie froh ich bin über Ihre kluge Entscheidung. Hut ab!«

Hanspeter Anderfeld nahm Jonas' Hand in seinen Zangengriff. »Herr Brand, herzlich willkommen in unserer kleinen verschworenen Gesellschaft von ... Patrioten greift nicht weit genug ... verantwortungsvollen Weltbürgern. Ja, das trifft es besser.«

Jonas ließ die Glückwünsche über sich ergehen und fragte sich, was wohl Max dazu sagen würde.

»Aber nehmen Sie doch bitte wieder Platz, meine Herren«, bat Gobler und deutete auf die beiden Stühle.

In die kurze verlegene Stille, die entstand, nachdem sich alle wieder gesetzt hatten, fragte Jonas: »Und nun?«

»Und nun«, erklärte Gobler, »werden wir alle ein wenig feiern. Aber zuerst möchte Sie noch jemand persönlich kennenlernen.« Er griff zum Telefon und sagte: »Bitte sagen Sie, wir seien so weit.«

Gobler legte auf und wandte sich wieder Jonas zu. »Ich ... wir haben eine Bitte, Herr Brand. Jetzt wird dann gleich mein Vorgesetzter, der Departementsvorsteher Herr Bundesrat August Schublinger, eintreffen. Es ist nicht nötig, dass Sie mit ihm die Details erläutern, er ist für das große Ganze zuständig, wenn Sie wissen, was ich meine. Er wird Sie als neues Mitglied unseres Kreises begrüßen und ein paar Worte mit Ihnen wechseln, und danach gibt es einen kleinen Empfang mit den anderen Lilien, die so kurzfristig und zu so später Stunde aufgeboten werden konnten. ›Lilien‹ nennen sich die Mitglieder des Kreises der Eingeweihten, nach dem Liliensaal, in dem sie sich zu solchen Gelegenheiten treffen.«

In dem Schweigen, das entstand, während sie auf den Finanzminister warteten, wurde Jonas sich des Geschirrklapperns, Gläserklingens und Gemurmels bewusst, das seit einiger Zeit schwach durch die geschlossenen Schiebetüren drang.

Die Tür ging auf, und Bundesrat Schublinger spazierte tatsächlich herein. Gemütlich, wie Jonas ihn vom Fernsehen kannte, und gefolgt von Herrn Rontaler, der vielleicht, dachte Jonas nun, ein Bundesratsweibel war.

Schublinger war ein mittelgroßer korpulenter Mann um die sechzig, kahl bis auf einen weißen Kranz aus längeren Haaren, die seinen kurzen Hals noch kürzer erscheinen ließen. Er kam auf Jonas zu und reichte ihm eine warme weiche Hand. »Herr Brand!«, rief er aus, als wäre es die Eröffnung einer längeren Begrüßungsansprache, deren Fortsetzung ihm leider entfallen war.

Sein Chefbeamter sprang ein. »Herr Brand ist der erste Filmregisseur bei den Lilien, Herr Bundesrat.«

»Gratuliere. Ich dachte, es gäbe schon Vertreter der Filmbranche.«

»Ja, aber noch keine Regisseure.«

»Ach so, ja, richtig, stimmt.« Dem Bundesrat war der Gesprächsstoff ausgegangen, und seine Gedanken schienen abzudriften. Aber dann sagte er unvermittelt: »Das ist eine prima Sache, dieser Lilienkreis. Prima Sache. Unterstütze ich. Gerne.«

Die beiden Herren nickten. Und Jonas nickte auch und hoffte, dass man ihm seine Ratlosigkeit nicht ansah.

Der Bundesrat breitete die Arme aus, als wende er sich an ein größeres Publikum, und rief aus: »Dann würde ich sagen, auf in den Kampf, Torero!«

Der Weibel ging zur Schiebetür, Schublinger nahm Jonas' Arm und dirigierte ihn, Gobler und Anderfeld folgten ihnen.

Es entstand eine kleine Verzögerung, während Herr Rontaler die Schiebetüren öffnete.

Das Stimmengewirr wurde erst lauter und verstummte plötzlich.

*

Jonas Brand stand neben Bundesrat Schublinger in der offenen Schiebetür, flankiert vom Direktor der Finanzverwaltung und dem Präsidenten der Nationalbank.

Im Saal befanden sich ein paar Dutzend Gäste, alle mit einem Glas in der Hand, in das Kellner mit weißen Jacketts und schwarzen Fliegen Rot- und Weißweine aus verschiedenen Staatsgütern nachschenkten. Schwarzgekleidete Saaltöchter mit weißen Krägelchen und Schürzchen boten Fingerfood auf Silbertabletts an.

Alle Gesichter waren ihnen zugewandt, es sah aus wie ein eingefrorenes Video.

Es schien keinen Dresscode zu geben, wohl wegen der Kurzfristigkeit der Einladung. Ein paar wenige der Gäste trugen Cocktailkleider oder dunkle Anzüge, andere befanden sich im Freizeitlook, wieder andere sahen aus, als kämen sie direkt von der Arbeit.

Ein paar Gesichter kamen Jonas bekannt vor. Vielleicht aus den Medien, vielleicht war er ihnen schon bei der Arbeit begegnet. Einige waren Politiker und Prominente aus Wirtschaft und Gesellschaft, er hatte mit ihnen schon zu tun gehabt.

Bundesrat Schublinger wandte sich mit der Lautstärke und Selbstsicherheit eines Mannes, der es gewohnt ist, vor Publikum zu sprechen, an die Anwesenden. »Meine Damen und Herren. Ich freue mich, dass Sie sich so kurzfristig und zahlreich und zu so später Stunde eingefunden haben. Es ist mir eine außerordentliche Ehre, Ihnen den ersten Filmregisseur in unserem Kreis vorzustellen: Herrn« – er brauchte eine Sekunde – »Jonas … Brand.«

Das eingefrorene Bild geriet wieder in Bewegung. Die Gäste lachten und applaudierten, so gut es ihnen mit Glas und Fingerfood gelang.

Dann setzten sie ihren Smalltalk fort.

Barbara Contini, die Witwe des Traders, hing an Jack Heinzmanns Lippen, dessen früherem Arbeitskollegen.

Hans Bühler, der Handballer und Chef des Trading Floors, wandte sich wieder Adam Dillier zu, dem CEO der Notendruckerei.

William Just, CEO der General Confederate Bank of Switzerland, GCBS, elegant wie immer, lachte wieder mit Heiner Stepler, dem Fernsehchefredakteur, und Lili Eck, Jonas' Produktionsassistentin.

Konrad Stimmler, Präsident der Schweizerischen Bankenaufsicht, konzentrierte sich wieder auf Jean Seibler, den CEO der Swiss International Bank, SIB.

Die Chefredakteurin von *Highlife* unterhielt sich angeregt mit Karin Hofstettler, der Pressesprecherin der GCBS.

Aus einem Grüppchen mit Jeff Rebstyn, seinem Produzenten, Serge Cress, dem Geschäftsführer von *Moviefonds,* und Tommy Wipf, seinem Regieassistenten, löste sich die Gestalt einer großen schlanken Frau mit asiatischen Gesichtszügen.

Sie kam lächelnd auf ihn zu und hob die Schultern.

Als wollte sie sich für etwas Entschuldbares entschuldigen.

∗

Vor der Tür stand ein kurzgeschorener Mann in einem dunklen Anzug. Er trug einen Kopfhörer im linken Ohr.

»Die Toilette, bitte?«, fragte Jonas.

Der Mann wies ihm die Richtung.

Jonas ging durch den langen Korridor. Aber als er die Tür der Toilette, in der er sich frischgemacht hatte, erreichte, ging er weiter. Der Türsteher setzte sich in Bewegung, Jonas hörte die Schritte hinter sich.

Er bog um die Ecke des Korridors und eilte zur Tür des kleinen Raums, in den ihn die Polizisten gebracht hatten. Er ging hinein und verließ ihn durch die zweite Tür.

Jonas fand den Aufzug, in dem er heraufgebracht worden war. Daneben befand sich eine Tür. Sie führte in ein Treppenhaus.

Drei Etagen tiefer stieß er auf eine Glastür. »Notausgang« stand in roter Schrift darüber. Jonas trat hinaus.

Er befand sich auf der Rückseite eines gesichtslosen Bürogebäudes. Es hatte aufgehört zu schneien, aber der Schnee war noch nicht geräumt.

Jonas überquerte die Straße und stapfte auf dem gegenüberliegenden Trottoir bis zu einer Kreuzung. Von dort aus hörte er den Lärm des schweren Geräts, das eine der Hauptstraßen räumte.

Jonas war kalt. Die Windjacke hatte er in Goblers Büro zurückgelassen. Seine Fäuste steckten tief in den Hosentaschen, und er ging rasch mit eingezogenem Kopf durch die winterliche Stadt.

Er wollte nirgendwo hin. Er wollte nur weg. Weg von dieser Schmach. Weg von der Lächerlichkeit, der er sich preisgegeben hatte. Weg von Marina.

Marina, die sich nicht genug über Max als Verschwörungstheoretiker lustig machen konnte, war selbst Teil dieser Verschwörung! Sie, die Einzige, der er am Schluss noch vertraut hatte, hatte ihn kaltblütig verraten.

Er befand sich plötzlich in der Berner Altstadt. Trockenen Fußes konnte er durch die fast menschenleeren Laubengänge gehen, während auf den Gassen dazwischen die Räumungsdienste ihre Arbeit verrichteten.

Ein Streifenwagen fuhr langsam vorbei. Jonas blieb hinter einem Bogenpfeiler stehen. Der Streifenwagen hielt.

Waren sie hinter ihm her? Er kannte die Spielregeln dieses Geheimbundes nicht. Mussten deren Mitglieder einen Eid leisten oder sich Aufnahmeritualen unterziehen, bevor sie sich frei bewegen durften?

Der Streifenwagen stand noch immer. Jonas ging zurück in die Richtung, aus der er gekommen war. Er hörte das Wendemanöver des Wagens, und kurz darauf befand er sich wieder auf gleicher Höhe.

Jonas gab auf. Er stellte sich in den nächsten Laubenbogen und wartete. Der Streifenwagen fuhr an den Randstein heran. Die Tür im Fond ging auf und – Marina stieg aus.

»Vielen Dank«, rief sie in den Wagen hinein, schlug die Tür zu und kam auf ihn zu.

Jonas drehte ihr den Rücken zu und ging rasch weiter. Er hörte ihre hohen Absätze hinter sich klappern und nach einer Weile ihre Stimme: »Jonas! So warte doch. Lass dir erklären!«

Er ging noch schneller.

»Jonas! Sei nicht kindisch!«, rief sie. Dann hörte er sie rennen. Das Klicken ihrer Highheels kam näher. Erst verfiel er auch in einen Laufschritt, aber dann kam er sich noch lächerlicher vor. Er blieb stehen und wartete, bis sie ihn eingeholt hatte.

Sie war etwas außer Atem, als sie sagte: »Lass es mich doch wenigstens erklären, das schuldest du mir!«

»Schulden?«, rief er aus. »Ich soll dir etwas schulden? Wofür denn? Du hast mich verraten, wie mich noch nie jemand verraten hat!«

Ein älterer Mann mit einem Hund kam ihnen im Laubengang entgegen. »Seid lieb zueinander«, sagte er im Vorbeigehen.

Erst jetzt sah Jonas im schwachen Licht eines Schaufensters, dass Marina Tränen in den Augen hatte.

Etwas ruhiger wiederholte er: »Wofür schulde ich dir etwas?«

»Dafür, dass ich dir Max' oder Continis Schicksal erspart habe.«

»Ach«, gab er sarkastisch zurück, »du warst das also.« Er setzte sich wieder in Bewegung, sie blieb, ohne ihn zu berühren, dicht an seiner Seite.

So gingen sie eine Weile schweigend nebeneinander her, bis der Laubengang an einem großen Platz endete. Am Rand der schneebedeckten Fläche lag breit und behäbig das beleuchtete Bundeshaus.

»Das ist mir jetzt fast ein bisschen zu symbolisch«, bemerkte Marina. Jonas lächelte nicht.

Sie gingen auf das Parlamentsgebäude zu und daran vorbei und erreichten eine große, parkähnliche Terrasse. Ihre Schneedecke war nur durch eine einsame Fußspur beschädigt, die zu und von einer Parkbank führte, von deren Sitzfläche jemand etwas Schnee weggewischt hatte.

Es war Jonas, der zuerst sprach: »Bist du schon lange dabei?«

»Seit ich damals beruflich in Bern war. In Wirklichkeit bin ich in Zürich geblieben und habe mich mit Just getroffen.«

»Wie hast du denn *den* kennengelernt?« Jonas spürte, wie die Eifersucht in ihm hochstieg.

»Bei der Präsentation eines Events. Ich habe dann gemerkt, dass diese nur ein Vorwand war. In Wirklichkeit ging es ihm darum, mich zu einer geheimen Besprechung einzuladen.«

»Du lässt dich von älteren Herren anbaggern?«

»Wenn sie sagen, es gehe um dich und du seist in großer Gefahr, dann schon.«

Sie hatten jetzt die Mauer der Terrasse erreicht. Unter ihnen lag dunkel die Aare, darüber glitzerten die Lichter des Kirchenfeldquartiers.

»Und dann hast du ihn getroffen.«

»Im Drachenhaus. In einem luxuriösen Appartement mitten in der Altstadt. Aber nicht nur ihn. Auch Lili war dabei. Und Tommy und noch ein paar andere neue. Es gab Champagner und Fingerfood, Just hat eine kurze Einführung gehalten, dann kam Gobler, der Direktor der Eidgenössischen Finanzverwaltung, und hat uns eingeschworen.«

»Darin ist er gut«, räumte Jonas ein. »Aber warum habt ihr mich nicht eingeweiht? Wie du siehst, lasse ich mich überzeugen.«

»Das habe ich auch gesagt. Aber Just war der Meinung, du seist gefährlich wie ein *unguided missile*, von dem man nie wissen könne, wann es explodiert oder wo es einschlägt.«

»Und eure Mission war es, diesen ungelenkten Marschflugkörper zu steuern.« Jonas nahm kopfschüttelnd etwas Schnee von der Mauerbrüstung und formte einen Schneeball.

Marina zog den Mantel enger um die Schultern. »Ich weiß, jetzt klingt das alles blöd, aber so, wie man mir das erklärte, ging es um wahnsinnig viel.«

Jonas warf den Schneeball. Sie sahen zu, wie die Nacht ihn verschluckte. »Es ging um uns beide«, sagte er.

»Eben. Das ist doch wahnsinnig viel.«

»War.«

Sie schwiegen. Auf der Kirchenfeldbrücke blinkten gespenstisch die Lichter eines Schneepfluges.

»Hast du wirklich geglaubt, ich würde die Bombe platzen lassen, wenn ich gewusst hätte, worum es ging?«

Marina zuckte mit den Schultern. »Nicht wirklich. Aber ganz ausschließen konnte ich es auch nicht, oder?«

Er hatte begonnen, einen neuen Schneeball zu formen. »Da kennst du mich schlecht.«

Nach einer Pause sagte sie leise: »Meine Mutter sagt, ein ganzes Leben reicht nicht einmal, um sich selbst kennenzulernen.«

Jonas warf den Schneeball. »Warum haben sie mich nicht einfach liquidieren lassen, wie die anderen?«

»Vielleicht hattest du zu viel in der Hand. Und sie wussten nicht, wo du deine Landminen überall vergraben hast.«

»Landminen, Marschflugkörper, wie im Krieg.«

»Für die ist es Krieg.«

»Sie machen es zum Krieg, weil im Krieg alle Mittel erlaubt sind. Auch Hochverrat.«

Marina schwieg. Hinter ihnen fiel mit einem dumpfen Geräusch eine Ladung Schnee vom Ast eines Baumes. Beide erschraken.

Sie legte ihm eine Hand auf die Schulter. Jonas schüttelte sie ab.

»Wir haben dich nicht verraten, Jonas. Wir haben dich beschützt.«

»Wir, wir. Was die anderen tun, ist mir scheißegal. Aber du! Du warst der einzige Mensch auf der Welt, dem ich vertraut habe.«

Marina versuchte, sich die Oberarme warm zu reiben. »Manchmal«, sagte sie, »manchmal muss man jemanden verraten, um ihn zu schützen.«

»Ist das auch Just?«

»Gobler.«

»Und in den Worten von Marina Ruiz, bitte?«

»Ich habe gewusst, dass ich dich vielleicht verliere, wenn ich es tue. Aber wenn ich es nicht getan hätte, hätte ich dich ganz sicher verloren.«

Wieder fiel Schnee von einem der Bäume.

»Lass uns gehen, bevor wir erfrieren«, sagte Jonas.

Sie gingen auf ihren eigenen Fußspuren zurück. Nach ein paar Metern nahm sie seinen Arm, und er ließ es geschehen.

»Glaubst du«, fragte Marina, »dass du mir je wieder vertrauen kannst?«

»Ich weiß es nicht.«

٭

Fast ein Jahr war vergangen, und die Seifenblase war noch immer intakt. Wie ein monumentales Luftschiff schwebte sie dicht über der Wirklichkeit, immer um Haaresbreite an deren Zacken vorbei.

Es lag wieder fast so viel Schnee wie an jenem denkwürdigen Februartag, als sich die Lilien so kurzfristig und spät zusammenfanden, und es schneite wie damals.

Dicke Flocken fielen in die Festbeleuchtung des Kinos Kronos, vor dem sich Premierengäste und Medienvertreter stauten. »MONTECRISTO« stand in großen Lettern über dem Eingang.

Drinnen warteten Helfer mit den Mänteln und Pelzen der Gäste, die sich auf dem roten Teppich filmen, fotografieren und interviewen ließen.

Neben den Stars und Starlets war auch ungewohnt viel

Prominenz aus Politik, Wirtschaft und Kultur zugegen. Zum Beispiel Bundesrat Schublinger als höchster Vertreter der Politik, sein Chefbeamter, Lukas Gobler, und der Präsident der Nationalbank, Hanspeter Anderfeld, alle in Begleitung ihrer Gattinnen.

Oder William Just, der CEO der General Confederate Bank of Switzerland, GCBS, gemeinsam mit seinem Konkurrenten, Jean Seibler, CEO der Swiss International Bank, SIB, auch sie mit ihren Damen.

Auch der Generaldirektor des Fernsehens war zugegen sowie der CEO von *TVch* – zwei Konkurrenten, die sich sonst lieber aus dem Weg gingen.

Sie alle stellten sich lächelnd vor die Fotowand mit dem MONTECRISTO-Logo und beantworteten die zahmen Fragen der Journalisten.

Die einzige etwas kritischere stammte von einem Mitarbeiter des Feuilletons einer der großen Tageszeitungen. Sie war an William Just gerichtet und lautete: »*Montecristo* wurde mit eins Komma sechs Millionen von *Moviefonds* gefördert. Können Sie bestätigen, dass der Löwenanteil davon aus dem Kulturbudget Ihrer Bank stammt?«

»Nach den Statuten von *Moviefonds* kann ich das weder bestätigen noch dementieren.«

»Halten Sie es für eine kluge Förderpolitik, unerfahrene Regisseure mit großzügigen Zuwendungen zu unterstützen, während Projekte bewährter Leute an ihrer Finanzierung scheitern?«

»Nehmen Sie es mir bitte nicht übel, wenn ich hier passe. Die Finanzwirtschaft sollte sich aus der Kulturpolitik raushalten. Ich freue mich jetzt einfach auf den Film.«

Der Regisseur und Drehbuchautor, Jonas Brand, erschien mit seiner Lebensgefährtin, Marina Ruiz, die auch für das Event Planning der Premiere zuständig war. Sie trug ein hochgeschlossenes Paillettenkleid mit tiefem Rückenausschnitt, neben dem Brand im dunklen Anzug und weißen offenen Hemd etwas underdressed wirkte.

Die Videojournalistin von *Highlife* fragte ihn: »Herr Brand, Sie sind als Regisseur ein unbeschriebenes Blatt, und dies ist Ihr erster Spielfilm. Aber dennoch sind bei Ihrer Premiere Gott und die Welt versammelt. Macht Sie das nicht nervös?«

»Ich war schon nervöser«, antwortete Jonas Brand.

Ich danke Peter Siegenthaler, der als Direktor der Eidgenössischen Finanzverwaltung unter anderem die Swissair- und die UBS-Krise gemanagt und die Expertenkommission »Too big to fail« präsidiert hat, für seine Beratung, seine aufmerksame Prüfung des Textes und seine konstruktive Kritik.

Ich danke Urs Rohner für die fachliche Durchsicht des Manuskripts und einen wichtigen dramaturgischen Hinweis. Ich danke Bundesrat a. D. Moritz Leuenberger für seine Ratschläge und seine Rolle als Vermittler wertvoller Kontakte. Ich danke Bertrand Dayer für seine rasche Hilfe bei den Vorabklärungen zu den Grundlagen und der Plausibilität der Geschichte. Ich danke dem Filmproduzenten Marcel Höhn für seine Beratung in Fragen zur Filmproduktion. Ich danke meiner Lektorin, Ursula Baumhauer, nicht nur für die Professionalität ihrer Kommentare, sondern auch für deren schnelles Eintreffen. Ich danke Ruth Geiger, der Leiterin der Presseabteilung des Diogenes Verlags, für alles, was sie für dieses Buch und alle anderen davor getan hat, in diesem Fall auch etwas Inhaltliches. Ich danke meiner Frau, Margrith Nay Suter, dafür, dass sie nach wie vor die heikle Aufgabe auf sich nimmt, unbestechliche erste Leserin zu sein.

Und ich danke jenen Experten, die hier nicht namentlich erwähnt sein wollten, für ihre Zeit und ihre kreative, pragmatische Hilfe.

Martin Suter

Martin Suter
im Diogenes Verlag

Small World
Roman

Erst sind es Kleinigkeiten: Konrad Lang, Mitte sechzig, stellt aus Versehen seine Brieftasche in den Kühlschrank. Bald vergisst er den Namen der Frau, die er heiraten will. Je mehr Neugedächtnis ihm die Krankheit – Alzheimer – raubt, desto stärker kommen früheste Erinnerungen auf. Und das beunruhigt eine millionenschwere alte Dame, mit der Konrad seit seiner Kindheit auf die ungewöhnlichste Art verbunden ist.

»Fesselnd. Eine der großen Qualitäten von Martin Suters Roman liegt in der Präzision, mit der er die Krankheit und Umgebung beschreibt, und in der Gelassenheit, mit der er die Geschichte langsam vorantreibt.« *Le Monde, Paris*

Auch als Diogenes Hörbuch erschienen,
gelesen von Dietmar Mues

Die dunkle Seite des Mondes
Roman

Starwirtschaftsanwalt Urs Blank, fünfundvierzig, Fachmann für Fusionsverhandlungen, hat seine Gefühle im Griff. Doch dann gerät sein Leben aus den Fugen. Ein Trip mit halluzinogenen Pilzen führt zu einer gefährlichen Persönlichkeitsveränderung, aus der ihn niemand zurückzuholen vermag. Blank flieht in den Wald. Bis er endlich begreift: Es gibt nur einen Weg, um sich aus diesem Alptraum zu befreien.

»Eine gründlich recherchierte, präzise, elegant und humorvoll geschriebene Geschichte. Martin Suter bietet ein Optimum an Belehrung, Spannung und Vergnügen.« *Friedmar Apel / Frankfurter Allgemeine Zeitung*

»Das Buch ist spannend wie ein Thriller und trifft wie ein Psycho-Roman – eine ungewöhnliche Variante von *Dr. Jekyll und Mr. Hyde*.« *Brigitte, Hamburg*

Auch als Diogenes Hörbuch erschienen,
gelesen von Gert Heidenreich

Ein perfekter Freund
Roman

Durch eine rätselhafte Kopfverletzung hat der Journalist Fabio Rossi eine Amnesie von fünfzig Tagen. Als er seine Vergangenheit zu rekonstruieren beginnt, stößt er dabei auf ein Bild von sich, das ihn zutiefst befremdet. Er scheint merkwürdige Dinge getan, ein seltsames Verhalten an den Tag gelegt zu haben in jener Zeit. Aber offenbar gibt es Leute, denen es lieber wäre, jener Fabio bliebe ausgelöscht.

»In Martin Suters *Ein perfekter Freund* hungern die Leser nach Informationen wie die Hauptfigur. Jedes neue Häppchen wird stilvoll serviert: keine Schnörkel, keine langatmigen Beschreibungen, viele, aber keine überflüssigen Details. Handlung ist Trumpf, Suter das As.« *Frankfurter Rundschau*

Lila, Lila
Roman

So rein wie die Liebesgeschichte, die er als Manuskript in einem alten Nachttisch findet, sind auch Davids Gefühle für Marie. Und er möchte ihre Liebe, um jeden Preis. Dafür muss er ein anderer werden als der, der er ist. David schlüpft in eine Identität, die ihm irgendwann über den Kopf wächst.

»Wie stets bei Martin Suter geht es auch in seinem wunderbar geschriebenen Roman *Lila, Lila* um den Verlust von Identität. Suter packt einen von der ersten Seite an. Unbedingt lesen!« *Brigitte, Hamburg*

Lila, Lila wurde 2009 von Alain Gsponer mit Daniel Brühl, Hannah Herzsprung und Henry Hübchen in den Hauptrollen verfilmt.

Auch als Diogenes Hörbuch erschienen,
gelesen von Daniel Brühl

Der Teufel von Mailand

Roman

Sonias Sinne spielen verrückt: Sie sieht auf einmal Geräusche, schmeckt Formen oder fühlt Farben. Ein Aufenthalt in den Bergen soll ihr Gemüt beruhigen, doch das Gegenteil tritt ein: Im Spannungsfeld von archaischer Bergwelt und urbaner Wellness, bedrohlichem Jahrhundertregen und moderner Telekommunikation beginnt ihre überreizte Wahrnehmung erst recht zu blühen – oder gerät die Wirklichkeit aus den Fugen?

»Hochspannender Stoff, angerichtet mit der für den Schweizer Bestsellerautor Martin Suter so typischen Milieukenntnis, die dem Roman die wunderschönen Boshaftigkeiten schenkt.«
Verena Lugert / Neon, München

Auch als Diogenes Hörbuch erschienen,
gelesen von Julia Fischer

Der letzte Weynfeldt

Roman

Adrian Weynfeldt, Mitte fünfzig, Junggeselle, großbürgerlicher Herkunft, Kunstexperte bei einem internationalen Auktionshaus, lebt in einer riesigen Wohnung im Stadtzentrum. Mit der Liebe hat er abgeschlossen. Bis ihn eines Abends eine jüngere Frau dazu bringt, sie – entgegen seinen Gepflogenheiten – mit nach Hause zu nehmen. Am nächsten Morgen steht sie außerhalb der Balkonbrüstung und droht zu springen. Adrian vermag sie davon abzuhalten, doch von nun an macht sie ihn für ihr Leben verantwortlich. Weynfeldts geregeltes Leben gerät aus den Fugen – bis er schließlich merkt, dass nichts ist, wie es scheint.

»Martin Suter spinnt und spannt über Adrian Weynfeldt ein höchst intrigantes, höchst elegantes, cooles Netz um Kunstmarkt, Kunst und Lebenskunst.«
Elmar Krekeler / Die Welt, Berlin

Auch als Diogenes Hörbuch erschienen,
gelesen von Gert Heidenreich

Der Koch
Roman

Maravan, 33, tamilischer Asylbewerber, arbeitet als Hilfskraft in einem Zürcher Sternelokal, tief unter seinem Niveau. Denn Maravan ist ein begnadeter, leidenschaftlicher Koch. Als er gefeuert wird, ermutigt ihn seine Kollegin Andrea zu einem Deal der besonderen Art: einem gemeinsamen Catering für Liebesmenüs. Anfangs kochen sie für Paare, die eine Sexualtherapeutin vermittelt. Doch der Erfolg von *Love Food* spricht sich herum, und eine viel zahlungskräftigere Klientel bekundet Interesse: Männer aus Politik und Wirtschaft – und deren Grauzonen.

»Martin Suter erzählt umstandslos, geschliffen, handwerklich so brillant, dass Neider es als konventionell abqualifizieren müssen.« *Die Weltwoche, Zürich*

Auch als Diogenes Hörbuch erschienen,
gelesen von Heikko Deutschmann

Die Zeit, die Zeit
Roman

Etwas war anders, aber er wusste nicht, was.
Ist es verrückt, wenn einer glaubt, die Zeit lasse sich »zurückdrehen«? Es ist verrückt, denkt Peter Taler anfangs, als er das Vorhaben des alten Knupp begreift,

der ihm gegenüber wohnt. Denn der möchte etwas denkbar Unmögliches möglich machen.

»Wie immer genial konstruiert. Ein Roman, der zum Denken anregt und unsere Welt für einen Moment auf den Kopf stellt. Ein absolutes Muss für alle Suter-Fans und die, die es werden wollen.«
Nicole Abraham / HR1, Frankfurt am Main

Auch als Diogenes Hörbuch erschienen,
gelesen von Gert Heidenreich

Außerdem erschienen:

Allmen und die Libellen
Roman
Auch als Diogenes Hörbuch erschie-
nen, gelesen von Gert Heidenreich

*Allmen und
der rosa Diamant*
Roman
Auch als Diogenes Hörbuch erschienen, gelesen von Gert Heidenreich

Allmen und die Dahlien
Roman
Auch als Diogenes Hörbuch erschie-
nen, gelesen von Gert Heidenreich

*Allmen und die
verschwundene María*
Roman
Auch als Diogenes Hörbuch erschienen, gelesen von Gert Heidenreich

Business Class
Geschichten aus der Welt des Managements

Business Class
Neue Geschichten aus der Welt des
Managements

*Richtig leben
mit Geri Weibel*
Sämtliche Folgen. Geschichten

Huber spannt aus
und andere Geschichten aus der Business Class

Unter Freunden
und andere Geschichten aus der Business Class

Das Bonus-Geheimnis
und andere Geschichten aus der Business Class

Abschalten
Die Business Class macht Ferien

Alles im Griff
Eine Business Soap
Auch als Diogenes Hörbuch erschie-
nen, gelesen von Stefan Kurt

Business Class
Geschichten aus der Welt des Manage-
ments. Liveaufnahme von Martin Suters
Lesung im Casinotheater Winterthur
im Okober 2006
Diogenes Hörbuch, 1 CD

Lukas Hartmann
im Diogenes Verlag

Lukas Hartmann, geboren 1944 in Bern, studierte
Germanistik und Psychologie. Er war Lehrer, Jugend-
berater, Redakteur bei Radio DRS, Leiter von Schreib-
werkstätten und Medienberater. Heute lebt er als freier
Schriftsteller in Spiegel bei Bern und schreibt Romane
für Erwachsene und für Kinder.

»Lukas Hartmann kann das: Geschichte so erzählen,
dass sie uns die Gegenwart in anderem Licht sehen
lässt.« *Augsburger Allgemeine*

»Lukas Hartmann entfaltet eine große poetische Kraft,
voller Sensibilität und beredter Stille.«
Neue Zürcher Zeitung

Pestalozzis Berg
Roman

Die Seuche
Roman

Bis ans Ende der Meere
Die Reise des Malers John Webber mit
Captain Cook. Roman

Finsteres Glück
Roman

Räuberleben
Roman

Der Konvoi
Roman

Abschied von Sansibar
Roman

Kinder- und Jugendbücher:
Anna annA
Roman

So eine lange Nase
Roman

*All die verschwundenen
Dinge*
Eine Geschichte von Lukas Hartmann. Mit Bildern von Tatjana Hauptmann

Mein Dschinn
Abenteuerroman

Urs Widmer
im Diogenes Verlag

»Urs Widmer zählt zu den bekanntesten und renommiertesten deutschsprachigen Gegenwartsautoren.«
Michael Bauer / Focus, München

*Vom Fenster meines
Hauses aus*
Prosa

Schweizer Geschichten

Liebesnacht
Eine Erzählung

*Der Kongreß der
Paläolepidopterologen*
Roman

*Das Paradies
des Vergessens*
Erzählung

Der blaue Siphon
Erzählung

Liebesbrief für Mary
Erzählung

*Die sechste Puppe im
Bauch der fünften Puppe
im Bauch der vierten*
und andere Überlegungen zur Literatur. Grazer Vorlesungen 1991

Im Kongo
Roman

Vor uns die Sintflut
Geschichten

Der Geliebte der Mutter
Roman
Auch als Diogenes Hörbuch erschienen, gelesen von Urs Widmer

*Das Geld, die Arbeit,
die Angst, das Glück.*

Das Buch des Vaters
Roman

Auch als Diogenes Hörbuch erschienen, gelesen von Urs Widmer

Ein Leben als Zwerg

*Vom Leben, vom Tod
und vom Übrigen auch
dies und das*
Frankfurter Poetikvorlesungen

Herr Adamson
Roman

Stille Post
Kleine Prosa

Gesammelte Erzählungen

*Reise an den Rand des
Universums*
Autobiographie

Außerdem erschienen:

Shakespeares Königsdramen
Nacherzählt und mit einem Vorwort von Urs Widmer. Mit Zeichnungen von Paul Flora

Valentin Lustigs Pilgerreise
Bericht eines Spaziergangs durch 33 seiner Gemälde. Mit Briefen des Malers an den Verfasser

*Das Schreiben ist das Ziel,
nicht das Buch*
Urs Widmer zum 70. Geburtstag. Herausgegeben von Daniel Keel und Winfried Stephan

*Die schönsten Geschichten
aus Tausendundeiner Nacht*
Erzählt von Urs Widmer. Mit vielen Bildern von Tatjana Hauptmann